O MUNDO DEPOIS DE NÓS

O MUNDO DEPOIS DE NÓS

RUMAAN ALAM

TRADUÇÃO DE ALBERTO FLAKSMAN

Copyright © 2020 by Rumaan Alam
Todos os direitos reservados. Publicado nos Estados Unidos. Nenhuma parte deste livro pode ser usada ou reproduzida de nenhuma maneira sem permissão por escrito, exceto no caso de breves citações incorporadas em artigos críticos e resenhas. Para informações, contatar HarperCollins Publishers, 195 Broadway, Nova York, NY 10007.

TÍTULO ORIGINAL
Leave the World Behind

COPIDESQUE
Angélica Andrade

REVISÃO
Eduardo Carneiro
Theo Araújo

LEITURA SENSÍVEL
Rogerio W. Galindo

ADAPTAÇÃO DE PROJETO GRÁFICO E DIAGRAMAÇÃO
Ilustrarte Design

ARTE DE CAPA
Night Swimming (2019) © Jessica Brilli

DESIGN DE CAPA
Sara Wood

CIP-BRASIL. CATALOGAÇÃO NA PUBLICAÇÃO
SINDICATO NACIONAL DOS EDITORES DE LIVROS, RJ

A274m

    Alam, Rumaan, 1977-
        O mundo depois de nós / Rumaan Alam ; tradução Alberto Flaksman. - 1. ed. - Rio de Janeiro : Intrínseca, 2023.
        288 p. ; 21 cm.

    Tradução de: Leave the world behind
    ISBN 978-65-5560-639-3

    1. Romance americano. I. Flaksman, Alberto. II. Título.

23-85999   CDD: 813
                               CDU: 82-31(73)

Gabriela Faray Ferreira Lopes - Bibliotecária - CRB-7/6643

[2023]
Todos os direitos desta edição reservados à
Editora Intrínseca Ltda.
Av. das Américas, 500, bloco 12, sala 303
22640-904 – Barra da Tijuca
Rio de Janeiro - RJ
Tel./Fax: (21) 3206-7400
www.intrinseca.com.br

Para Simon e Xavier

> Love goes on like birdsong,
> As soon as possible after a bomb.*
> — Bill Callahan, "Angela"

---

* "O amor continua como o canto de um pássaro/ O mais rápido possível depois de uma bomba." [N. da E.]

I

BEM, O SOL BRILHAVA. ELES SENTIRAM QUE ISSO ERA UM BOM sinal — as pessoas têm por hábito transformar qualquer coisa comum num pressentimento. De fato, significava apenas que não havia nuvens no céu. O sol estava no lugar de sempre. O sol, persistente e indiferente.

Chegaram a um ponto de convergência de estradas. O tráfego parou. O carro cinza deles era como uma campânula, um microclima: o ar condicionado, os cheiros da adolescência (suor, chulé, secreções), o xampu francês de Amanda e o farfalhar do lixo no chão, afinal sempre havia lixo. O carro era o território de Clay, e ele era descuidado a ponto de permitir que tudo se acumulasse: os restos de aveia das barras de cereal compradas a granel, um pé de meia inexplicável, um anúncio de assinatura da revista *New Yorker*, um lenço de papel amassado e endurecido de catarro, um papel de Band-Aid de sabe-se lá quando. As crianças viviam precisando de Band-Aid, a pele rosada abrindo-se como uma fruta madura.

A luz do sol nos braços deles era reconfortante. Os vidros das janelas tinham películas protetoras para prevenir o câncer de pele. Havia notícias sobre uma temporada de furacões que se aproximava, tempestades com nomes curiosos saídos de uma lista pré-aprovada. Amanda diminuiu o som do rádio. Era sexista que fosse sempre Clay quem dirigisse? Bem, Amanda não tinha paciência para os sacramentos da direção, como as regras de estacionar nas ruas ou ter que fazer a revisão a cada vinte mil quilômetros rodados. Além disso, Clay se orgulhava desse tipo de coisa. Ele era professor universitário, o que parecia ter uma forte correlação com seu gosto pelas tarefas práticas da vida: juntar os jornais velhos para reciclagem, espalhar pó químico na calçada quando o clima ficava gelado, substituir lâmpadas queimadas e desentupir pias com um minidesentupidor.

O carro nem era tão novo a ponto de ser luxuoso nem tão velho a ponto de ser boêmio. Um bem de classe média para pessoas de classe média, projetado mais para não desagradar do que para ser atraente, comprado numa concessionária com paredes espelhadas e alguns balões sem graça, em que havia muito mais vendedores do que clientes, reunidos em grupos de dois ou três e com moedas tilintando nos bolsos das calças. Às vezes, no estacionamento, Clay tinha que tentar abrir o carro várias vezes — o veículo era um modelo popular, cor "grafite" —, frustrado quando o sistema de abertura de portas sem chave não funcionava.

Archie tinha quinze anos. Calçava tênis disformes do tamanho de pães de forma. Um cheiro de leite pairava ao redor dele, o mesmo que bebês exalam, mas sob a camada superficial havia suor e hormônios. Para disfarçar, Archie borrifava no tufo de pelos embaixo dos braços um produto químico com um odor inexistente na natureza, que, por consenso, um grupo focal havia considerado o ideal masculino. Rose era mais cuidadosa. O vislumbre de uma garota a desabrochar. Um cão farejador sentiria o cheiro metálico sob o aroma dos cosméticos baratos, a predileção adolescente por maçãs e cerejas falsas. Eles tinham cheiros, todos têm, mas não dava para dirigir na autoestrada com as janelas abertas, era muito barulhento.

— Vou ter que atender. — Amanda ergueu o celular, avisando, embora ninguém estivesse dando bola.

Archie e Rose olhavam para os respectivos celulares, ambos com jogos ou redes sociais pré-aprovados pelos pais. Archie trocava mensagens com o amigo Dillon, cujos pais tentavam reparar as consequências do divórcio em andamento ao deixá-lo passar o verão fumando maconha no último andar da casa deles em Bergen Street. Rose já havia postado muitas fotos da viagem, embora o passeio mal tivesse começado.

— Oi, Jocelyn...

Depois que os telefones passaram a identificar quem estava ligando, a delicadeza se perdeu. Amanda era diretora de contas e Jocelyn, supervisora de contas, uma das três subordinadas diretas, como se diz nos escritórios modernos. Jocelyn, filha de coreanos, tinha nascido na Carolina do Sul, e Amanda ainda achava que o sotaque errático da colega era inadequado. Mas isso era tão racista que ela nunca poderia admitir para ninguém.

— Desculpe incomodar... — disse Jocelyn, a respiração sincopada.

Amanda não era tão assustadora, mas o poder dela era. Ela havia começado a carreira no estúdio de um dinamarquês temperamental que optava pelo corte de cabelo que lembrava o de um padre. Havia encontrado o homem num restaurante, no inverno passado, e ficado nauseada.

— Não tem problema.

Amanda não era generosa. O telefonema era um alívio. Ela queria que os colegas precisassem dela como Deus quer que as pessoas continuem rezando.

Clay tamborilou no volante encapado de couro, o que fez a esposa lhe lançar um olhar enviesado. Ele deu uma olhada no retrovisor para confirmar se os filhos ainda estavam lá, um hábito criado quando os dois ainda eram pequenos. O ritmo da respiração deles era regular. Ficavam tão hipnotizados diante do celular quanto as serpentes ao som de uma flauta.

Ninguém estava olhando a paisagem. O cérebro é mais poderoso que os olhos; num dado momento, as expectativas quanto a alguma coisa são superiores à coisa em si. Placas de sinalização em amarelo e preto, colinas desaparecendo atrás de paredes de concreto pré-fabricadas, a visão eventual de desnível, de uma ferrovia, de um campo de beisebol, de uma piscina de fibra. Amanda assentia enquanto falava ao telefone, não para a pessoa do outro lado da linha, mas para provar a si mesma que estava prestando atenção. Às vezes, de tanto mexer a cabeça, se esquecia de escutar.

— Jocelyn... — Amanda tentava encontrar uma boa ideia. Jocelyn precisava mais da aprovação de Amanda do que das ideias dela. A hierarquia num escritório era arbitrária, como tudo o mais. — Está bem. Parece bom. Nós ainda estamos na autoestrada. Você pode me ligar, não se preocupe. Mas o sinal vai ficar ruim assim que a gente estiver mais longe. Tive esse mesmo problema no último verão, lembra? — Ela fez uma pausa e ficou sem graça. Por que a funcionária se lembraria das férias de Amanda de um ano atrás? — Vamos mais longe desta vez. — Tentou fazer uma piada. — Mas pode ligar ou mandar e-mail, óbvio, não tem problema. Boa sorte.

— Está tudo bem no seu escritório?

Clay não resistia a usar a expressão "seu escritório" com uma entonação diferente. Era uma metonímia para o trabalho dela, do qual ele compreendia muita coisa, mas não tudo. Um cônjuge devia ter vida própria, e a de Amanda era muito distante da do marido. Talvez isso ajudasse a explicar a felicidade dos dois. Pelo menos metade dos casais que eles conheciam tinha se divorciado.

— Tudo certo.

Um dos truísmos que ela mais usava era que uma boa porcentagem dos empregos não se distinguia uns dos outros, já que todos incluíam enviar e-mails que avaliavam o trabalho em si mesmo. Um dia de trabalho consistia no envio de vários memorandos a respeito do trabalho em curso, algum tipo de gentileza burocrática, setenta minutos no almoço, vinte minutos embromando pelas áreas do escritório e vinte e cinco minutos tomando café. Às vezes o papel dela nessa charada parecia meio bobo e outras vezes, urgente.

O trânsito não estava tão ruim, mas, à medida que as estradas se estreitavam e se tornavam ruas, engarrafava. Era como o árduo trecho final da viagem de um salmão de volta para casa, só que com canteiros centrais viçosos e centros comerciais com paredes manchadas de chuva. As cidades ou eram habitadas por operários e cheias de gente da América Central, ou eram prósperas e habitadas por brancos que faziam parte do mundo meio marginalizado dos encanadores, decoradores e corretores de imóveis. Os ricos de verdade viviam em outro mundo, como no reino encantado de Nárnia. Você os descobria por acaso, ao seguir uma estradinha cheia de quebra-molas até o fim, um beco sem saída, uma mansão com paredes externas revestidas de madeira e a vista para um lago. O ar tinha o aroma daquela doce mistura de brisa oceânica e sorte, bom para tomates e milho, mas dava para perceber também uma nota de carros de luxo, arte e aqueles panos macios que as pessoas ricas deixam empilhados no sofá.

— Vamos fazer uma parada para um lanche? — Clay bocejou no fim da pergunta, emitindo um som estrangulado.

— Estou morrendo de fome. — A hipérbole de Archie.

— Vamos no Burger King! — Rose tinha visto o restaurante.

Clay sentiu a esposa ficar tensa. Ela preferia que comessem coisas saudáveis (particularmente Rose). Ele conseguia captar a desaprovação dela como um sonar. Era como a onda que precedia uma ereção. Estavam casados havia dezesseis anos.

Amanda comeu batatas fritas. Archie pediu um número absurdo de pequenos pedaços de frango frito. O garoto jogou todos num saco de papel, junto com algumas batatas fritas, e despejou dentro o conteúdo de um sachezinho de um molho marrom adocicado e pegajoso. Depois, mastigou tudo, feliz.

— Que nojento. — Rose reprovava o que o irmão fazia por ser seu irmão. Ela comeu um hambúrguer, com menos cuidado do que imaginava, e ficou com maionese em volta dos lábios rosados. — Mãe, a Hazel marcou um lugar no mapa, você pode ver se a casa dela fica longe daqui?

Amanda se lembrava de ter ficado chocada com quão barulhentas as crianças eram ao mamar no peito. Drenavam e sugavam, como o som de encanamentos, com arrotos tranquilos e flatulências silenciosas, tipo fogos de artifício que não explodiram, algo animalesco e sem constrangimento. Ela pegou o telefone da garota, engordurado de comida e de dedos sujos, quente de tanto ser manuseado.

— Isso não fica nem um pouco perto de nós, querida.

Mais que uma amiga, Hazel era uma das obsessões de Rose. Ela ainda era muito nova para entender, mas o pai de Hazel era um dos diretores do banco Lazard. As férias das duas famílias não seriam nada parecidas.

— Olha *direito*. Você disse que talvez a gente pudesse ir lá.

Isso era o tipo de coisa que Amanda dizia quando não estava prestando muita atenção e depois se arrependia, porque as crianças se lembravam das promessas que ela fazia. Amanda olhou de novo para o telefone.

— É em East Hampton, querida. Fica, no mínimo, a uma hora daqui. Talvez até mais, dependendo do dia.

Rose se encostou na cadeira, visivelmente irritada.

— Pode devolver meu telefone, por favor?

Amanda se virou e olhou para a filha, que estava frustrada e com o rosto vermelho.

— Desculpe, mas não quero ficar duas horas presa no trânsito do verão para você brincar com sua amiga. Não nas minhas férias.

A garota cruzou os braços e fez um bico. Brincar! Ela se sentiu insultada.

Archie mastigava e encarava o próprio reflexo no vidro da janela do carro.

Clay comia enquanto dirigia. Amanda ficaria furiosa se eles morressem num acidente de carro porque o marido estava distraído engolindo um sanduíche de setecentas calorias.

As vias ficaram mais estreitas. Em algumas das estradinhas que saíam da principal, havia barracas de produtos das fazendas à venda com base no sistema de confiança, ou seja, sem ninguém para tomar conta dos produtos: recipientes de meio litro forrados de feltro verde cheios de framboesas peludas desfazendo-se em suco e uma caixa de madeira por cinco dólares. Tudo era tão verde que, para falar a verdade, chegava a ser meio enlouquecedor. Dava vontade de comer tudo: sair do carro, ficar de quatro e morder a própria terra.

— Vamos sair para tomar um pouco de ar fresco.

Clay abriu todas as janelas, livrando-se do fedor das flatulências dos filhos. Reduziu a velocidade porque a estrada era cheia de curvas, sedutora, fazia as pessoas balançarem de um lado para outro. Caixas de correio avisavam: aqui habita gente rica e de bom gosto, caia fora. Não dava para ver nada, a mata era muito densa. Viam-se avisos sobre a presença de cervos, estúpidos e acostumados com os humanos. Os animais desfilavam com tranquilidade pelas ruas, de olhos arregalados e consequentemente cegos. Havia cadáveres deles por toda parte, marrons e inchados.

O carro fez uma curva e eles deram com outro veículo à frente. Aos quatro anos Archie já sabia o que era aquilo: uma grande plataforma sendo puxada por um trator. O motorista ignorou o carro na traseira, com a tranquilidade de um morador diante de invasores, enquanto o trator e seu reboque venciam as subidas e descidas da estrada. Depois de quase dois quilômetros, o veículo saiu da estrada e entrou em uma propriedade. A essa altura, o fio de Ariadne, ou fosse lá o que os ligava aos satélites que flutuavam acima, tinha se rompido. O GPS não fazia nenhuma ideia de onde estavam, e eles tiveram que seguir as indicações que Amanda, sempre adepta de planejamentos, havia copiado no notebook. Esquerda, direita, depois esquerda, esquerda de novo por quase dois quilômetros, em seguida esquerda, mais três quilômetros, depois direita, não totalmente perdidos, mas também não completamente não perdidos.

2

A CASA ERA DE TIJOLOS PINTADOS DE BRANCO. HAVIA UM CHARme naquele vermelho transfigurado. Parecia antiga e nova. Sólida e leve. Talvez esse fosse um desejo inerentemente americano, ou apenas um desejo contemporâneo, o de ter uma casa, um carro, um livro, um par de sapatos que materializassem essas contradições.

Amanda havia encontrado o lugar no Airbnb. "O refúgio definitivo", prometia o anúncio. Ela respeitou o tom íntimo da descrição. *Entre na nossa bela casa e deixe o mundo para trás.* Depois de ver, passara o notebook, tão quente que poderia produzir tumores no abdome dela, para Clay. Ele assentiu e disse algo evasivo.

Mas Amanda insistira naquelas férias. A promoção lhe rendera um aumento de salário. Logo, logo, Rose se tornaria uma adolescente de ensino médio, com aquele comportamento tipicamente desdenhoso. Por um momento fugaz, as crianças ainda eram apenas crianças, embora Archie já medisse mais de um metro e oitenta. Amanda ainda se lembrava da voz aguda e infantil do filho, do corpinho de Rose enroscado nos quadris dela. Era aquilo que todo mundo dizia: no seu leito de morte, você vai se lembrar da noite em que levou seus clientes para jantar naquele antigo restaurante da Thirty-Sixth Street e perguntou a eles como as respectivas esposas estavam, ou de quando boiava na piscina com os filhos, os cílios brilhando por causa das gotas da água com cloro?

— Parece uma belezinha — disse Clay, e desligou o motor do carro.

As crianças soltaram os cintos de segurança, abriram as portas e pularam animadas no chão de cascalho.

— Não vão muito longe — pediu Amanda, apesar de ser uma bobagem.

Não havia para onde ir. Talvez a floresta. O que a preocupava de verdade era a doença de Lyme. O desejo de demonstrar autoridade era só um costume que havia adquirido ao se tornar mãe. As crianças já tinham deixado de dar ouvidos às reclamações diárias dela havia muito tempo.

O cascalho fazia um som particular sob os sapatos de couro que Clay usava para dirigir.

— Como é que a gente entra?

— Tem um porta-chaves com segredo. — Amanda olhou o celular. Sem sinal. Eles não estavam nem mesmo numa estrada. Ela andou com o celular para o alto, procurando sinal, mas as barrinhas não apareciam. Havia salvado essa informação. — O porta-chaves está... na cerca ao lado do aquecedor da piscina. O código é 6292. A chave lá dentro abre a porta lateral.

A casa era sombreada por uma cerca viva, o orgulho de alguém, como um banco de neve ou uma parede. O jardim da frente era limitado por uma cerca de madeira, branca, sem traço algum de desarmonia. Havia outra cerca, esta de madeira e arame, que circundava a piscina, o que barateava o seguro, e os proprietários sabiam que às vezes os cervos eram atraídos por algo e, se a casa ficasse vazia por algumas semanas, um animal iria se afogar, inchar e explodir, uma bagunça horrenda. Clay pegou a chave, enquanto Amanda ficou apenas aguardando, naquela tarde maravilhosa e úmida, atenta ao estranho som do silêncio quase absoluto do qual ela sentia falta, ou dizia que sentia, já que eles viviam na cidade. Dava para ouvir o zumbido de algum inseto ou de uma rã, ou ambos, o vento passando por entre as árvores, a percepção de um avião ou um cortador de grama, ou talvez fosse do trânsito distante, que era como o ruído do oceano que se ouve quando se está próximo dele. Não estavam perto do mar, afinal o aluguel seria muito mais caro, mas quase podiam ouvi-lo, um ato de vontade, de compensação.

— Chegamos — narrou desnecessariamente Clay quando destrancou a porta. Ele fazia isso às vezes, mas se corrigia quando se pegava em flagrante.

A casa tinha aquele som abafado típico das casas caras. O silêncio significava que era bem construída, sólida, que os órgãos trabalhavam em perfeita harmonia. A respiração do ar-condicionado central, a vigília da geladeira cara, a inteligência confiável de todos os mostradores digitais marcando o tempo em sincronia quase perfeita. Num horário pré-programado, as luzes exteriores se acenderiam. Uma casa que quase não necessitava de gente. O assoalho era composto por pranchas largas de madeira trazidas de uma antiga fábrica de algodão, as quais eram tão bem encaixadas que não se ouvia nenhum rangido ou lamento. As janelas estavam tão limpas que, uma vez por mês, o coitado de um passarinho se enganava, quebrava o pescoço e caía morto na grama. Algumas mãos eficientes haviam estado por ali, levantado as persianas, diminuído a temperatura do termostato, limpado cada superfície e passado o aspirador nas entranhas do sofá, de onde tinham sido retirados pedaços de salgadinhos de milho e uma ou outra moeda de um centavo perdida.

— É bem legal mesmo — disse Clay.

Amanda tirou os sapatos antes de entrar. Era uma entusiasta fervorosa de tirar os sapatos na entrada de casa.

— É linda.

As fotografias no site faziam jus à realidade: as luminárias penduradas acima da mesa de carvalho, caso alguém quisesse montar um quebra-cabeça à noite; a bancada central da cozinha de mármore cinza, onde seria possível preparar massa de pão; a pia dupla sob a janela que dava para a piscina; e o fogão com uma torneira de cobre, que permitia encher a panela com água sem tirá-la do lugar. Os proprietários eram ricos o suficiente para serem contemplativos. Amanda ficaria diante da pia lavando os pratos e Clay ao ar livre, grelhando alguma coisa enquanto tomaria uma cerveja, de olho nas crianças brincando de Marco Polo na piscina.

— Vou pegar as coisas — disse Clay.

A mensagem implícita: ele iria fumar um cigarro, um vício que deveria ser um segredo, mas não era.

Amanda deu uma volta pelo lugar. Havia um cômodo amplo com um televisor e portas duplas que davam para o deque. Dois quartos pequenos, decorados em tons de azul, eram divididos por um banheiro. Havia um closet, com toalhas de praia e uma máquina de lavar e secar, e um longo corredor que levava à suíte principal, com papel de parede praiano em preto e branco. Além de tudo ser de bom gosto, também era muito prático: uma caixa de madeira para esconder o recipiente de sabão de lavar roupa, uma grande concha em que repousava um sabão em barra, ainda na embalagem. A cama era king-size, tão grande que nunca teria passado pelas escadas para chegar ao apartamento deles, no terceiro andar. O banheiro da suíte era todo branco (azulejos, pia, toalhas, sabonete, a saboneteira feita de conchas brancas), aquela fantasia especial de pureza que servia para escapar da realidade dos próprios excrementos. Extraordinário. E apenas trezentos e quarenta dólares por dia, mais uma taxa de limpeza e um depósito de seguro retornável. Do quarto, Amanda podia ver os filhos, já vestidos com as roupas de banho de Lycra de secagem rápida, correndo em direção ao pacífico azul da piscina. Archie com as pernas compridas e os ângulos agudos, o tórax ainda pouco convexo e alguns pelos escuros nos mamilos rosados. Rose, curvilínea e bamboleante, com a penugem de bebê e o maiô inteiro de bolinhas um pouco apertado nas pernas, delineando-lhe o sexo. Um grito de animação, e os dois caíram na água com um baque delicioso. Na floresta distante, algo se assustou com o barulho e surgiu contra o tom amarronzado da cena: dois perus gordos, silenciosos, selvagens e irritados com a invasão. Amanda sorriu.

3

AMANDA SE OFERECEU PARA IR ATÉ O MERCADO. HAVIAM PASSAdo pela loja durante a viagem, e ela refez o caminho. Dirigiu devagar, com as janelas abertas.

A loja era gelada, iluminada demais, com corredores largos. Ela comprou iogurte e frutas. Comprou peru fatiado, pão integral, mostarda escura e maionese. Comprou chips de batatas e de tortilha, além de um vidro de molho com muito coentro, apesar de Archie se recusar a comer coentro. Comprou salsichas orgânicas, pães baratos e o ketchup que todo mundo usava. Comprou uma bebida alcoólica de limão, água com gás e vodca Tito's, produzida no Texas, além de duas garrafas de vinho de nove dólares cada. Comprou espaguete, manteiga com sal e uma cabeça de alho. Comprou bacon, meio quilo de farinha de trigo e xarope de bordo comercializado numa garrafa facetada de vidro igual às de perfume barato, que custava doze dólares. Comprou meio quilo de café moído, tão forte que dava para sentir o aroma mesmo com a embalagem a vácuo fechada, e filtros feitos de papel reciclado. Quem se importava? Ela se importava! Comprou uma embalagem com três rolos de toalha de papel, protetor solar em spray e gel de aloé, porque as crianças tinham herdado a pele muito clara do pai. Comprou aqueles biscoitos salgados finos que se serve às visitas, os biscoitos salgados que todo mundo preferia, queijo cheddar branco, homus com muito alho, um salame inteiro e aquelas cenouras que são desbastadas até ficarem do tamanho de dedos de crianças. Comprou vários pacotes de biscoitos recheados, três potes de meio litro, cada, de sorvete Ben & Jerry's politicamente correto, uma caixa de mistura para bolo simples e uma embalagem com tampa vermelha de cobertura para bolos de chocolate, porque a experiência de mãe havia lhe ensinado que, num dia de chuva, inevitável durante as férias, um dos jeitos de matar tempo era fazer um bolo com mistura pronta. Comprou duas abobrinhas maduras, um saco de lentilhas, um maço de couve tão verde que era quase preto. Comprou uma garrafa de azeite de oliva, uma caixa de rosquinhas cobertas de açúcar, um cacho de bananas, um saco com nectarinas, duas embalagens plásticas de morangos, uma dúzia de ovos vermelhos, uma caixa plástica com espinafre higienizado, uma embalagem plástica com azeitonas e alguns tomates para salada, verdes e alaranjados, embalados em celofane. Comprou um quilo e meio de carne moída, dois pacotes de pão de hambúrguer, com a parte de baixo coberta de farinha, e um vidro de picles produzido na região. Comprou quatro abacates, três limões e um molho de coentro fresco, embora Archie se recusasse a comer coentro. Custou mais de duzentos dólares, mas não tinha importância.

— Vou precisar de uma mãozinha.

O ajudante que empacotava as compras talvez estivesse no ensino médio, ou não. Usava uma camiseta amarela e tinha cabelo castanho e um jeito sério, como se tivesse sido esculpido a partir de um bloco de madeira. Ela ficou excitada ao ver as mãos do ajudante em ação, mas este era um dos efeitos das férias, não é? Davam tesão, faziam com que tudo parecesse possível, uma vida completamente diferente daquela que se levava no dia a dia. Amanda poderia ser uma mãe atraente, dando um beijo de língua num adolescente no estacionamento de um supermercado. Ou poderia ser apenas mais uma mulher da cidade gastando muito dinheiro em comida demais.

O rapaz, ou talvez já fosse um homem, colocou os sacos de papel num carrinho e seguiu Amanda até o estacionamento. Ele botou tudo no porta-malas e Amanda lhe deu uma nota de cinco dólares.

Com o motor do carro ligado, ela verificou o celular para ver se havia sinal, e o fluxo de endorfina que sentiu ao ver os e-mails chegando — Jocelyn, Jocelyn, Jocelyn, o diretor da agência, um dos clientes, dois memorandos mandados para todos os funcionários pelo gerente-geral de projetos — foi quase tão sexual quanto o que ela havia sentido ao olhar o rapaz do mercado.

Não havia nada importante acontecendo no trabalho, mas era muito melhor ter certeza disso do que ficar se preocupando com a possibilidade de que houvesse. Amanda ligou o rádio. Meio que reconheceu a música que estava tocando. Parou no posto de gasolina e comprou um maço de cigarros para Clay. Eles estavam de férias. À noite, depois dos hambúrgueres, cachorros-quentes e abobrinhas grelhadas, de taças de sorvete com biscoitos esfarelados por cima e até alguns morangos fatiados, depois de tudo isso, talvez eles transassem — não fariam amor, que era o que acontecia em casa; transariam, como acontecia nas férias, suados, úmidos e se sentindo estranhos nos lençóis de outras pessoas. Depois sairiam, entrariam na piscina aquecida e deixariam a água lavá-los, fumariam um cigarro e falariam sobre os assuntos dos quais se fala após se estar casado por tanto tempo: finanças, filhos e sonhos delirantes de imóveis (como seria bom ter uma casa como aquela só para eles!). Ou então ficariam em silêncio, outro prazer de um casamento longo. Assistiriam à televisão. Ela dirigiu de volta para a casa de tijolos pintados.

4

CLAY AMARROU A TOALHA NA CINTURA. O GESTO DE ABRIR PORtas duplas continha, em si mesmo, certa grandeza. Fazia frio dentro de casa e muito calor lá fora. As árvores haviam sido podadas para manter a sombra longe da piscina. O sol forte dava até vertigem. Os pés úmidos dele deixavam marcas no piso de madeira. Elas, porém, desapareciam em segundos. Clay cortou caminho pela cozinha e saiu pela porta lateral. Pegou o maço de cigarros no porta-luvas, pisando com cuidado no chão de cascalho. Sentou-se no gramado da frente, à sombra de uma árvore, e acendeu um cigarro. Deveria se sentir mal, mas o tabaco era um pilar nacional. O ato de fumar o inseria na história! Era um ato patriótico, ou, no mínimo, havia sido no passado, tipo ter escravizados ou matar indígenas cherokees.

Era agradável ficar sentado do lado de fora, quase nu, com o sol e a brisa batendo na pele e o lembrando de que ele era apenas mais um animal. Clay poderia mesmo estar sem roupa. Não havia mais casas, nenhum sinal de outros seres humanos, exceto uma barraca que vendia ovos no sistema de confiança, a cerca de um quilômetro. Houve um tempo em que eles ficavam todos nus, juntos na banheira, Archie não passava de um punhado de ossos e risadas junto aos pais. Mas, como não eram hippies, haviam superado essa fase.

Não dava para ouvir as crianças brincando na piscina. A casa não era tão grande, mas as árvores absorviam o barulho como o algodão absorve sangue. Clay se sentia seguro e acalentado sob a proteção da cerca viva que mantinha o mundo afastado. Ele conseguia imaginar nitidamente Amanda boiando numa poltrona flutuante e lendo a revista *Elle*, ostentando dignidade (o que era difícil, afinal até os patos perdem a dignidade sobre as ondulações da água sempre ridículas). Clay desamarrou a toalha e deitou-se. A grama pinicava suas costas. Ele encarou o céu. Sem pensar — mas, no fundo, pensando —, baixou a mão direita até a frente do calção e mexeu no pênis, frio e encolhido por causa da água. Férias davam tesão.

Clay se sentiu livre e leve, embora não houvesse muito sobre as costas dele. Tinha que escrever uma resenha sobre um livro para a *The New York Times Book Review*, por isso levara o notebook. Eram apenas novecentas palavras. Dentro de algumas horas, ele poria a família na cama, encheria um copo com gelo e vodca, se sentaria sem camisa no deque, com a luz do notebook iluminando a noite, e fumaria alguns cigarros, as ideias viriam e logo depois as novecentas palavras. Clay era dedicado, mas também um pouco preguiçoso — e ele sabia disso. Queria ser convidado para escrever na *The New York Times Book Review*, porém, na verdade, não tinha vontade de escrever nada.

Clay era professor titular e Amanda ocupava o cargo de diretora, mas os dois não tinham pisos acarpetados nem ar-condicionado central. O segredo do sucesso era ter pais ricos. Mesmo assim, podiam fingir que eram proprietários de um lugar assim durante uma semana. O pênis dele subiu em direção ao sol, praticamente uma saudação de ioga, balançando até ficar duro diante do fascínio da casa. Bancadas de mármore e um lava-louça de primeira linha, e Clay teve uma ereção completa, o pau pairando acima da barriga como a agulha de uma bússola.

Clay se sentiu culpado ao apagar o cigarro. Nunca andava sem balas de hortelã ou chicletes. Voltou a amarrar a toalha na cintura e entrou na casa. As latas de lixo de rodinhas ficavam embaixo da bancada da cozinha. Clay terminou de apagar a ponta do cigarro com água da torneira (imagine só se ele incendiasse a casa?) e a enterrou no meio do lixo. Havia sabão líquido com aroma de limão num vidro ao lado da pia. Pela janela, era possível ver a família. Rose parecia distraída com alguma brincadeira particular. Archie fazia flexões no trampolim, elevando o corpo magro em direção ao céu, os ombros ossudos rosados como carne malpassada.

Às vezes, ao olhar para a família, Clay se sentia inundado por um desejo de *fazer algo* por eles. Vou construir uma casa para vocês ou tricotar um suéter, o que for preciso. Perseguidos por lobos? Vou fazer do meu corpo uma ponte para que vocês possam atravessar o desfiladeiro. A família era a coisa mais importante do mundo para Clay, mas obviamente eles não percebiam, afinal essa era a natureza da relação parental. Ele sintonizou um jogo de beisebol no rádio, embora não se interessasse pelo esporte. Achou que a descrição das jogadas era animada, como alguém lendo uma história para uma criança dormir. Clay pôs duas embalagens de carne crua dentro de um vasilhame grande — Archie comeria três hambúrgueres — e picou uma cebola, misturou na carne, temperou com uma pitada de sal e pimenta-do-reino moída e acrescentou molho inglês como quem bota algumas gotas de perfume nos pulsos. Depois, deixou os hambúrgueres no formato de discos e os colocou num prato. Por fim, fatiou o queijo cheddar e cortou os pãezinhos ao meio. A toalha estava escorregando da cintura, então ele lavou a carne crua das mãos e a amarrou mais apertado. Encheu uma vasilha de vidro com batatas fritas e levou tudo no fogão portátil para o lado de fora. Cada etapa parecia familiar, como se ele tivesse preparado refeições de verão naquela cozinha durante toda a vida.

— O jantar já vai sair — avisou.

Ninguém prestou atenção. Clay ligou o gás e usou o isqueiro comprido para acender o fogo. Seminu, botou as carnes para assar, pensando que devia parecer um homem das cavernas, algum ancestral esquecido havia muito tempo. Quem disse que ninguém tinha estado pelo menos uma vez naquele mesmo lugar? Alguns milênios antes, ou mesmo séculos, algum indígena iroquês de peito nu e tanga de couro, acendendo uma fogueira para que a carne da sua carne pudesse comer carne. O pensamento o fez sorrir.

5

SEM TROCAR DE ROUPA, ELES COMERAM NO DEQUE, UMA CON-fusão de toalhas de cores berrantes e guardanapos de papel manchados de ketchup. Hambúrgueres do tamanho de DVDs dentro de pães fofos. Rose estava especialmente atraída pelo encanto um tanto ácido das batatas fritas ao vinagre. Havia migalhas e gordura no queixo dela. Amanda amava que a filha ainda tivesse um lado infantil. A mente era uma coisa e o corpo, outra: eram os hormônios que havia no leite, na cadeia alimentar, na água encanada, no ar, ou fosse onde fosse.

Fazia tanto calor, que os pais nem mandaram as crianças tomarem uma chuveirada, deixaram que se largassem no sofá de tecido riscado com as roupas de banho, Archie esguio e Rose viçosa: costelas aparentes e uma constelação de sinais, cotovelos sardentos e penugem nas canelas. Rose queria assistir a um desenho animado, algo de que Archie gostava secretamente — saudoso da infância! A pele dele estava arrepiada por causa do frio do ar condicionado, o sofá era macio e a mente e a boca estavam pesadas e lentas devido ao calor ou à energia gasta. Ele estava muito cansado para se levantar, pegar mais um hambúrguer, provavelmente já frio, coberto de ketchup, e comê-lo em pé na cozinha, com os pés no chão gelado. Só mais um minutinho, pensou ele, mas o corpo ainda reclamava de fome depois de tantas horas na piscina, ou talvez por ter ficado encolhido no carro durante a viagem toda — o corpo vivia reclamando disso.

Amanda foi tomar um banho. O chuveiro era preso no teto e a água caía como chuva. Ela regulou a temperatura para o mais quente possível, a fim de dissolver os resíduos do protetor solar. Aquele negócio sempre parecia meio venenoso, uma prevenção fajuta etc. O cabelo não era longo nem curto, sem franja, o que a fazia parecer jovem de um jeito que pegava mal num ambiente de trabalho. Um embate entre dois tipos de vaidade completamente diferentes — o desejo de parecer mais competente do que aparentar ser mais jovem. Amanda sabia que a aparência dela correspondia ao tipo de mulher que era. Era possível notar mesmo de longe. A atitude e a postura, as roupas e o cuidado pessoal, tudo dizia exatamente quem ela era.

O corpo ainda irradiava o calor do sol. A água da piscina não o tinha refrescado muito, morna como a do chuveiro. As pernas de Amanda estavam pesadas e belas. Ela queria se deitar e dormir. Os dedos deslizaram para as partes do corpo onde se sentiam melhor, à procura não de algum prazer interior, mas de algo mais cerebral: a confirmação de que ela, os ombros, os mamilos, os cotovelos, tudo isso existia. Que maravilha ter um corpo, algo que contém alguém. As férias serviam para reencontrar o próprio corpo.

Amanda enrolou o cabelo numa toalha branca, como as mulheres faziam nos filmes. Espalhou loção na pele e vestiu a calça larga de algodão que costumava usar para dormir no verão e uma camiseta velha com um logo que não significava mais nada para ela. Era impossível se lembrar de onde as coisas que possuía tinham vindo. O tecido de algodão da camiseta estava tão gasto que chegava a brilhar. Ela se sentiu viva e, se não sexy, então sexual; a expectativa era mais importante que a transa. Amanda ainda o amava, sem dúvida, e ele conhecia o corpo dela — já estavam juntos havia dezoito anos, é óbvio que ele conhecia —, mas ela era humana, bem que gostaria de alguma novidade.

Da porta, deu uma espiada na sala de estar. Os filhos pareciam inebriados, cevados, como odaliscas no sofá. O marido estava curvado sobre o celular.

— Para a cama em vinte minutos.

Amanda lançou um olhar sugestivo para Clay e, em seguida, fechou a porta do quarto. Despiu as calças e se envolveu nos lençóis frescos e macios. Não fechou as cortinas — deixe que assistam, os cervos, as corujas, os idiotas dos perus que não conseguem voar —, que todos admirassem os músculos dorsais torneados de Clay (que remava no New York Sports Club duas vezes por semana), nos quais ela amava afundar os dedos, sentir o cheiro agradável das axilas peludas e aplaudir o hábil movimento da língua dele sobre sua pele.

A casa ficava longe demais do mundo para haver sinal de celular, mas tinha Wi-Fi, com uma senha absurdamente longa (018HGF234-WRH357XIO), para impedir não sei quem de usá-lo — os cervos, as corujas, os idiotas dos perus que não conseguem voar? Amanda moveu os dedos pela tela do celular aleatoriamente, como se fosse um tabuleiro Ouija ou um rosário, então o aparelho se conectou à internet e os e-mails começaram a chegar, um atrás do outro, formando uma lista. Quarenta e um! Ela se sentiu tão necessária, tão lembrada, tão *amada*.

No e-mail pessoal, Amanda havia recebido ofertas de produtos, um informativo de que o clube do livro do qual ela cogitava participar faria uma reunião de outono e um artigo da *New Yorker* sobre um cineasta bósnio. No e-mail profissional, havia perguntas e preocupações, e as pessoas estavam solicitando a participação de Amanda, sua opinião, suas propostas. Todos tinham recebido a resposta automática de "fora do escritório", firme e solar, mas ela quebrou a promessa de só retomar o contato depois de voltar. Não, não faça X. Sim, mande um e-mail para Y. Pergunte a fulano sobre o assunto tal. Só um lembrete para dar continuidade a esse assunto com aquela pessoa.

Amanda sentiu o braço ficar dormente por causa da posição de segurar o celular pequeno demais no ar. Virou-se de bruços, os lençóis quentes em razão do contato, de modo que o calor na vulva era o do próprio corpo, e mover-se sobre a cama era um ato de masturbação. Ela se sentiu limpa, pronta para sentir-se suja, mas continuou a se distrair com os e-mails até que Clay fosse ao encontro dela, com cheiro de cigarros furtivos e fatias de limão na vodca.

O calor do chuveiro havia lhe amolecido a coluna, tipo manteiga fora da geladeira. Após algumas aulas de vinyasa ioga, tinha começado a prestar mais atenção aos próprios ossos. Ela aprendeu a soltá-los. Relaxou, abandonando a decisão de não ceder às coisas mais reprováveis que os dois podiam fazer. Amanda o deixou enrolar os dedos nos cabelos dela e lhe segurar a cabeça firme e delicadamente contra o travesseiro, a boca aberta como um vazio a ser preenchido. Amanda se permitiu gemer mais alto do que em casa, uma vez que havia um longo corredor entre eles e os quartos das crianças. Empinou os quadris até encontrar a boca de Clay e depois — pareceu uma eternidade, mas durou apenas vinte minutos — tomou o pênis do marido, murcho, dentro da boca, deliciando-se ao sentir o gosto do próprio corpo.

— Jesus. — Clay estava ofegante.

— Você tem que parar de fumar.

Ela se preocupava com problemas cardíacos. Os dois já não eram tão jovens. Toda mãe já pensou na morte de um filho; Amanda não sentia mais nada em relação à hipotética morte do marido. Dizia a si mesma que amaria novamente. Ele era um bom homem.

— Também acho.

Clay não achava. Os prazeres da vida moderna eram muito poucos. Amanda se levantou e se espreguiçou, grudenta e feliz, querendo ela mesma um cigarro; o entorpecimento a ajudaria a se distanciar do que haviam acabado de fazer, o que era necessário depois do sexo, mesmo quando feito com alguém íntimo. Aquela mulher não era eu! Ela abriu a porta e os ruídos da noite a chocaram. Grilos ou outras espécies de insetos, vários possivelmente pisando nas folhas secas dos bosques além do gramado, uma brisa muito suave movia tudo, talvez as plantas fizessem algum som ao crescer, mesmo um sutil *scritch, scritch* da grama, o batimento cardíaco das folhas de carvalho transbordando clorofila.

Amanda tinha a impressão de estar sendo observada, mas não havia ninguém lá fora, não é? Ela sentiu um arrepio involuntário à simples ideia, mas logo voltou à ilusão de segurança dos adultos.

Os dois se esgueiraram pelo deque, nus como neandertais, iluminados apenas por um feixe de luz que escapava através da porta envidraçada. Clay levantou a cobertura da banheira de hidromassagem e ambos mergulharam na espuma quente, o vapor embaçando os óculos dele, um sorriso largo sensual e satisfeito. Os olhos dela se adaptaram à escuridão. A pele muito branca de Clay sobressaía. Amanda o via como ele era, mas o amava.

6

NINGUÉM TINHA COMPRADO CEREAIS PARA O CAFÉ DA MANHÃ. Archie queria um que tivesse um sabor diferente da sensação de cereal esmagado e amolecido no leite. Ele bocejou.

— Desculpe, campeão. Vou fazer uma omelete para você.

O pai tinha essa mania besta de querer ser o melhor no preparo de café da manhã. Embora cozinhasse bem — sempre passava manteiga na torrada e a punha de volta no forninho até que a manteiga derretesse e a torrada ficasse molenga como se já tivesse sido mastigada —, havia algo de triste na necessidade que ele tinha de chamar atenção para isso.

Amanda passava protetor solar nas costas de Rose. A televisão estava ligada, mas ninguém prestava atenção. Ela limpou as mãos nas próprias pernas nuas e pôs o frasco dentro da bolsa.

— Rose, você vai levar três livros? Para passar uma tarde na praia?

— A gente vai ficar o dia inteiro. E se eu não tiver mais nada para ler?

— A bolsa já está bem pesada.

Rose não queria choramingar, mas foi o que aconteceu.

— Você pode botá-los nesta outra bolsa. — Clay achava que o amor de Rose pelos livros repercutia bem para eles. — Archie, você pode levar esta bolsa?

— Preciso ir ao banheiro.

Archie ficou lá um bom tempo, em frente ao espelho. Estava com uma camisa de lacrosse, da qual tinha cortado as mangas para que todo mundo pudesse ver seus músculos. Examinou-se longamente, satisfeito.

— Anda — gritou Clay para o filho, com a irritação que precedia o relaxamento.

— Aqui está o almoço. E a água. E a canga e as toalhas.

Amanda ia apontando para as bolsas, com a certeza de que, mesmo depois de terem planejado tudo com antecedência, esqueceriam alguma coisa.

— Já vou, já vou. — Um "que saco" sussurrado, mais um reflexo do que outra coisa.

Archie pegou a bolsa que o pai havia deixado no sofá. Não pesava nada! Ele era muito forte.

A família marchou para fora de casa, guardou as coisas no carro e colocou os cintos de segurança. O GPS ziguezagueava, sem conseguir identificar o local onde estava, onde eles estavam e onde o resto do mundo estava. Sem pensar muito, Clay achou o caminho para a estrada e o satélite recuperou a visão deles, que prosseguiram sob o olhar protetor do objeto. A estrada virava uma ponte que, pelo jeito, não levava a lugar algum, que levava aos confins dos Estados Unidos. Entraram no estacionamento vazio (ainda era cedo) e pagaram cinco dólares para um adolescente de uniforme cáqui que parecia feito de areia — cachos dourados, sardas, pele amarronzada e dentes que pareciam conchinhas do mar.

Sob o estacionamento, havia um túnel que levava à praia. Eles passaram por um parque de diversões, mastros altos como grandes árvores e bandeiras de muitos países estalando ao vento que vinha do oceano.

— O que é isso? — O tom de Archie era zombeteiro, mesmo que o garoto não se desse conta.

Pararam numa espécie de corredor de concreto, os pés calçados com chinelos, e Amanda leu o que estava escrito.

— É uma homenagem às vítimas do voo 800.

Um voo da TWA com destino a Paris. Todos a bordo morreram. As pessoas às vezes se referiam às almas, o que fazia o acidente parecer mais importante, antigo ou santificado. Amanda se lembrava desse voo — os especialistas em teoria da conspiração diziam que a culpa havia sido de um míssil dos Estados Unidos, mas a lógica apontava para uma falha mecânica. Ninguém gosta de admitir, mas essas coisas acontecem.

— Vamos! — Rose puxou a bolsa pendurada no ombro do pai.

Fazia calor, mas o vento era constante e trazia o frescor da vastidão do oceano. Havia algo ártico nele, e quem diria que isso não era literalmente o que estava acontecendo? O mundo é vasto, mas também pequeno e governado pela lógica. Amanda se esforçou para estender a canga, pintada por indígenas analfabetos de um povoado — ela havia achado o item na internet. Colocou uma bolsa em cada canto para fazer peso. As crianças tiraram a roupa de cima e saíram correndo como gazelas. Rose analisou os detritos trazidos pelo mar até a areia, conchas, copos de plástico e balões que tinham celebrado formaturas e festas de adolescentes a muitos quilômetros de distância. Archie se ajoelhou na areia, a alguma distância do local onde os pais estavam, tentando disfarçar que olhava fixamente para as salva-vidas, garotas vigorosas de maiôs vermelhos e com cabelos alourados pelo sol.

Amanda levara um livro do qual não conseguia entender muita coisa, com uma metáfora central cansativa que envolvia pássaros. Clay estava com o tipo de livro que sempre levava com ele, uma crítica curta e inclassificável sobre o estilo de vida que levamos na atualidade, algo impossível de ler estando ao sol e quase sem roupa, mas importante para o trabalho.

O olhar dele se desviava frequentemente para as salva-vidas. O de Amanda também. Como não? Havia uma metáfora menos cansativa — o que poderia se interpor entre a vida e a morte pelas forças da natureza além de belas jovens com barrigas negativas, mamilos do tamanho de moedas de vinte e cinco centavos, bíceps torneados, pernas lisas, pele bronzeada, cabelos ressecados, bocas aperfeiçoadas por aparelhos ortodônticos e olhos escondidos atrás de óculos escuros baratos de plástico?

Eles comeram sanduíches de peru com batatas chips, que quebravam ao serem mergulhadas na pasta de guacamole (uma pequena porção sem as ervas, para o filho muito amado), e depois melancia, gelada e revigorante. Archie adormeceu e Rose começou a ler uma de suas graphic novels. Archie acordou e desafiou o pai a enfrentar as ondas, que eram assustadoras. Amanda estava com medo de haver tubarões, porque tinha ouvido dizer que havia tubarões. O que uma das salva-vidas adolescentes faria caso surgisse um tubarão?

Estava agradável, divertido e cansativo. O sol não dava trégua, mas o vento persistia.

— Vamos embora.

Amanda devolveu seus potinhos de plástico à bolsa térmica que tinha achado na cozinha. Estava exatamente no lugar onde ela teria guardado uma bolsa térmica na própria cozinha (um armário debaixo do micro-ondas).

Rose tremia, e o pai a envolveu numa toalha como fazia quando ela saía do banho, ainda criança. A família se arrastou até o carro, estranhamente cansada, e pegou o caminho de volta pela ponte.

— Olha lá, um Starbucks. — Amanda apertou o braço direito do marido, animada.

Ele parou no estacionamento e Amanda entrou. Protegidos do vento, o ar ainda estava quente. O estabelecimento era igual a todos os outros da franquia, como esperado, mas isso não era reconfortante? As cores conhecidas, os guardanapos marrons muito úteis — sempre havia uma pilha deles no carro para assoar o nariz ou secar algum líquido derramado —, os canudos verdes de plástico, os apreciadores de corpo robusto dispostos a pagar sete dólares por um milk-shake com cobertura de chantilly servido em copos do tamanho de troféus esportivos. Ela pediu cafés puros, embora já passasse das três, o que a faria dormir tarde, ou talvez não, já que a proximidade do mar sempre a fazia se sentir muito cansada.

Depois, a confusão para tirar a areia das pernas com a mangueira do quintal. Archie apontou o jato para a frente do calção, os testículos cobertos com pedacinhos de conchas, até considerar que já estava bom, então mergulhou na piscina. Esfregou o cabelo e sentiu a areia se soltando e caindo na água.

Amanda lavou os pés e entrou para tomar banho. Em menos de vinte e quatro horas, a casa já parecia agradavelmente familiar. Ela colocou um podcast no computador — algo a ver com a mente, não prestou muita atenção — e lavou novamente o cabelo com xampu, pois odiava o efeito da água salgada nos fios. Ela se vestiu e encontrou Clay, que assobiava enquanto lavava um tupperware cheio de areia.

— Vou preparar um macarrão — disse ela.

— As crianças estão na piscina. Vou dar um pulo até o mercado e comprar um cereal para o Archie. — O que ele queria dizer é que iria ao mercado, fumaria um cigarro no estacionamento, entraria na loja, lavaria as mãos e voltaria com um monte de compras no valor de cem dólares. — Estão dizendo que deve chover amanhã.

— Já está quase dando para sentir. — Uma promessa no ar, ou talvez uma ameaça. Amanda tinha levado o computador para a cozinha com o propósito de continuar a ouvir o podcast. Ela o pôs na bancada. — Pode trazer alguma coisa doce? Talvez uma... torta. Compre uma torta. E um pouco mais de sorvete? — Na noite anterior, depois de transar e lânguidos por causa da água quente da banheira de hidromassagem, os dois haviam devorado meio litro de sorvete. — Acho que alguns tomates também. Outra melancia. E algumas frutinhas vermelhas. Qualquer coisa que estiver com cara boa, sei lá.

Ele a beijou, o que era estranho para uma ida ao mercado, mas fofo.

A janela permitia que Amanda vigiasse as crianças e fizesse outras coisas. Raspou o limão, misturou com a manteiga amolecida, picou o alho e juntou tudo. Usou a tesoura da cozinha para cortar a salsa, que tinha um aroma forte e surpreendente. Misturou tudo até formar uma pasta espessa. O macarrão quente abrandaria o gosto de alho.

Botou uma panela no fogão, usou um pouco de sal, encheu uma taça de vinho tinto. O estômago dela se revirou, a mistura do vinho tinto com café. A água ferveu. Ela havia se distraído.

Para além da piscina, através das árvores no perímetro da propriedade, Amanda viu um cervo, então olhou com mais atenção e identificou mais dois, menores. Mãe e dois filhos! Que coincidência. Os animais se moviam com cuidado, procurando por — o que era mesmo que os cervos comiam? A ignorância a deixou com vergonha.

Ela escorreu a água do macarrão cozido, botou a manteiga com ervas na massa, recolocou a tampa da panela e abriu a porta de vidro. O ar tinha ficado mais frio. Iria chover, ou alguma outra coisa aconteceria, e eles teriam que passar o dia seguinte dentro de casa. Havia jogos de tabuleiro, televisão, podiam assistir a um filme, havia um vidro com milho para pipoca na despensa, podiam fazer pipoca e ficar de bobeira o dia inteiro.

— Está na hora de entrar, pessoal.

Archie e Rose estavam na banheira de hidromassagem, rosados como camarões.

Amanda insistiu para que os filhos tomassem banho e dessem um fim naquele cheiro de cloro. Encheu mais uma taça de vinho. Clay voltou com uma quantidade inacreditável de sacolas de papel.

— Passei um pouco dos limites. — Ele parecia envergonhado. — Achei que podia chover. Não quero ter que sair de casa amanhã.

Amanda fechou a cara porque achou que era o que devia fazer. Não iriam à falência por gastar um pouco mais do que o normal em mantimentos. Talvez fosse o vinho.

— Tá bom, tá bom. Deixe as compras aí e vamos comer. — Ela temia que a voz estivesse um tanto enrolada.

Pôs a mesa. As crianças, cheirando a sabonete de amêndoas, se sentaram. Estavam todos ótimos, cansados, dóceis, quase bem-educados, sem arrotos nem xingamentos. Archie até ajudou o pai a tirar a mesa, e Amanda se deitou no sofá ao lado de Rose, com a cabeça no colo confortável da filha. Não pretendia dormir, mas acabou acontecendo, com todo o vinho, a massa e o tédio da conversa fiada na televisão. Vinte minutos depois, Amanda acordou assustada com o som de um comercial particularmente barulhento e Rose tendo que ir ao banheiro. Estava com a boca seca.

— Tirou uma boa soneca? — Clay a estava provocando, não do jeito sensual (ele ainda estava saciado), mas carinhoso, o que era ainda melhor, e mais raro.

Os dois tinham construído uma boa vida juntos, não tinham?

Amanda fez as palavras cruzadas do *The New York Times* no celular — tinha medo da demência senil, e achava que isso era uma boa prevenção —, e o tempo passou de maneira estranha, como quando era medido em minutos, antes de a televisão existir. Se na noite anterior ela teve vontade de dar uma olhada nos e-mails de trabalho e transar com o marido, naquela noite estava mais preocupada em ficar no sofá com os filhos, Archie sonolento no seu moletom folgado com capuz e Rose, infantil, embrulhada na manta de lã áspera deixada no braço do sofá. Clay serviu taças de sorvete, depois as recolheu e a máquina de lavar louça se pôs a trabalhar com seu borbulhar familiar, e os olhos de Rose estavam vazios e Archie bocejou bem alto, de repente como um homem, e Amanda mandou as crianças para a cama, dizendo que escovassem os dentes, mas sem bancar a fiscal para confirmar se haviam obedecido.

Ela bocejou, cansada o suficiente para ir dormir, mas desconfiava que perderia o sono caso se movesse. Clay mudou de canal até parar num filme policial que nenhum dos dois estava em condições de acompanhar, detetives e suas presas.

— A televisão é um troço idiota. — Clay desligou o aparelho. Preferia mexer no celular. Colocou algumas pedras de gelo dentro de um copo. — Quer uma bebida?

Amanda fez que não com a cabeça.

— Estou satisfeita.

Ela ainda não sabia qual interruptor controlava cada lâmpada. Tentou um, e a piscina e o gramado se iluminaram, fachos de luz branca através dos galhos de árvores acima. Apagou as luzes, e tudo voltou à escuridão anterior, o que pareceu certo e natural.

— Quero um pouco d'água — disse ela, ou pensou, e foi para a cozinha. Estava enchendo um dos copos quando ouviu um arranhão, um passo, uma voz, algo que parecia estranho ou que não deveria ter acontecido. — Você ouviu isso?

Clay resmungou; não estava prestando atenção. Verificou os pequenos botões na lateral do celular para se assegurar de que o som estava desligado.

— Não fui eu.

— Não. — Ela tomou um gole de água. — Foi outra coisa. De novo: pés se arrastando, uma voz, um murmúrio, uma *presença*. Uma ruptura, uma mudança. Algo. Amanda teve mais certeza dessa vez. O coração dela disparou. Ela se sentiu sóbria, desperta. Pousou o copo na bancada de mármore delicadamente — de repente, parecia que devia se mexer com cuidado.

— Ouvi alguma coisa. — Ela estava sussurrando.

Nesses momentos, Clay se sentia mobilizado. Tinha que ser o homem. Não que se importasse. Talvez até gostasse. Isso o fazia se sentir necessário. Do outro lado do corredor, quase dava para ouvir o ronco de Archie, parecendo um cachorro adormecido.

— Deve ser só um cervo no gramado da frente.

— É alguma coisa. — Amanda fez um gesto com a mão para que o marido ficasse quieto. Sentiu um gosto metálico de medo na boca. — Tenho certeza de que ouvi alguma coisa.

Não havia mais dúvida: o ruído existia. Uma tosse, um passo, uma hesitação, aquela intuição animal de que havia mais alguém da mesma espécie por perto, e a pausa cheia de apreensão para saber se o outro tinha propósitos violentos. Uma batida na porta. Uma batida na porta daquela casa onde ninguém sabia que eles estavam, sem acesso ao GPS, naquela casa perto do mar mas perdida no meio do mato, naquela casa de tijolos pintados de branco, o mesmo material que o porquinho Prático tinha escolhido para se manter a salvo. Outra batida na porta.

7

O QUE ELES DEVERIAM FAZER?
   Amanda congelou, o instinto da vítima. Foco.
   — Pegue um taco. — A velha solução da violência.
   — Um taco?
   Clay se perguntava onde iria conseguir um bastão. Qual fora a última vez que segurara um? Será que tinham um taco de beisebol em casa? E, se tivessem, será que o haviam trazido? Não, mas quando foi que eles decidiram abandonar esse esporte americano? No saguão de entrada da casa deles, havia um monte de guarda-chuvas em variados estados de decomposição, um limpador de para-brisa extra, o bastão de lacrosse de Archie, alguns daqueles anúncios que passavam por baixo da porta e um monte de cupons de desconto numa sacola de plástico que nunca iria se biodegradar. Bem, lacrosse havia sido herdado dos indígenas, talvez fosse um esporte mais nacional. Num aparador, sob uma fotografia emoldurada de Coney Island, havia um objeto de latão, um pequeno colar retorcido, o tipo de quinquilharia fabricada na China que deveria dar um ar decorativo aos quartos de hotel ou a maquetes de apartamentos. Clay o pegou, mas se deu conta de que era

muito leve. Além disso, o que faria? Enrolaria os dedos em torno do colar e daria uma pancada na cabeça de algum estranho? Ele era um professor universitário.

— Não sei. — Qualquer um teria ouvido o sussurro de Amanda, e certamente quem estivesse do outro lado da porta.

— Quem será?

Pergunta ridícula.

— Não sei.

Clay botou o pequeno objeto decorativo de volta na mesa. A arte não os protegeria.

Outra batida na porta. Dessa vez, deu para ouvir uma voz masculina.

— Oi? Tem alguém aí?

Clay achava que um assassino não seria tão bem-educado.

— Não é nada de mais. Vou abrir.

— Não!

Amanda ainda estava com um sentimento terrível, uma premonição de que o pior poderia acontecer ou uma paranoia caso não acontecesse. Não gostava nada daquilo.

— Vamos nos acalmar. — Talvez ele estivesse repetindo inconscientemente comportamentos vistos nos filmes. Ficou olhando para a esposa até ela parecer mais calma, como o que os domadores faziam com os leões, olhar nos olhos e dominar. Mas ele não acreditava por completo nesse número. — Pegue o telefone. Só por garantia.

Era uma boa decisão, esperta, e ele se sentiu orgulhoso por ter pensado nisso.

Amanda foi até a cozinha. Havia uma mesa, um telefone sem fio e uma linha que funcionava. Ela havia vivido o bastante para que o telefone sem fio passasse de uma grande inovação a algo obsoleto. Ainda tinham um em casa, mas ninguém o usava. Ela o pegou. Deveria ligá-lo e apertar as teclas 9 e 1 e aguardar?

Clay destrancou a trava e abriu a porta. O que esperava encontrar?

A luz da varanda, tipo de interrogatório, iluminou um homem negro, bem-apessoado e bem-proporcionado, embora talvez um pouco baixo, na casa dos sessenta anos, que exibia um sorriso simpático. Era engraçado como os olhos registravam de imediato: afável, inofensivo, ou instantaneamente tranquilizador. Ele vestia um blazer amarrotado, uma gravata de tricô afrouxada, uma camisa listrada e aquele tipo de calça marrom que todos os homens acima de trinta e cinco anos usam. Levantou as mãos, num gesto que podia significar *Vim em paz* ou *Não atire*. Naquela idade, os homens negros costumavam fazer esse gesto.

— Desculpe o incômodo. — Ele parecia sincero ao dizer essas palavras, ao contrário da maioria das pessoas. Sabia como se portar.

— Oi — disse Clay, como se estivesse atendendo ao telefone. Abrir a porta para um visitante inesperado era inédito. A vida urbana admitia apenas o cara que ia entregar um pacote da Amazon, e até ele tinha que se identificar antes. — Sim?

— Lamento muito incomodá-los. — A voz do homem era metálica, com a seriedade de um apresentador de noticiário. Ele sabia se tratar de uma característica que o fazia soar mais sincero.

Ao lado do homem, um pouco atrás, havia uma mulher, também negra e de idade indefinida, com uma saia e casaco retos de linho.

— *Lamentamos* muito — corrigiu ela, dando ênfase ao *nós* implícito. Parecia tão ensaiado que ela certamente era a esposa do homem. — Não tínhamos a intenção de assustar vocês.

Clay riu, como se essa ideia fosse ridícula. Assustado? Ele não estava assustado. Ela o lembrava de mulheres que apareceriam em anúncios de remédio para osteoporose na televisão.

Amanda se deteve entre o saguão de entrada e a cozinha, atrás de uma coluna, como se essa posição lhe desse alguma vantagem tática. Ainda não estava convencida. Talvez fosse melhor fazer uma chamada de emergência. Mesmo gente engravatada podia ser criminosa. Ela não havia trancado as portas dos quartos das crianças. Que tipo de mãe era?

— Em que posso ajudar?

Era isso que se dizia nessas circunstâncias? Clay não tinha certeza.

O homem pigarreou.

— Lamentamos o incômodo. — Já era a terceira vez que se desculpava, como um mantra. Ele continuou: — Sei que já é tarde. Uma batida na porta, neste lugar isolado.

O homem havia imaginado como isso soaria. Havia ensaiado seu papel.

A mulher continuou:

— Não tínhamos certeza se deveríamos bater na porta da frente ou na porta lateral. — Ela riu para mostrar como essa questão era absurda. Tinha a pronúncia articulada de quem fizera aulas de dicção. Um quê de Katharine Hepburn com um toque aristocrático. — Achei que seria menos assustador...

Clay objetou:

— Assustador, não. Só surpreendente.

— Sim, sim. — Era o que o homem esperava. — Eu disse que a gente deveria tentar a porta lateral. É de vidro, então vocês poderiam nos ver e perceber que somos apenas... — Ele não terminou a frase, um dar de ombros do tipo *Não queríamos atacá-los*.

— Mas achei que seria mais estranho. Ou assustador. — A mulher tentou captar o olhar de Clay.

A fala dos dois tinha um certo charme, quase cômico, como num filme. A adrenalina de Clay se tornou aborrecimento.

— Nós podemos... ajudar?

Ele não tinha ouvido o carro do casal, se é que haviam chegado de carro, mas de que outro jeito teriam surgido?

Clay havia usado a palavra *nós*, então Amanda, com o telefone firme na mão como uma criança que segura o bicho favorito de pelúcia, apareceu no saguão. Eles deviam estar perdidos, ou com um pneu furado. A navalha de Ockham, essas coisas.

— Olá! — Ela demonstrou uma alegria meio forçada, como se estivesse esperando pelo casal.

— Boa noite. — O homem queria provar que era educado, isso fazia parte do plano.

— Vocês nos assustaram. Não estávamos esperando ninguém.

Amanda não tinha problemas em admitir. Imaginava que isso a colocaria numa posição de superioridade. Pensou que significava *Esta é nossa casa, então o que é que vocês querem?*.

Estava ventando, e o ruído era como um coral de vozes. As árvores balançavam, as copas jogadas de um lado para outro. Uma tempestade estava chegando ou aguardava, escondida, em algum lugar.

A mulher tremia. As roupas de linho não eram suficientes para mantê-la aquecida. Ela dava uma certa pena, envelhecida, despreparada. Mas era esperta, e contava com isso.

Clay se sentiu mal, ou indelicado. A mulher poderia ser a mãe dele, embora esta já tivesse morrido havia muito tempo. Boas maneiras eram uma ferramenta para se lidar com momentos tão estranhos como aquele.

— Vocês nos pegaram de surpresa. Mas como é que podemos ajudar?

O homem negro olhou para Amanda e sorriu com mais simpatia.

— Bem, você deve ser a Amanda. Certo? Amanda. Desculpe, mas... — O vento aumentou, atravessando as roupas deles de verão. Ele pronunciou o nome dela uma terceira vez, porque sabia que daria certo. — Amanda, será que poderíamos entrar?

8

CONHECER AS PESSOAS ERA UMA DAS HABILIDADES DE AMANDA. Ela convidava para drinques os burocratas de Minneapolis, Columbus e St. Louis que pagavam seu salário. Ela se lembrava de quem era quem e perguntava sobre as respectivas famílias. Orgulhava-se disso. Olhou para o sujeito e viu apenas um homem negro que nunca havia encontrado antes.

— Vocês se conhecem!

Clay se sentiu mais confiante. O vento levantava os pelos das suas pernas.

— Ainda não tivemos o prazer de nos encontrar pessoalmente. — O homem tinha a prática de um vendedor, que era de fato a profissão dele. — Sou o G. H.

As letras não significavam nada para ela. Amanda não tinha entendido se ele estava tentando soletrar alguma coisa.

— George. — A mulher achava que o nome soava mais gentil que as iniciais, e aquele era um momento em que os dois precisavam parecer humanos. Nunca dava para saber quem portava armas, pronto para se defender. — Ele é o George.

Ele pensava em si mesmo como George. Mas se identificava para terceiros como G. H.

— George, óbvio, sou o George. Esta casa é nossa.

A propriedade era protegida por lei, e Amanda tinha se iludido. Começara a imaginar que a casa fosse dela!

— Como é?

— Esta casa é nossa — disse ele novamente. — Nós trocamos e-mails.

George tentava ser firme e delicado ao mesmo tempo.

Amanda então se lembrou: GHW@washingtongroupfund.com — a opacidade formal dessas iniciais. O lugar era confortável, mas anônimo o bastante para que ela nem tentasse imaginar quem eram os proprietários. E agora, diante deles, Amanda se dava conta de que, se tivesse se dado ao trabalho de imaginá-los, o retrato teria saído errado. Para ela, a casa não parecia o tipo de lugar onde pessoas negras viviam. Mas o que esse pensamento significava?

— Esta casa... é de vocês?

Clay estava decepcionado. Os dois estavam pagando pela ilusão de serem os proprietários. Estavam de férias. Ele fechou a porta, deixando o mundo do lado de fora, onde deveria estar.

— Estamos tão consternados por incomodar vocês.

Ruth ainda mantinha a mão no ombro de George. Bem, os dois estavam dentro de casa, haviam conseguido alguma coisa.

Por que Clay havia convidado essas pessoas para entrar e fechado a porta? Era bem o jeito dele. Sempre queria cuidar dos assuntos da vida, mas nunca estava plenamente preparado para isso. Amanda queria provas concretas. Queria ver a escritura da propriedade, uma identidade com foto. Aquelas pessoas com roupas amassadas poderiam ser... bem, pareciam mais frequentadores de alguma igreja evangélica do que criminosos, talvez pregadores das testemunhas de Jeová.

— Vocês nos deram um baita susto! — Clay não se importava de confessar a própria covardia, uma vez que já tinha passado. *Um baita* não era tão importante, e era, sem dúvida, culpa deles.

— Caramba, do nada está fazendo frio lá fora.

— É mesmo. — G. H. era tão bom quanto qualquer outra pessoa em prever como os outros iriam se comportar. Mas levou algum tempo. Estavam dentro de casa. Era o que importava. — Tempestade de verão? Talvez passe logo.

Eram quatro adultos de pé e sem jeito, como nos momentos cheios de expectativa que precedem uma orgia.

Amanda estava furiosa com todos, principalmente com Clay. Ela se contraiu, certa de que alguém iria apresentar uma arma, uma faca ou um pedido. Desejou ainda estar com o telefone na mão, embora se perguntasse quanto tempo levaria para a delegacia local chegar à sua bela casa no meio do mato. Ficou quieta.

G. H. estava pronto. Havia se preparado e pensado em como aquelas pessoas reagiriam.

— Entendo que deve ser muito estranho para vocês o fato de nós aparecermos assim sem avisar.

— Sem avisar. — Amanda refletiu sobre a expressão, que não fazia muito sentido.

— Nós teríamos ligado, mas os telefones...

Teriam ligado? Essas pessoas sabiam o número de telefone dela?

— Meu nome é Ruth.

A mulher estendeu a mão. Todos os casais dividem as tarefas entre si segundo o talento de cada um, mesmo ou particularmente em momentos como aquele. O papel dela era cumprimentar, ser gentil e deixar as pessoas à vontade, a fim de obter o que queriam.

— Clay.

Ele apertou a mão da mulher.

— E você é a Amanda. — Ruth sorriu.

Amanda apertou a mão bem-cuidada da desconhecida. Se mãos calosas indicavam trabalho honesto, mãos macias implicavam desonestidade?

— Isso — respondeu ela.

— E eu sou o G. H., de novo. Prazer em conhecê-lo, Clay.

Clay apertou a mão do homem com força, como se quisesse provar alguma coisa.

— É ótimo ter a oportunidade de conhecer você pessoalmente, Amanda.

Amanda cruzou os braços.

— Sim. Embora eu deva admitir que não esperava te conhecer pessoalmente.

— Não, óbvio que não.

— Talvez devêssemos nos sentar.

Era a casa deles, o que Clay podia fazer?

— Seria ótimo.

Ruth sorria como a esposa de um político.

— Sentar? Sim, claro. — Amanda tentava comunicar algo ao marido, mas não conseguiu apenas com o olhar. — Talvez na cozinha. Mas temos que falar baixo, as crianças estão dormindo.

— As crianças. Certo. Espero que não tenham acordado.

G. H. devia ter adivinhado que haveria crianças, mas talvez isso ajudasse a resolver a situação.

— Archie é capaz de continuar dormindo depois de uma explosão nuclear. Tenho certeza de que eles estão bem.

Clay tinha voltado a ficar bem-humorado.

— Acho que vou dar uma olhada neles. — Amanda continuava fria, e tentava convencê-los de que tinha o hábito de dar uma espiada de vez em quando nos filhos adormecidos.

— Eles estão bem. — Clay não conseguia entender o que a esposa estava fazendo.

— Vou só dar uma olhadinha rápido. Por que você não... — Ela não sabia como completar a frase, então deixou assim mesmo.

— Vamos nos sentar.

Clay fez um gesto em direção aos bancos em torno da bancada central da cozinha.

— Clay, acho que devo uma explicação a vocês. — G. H. assumiu que essa era uma tarefa masculina, como alugar um automóvel para uma viagem a outra cidade. Achou que outro marido entenderia. — Como eu disse, gostaríamos de ter telefonado. Na verdade, tentamos, mas os telefones estão sem linha.

— Já passamos um verão perto daqui há alguns anos. — Clay queria deixar evidente que tinha certo conhecimento do lugar. Que sabia quais eram os problemas de ter uma casa de campo. — É quase impossível encontrar sinal.

— É verdade — disse G. H. Ele tinha se sentado, com os cotovelos sobre o mármore e inclinado para a frente. — Mas acho que não é o caso.

— Como assim? — Clay sentiu que deveria oferecer alguma coisa. Afinal, o casal era a visita. Ou será que era ele? — Aceitam um copo d'água?

No fim do corredor, Amanda usava o celular como lanterna. Depois de ter confirmado que Archie e Rose ainda estavam lá, abandonados ao sono despreocupado das crianças, ela permaneceu fora das vistas se esforçando para ouvir o que os três estavam falando, enquanto tentava encontrar sinal para o telefone. Olhou para o celular como se fosse um espelho, mas o sensor não a reconheceu — talvez o corredor estivesse muito escuro — e a tela não ligou. Amanda apertou o botão de ligar, e o telefone acendeu, mostrando um alerta, o T quase ilegível, do *The New York Times*. Apenas algumas palavras: "Blecaute geral reportado em toda a Costa Leste dos Estados Unidos." Ela deu umas batidinhas no aparelho, mas o aplicativo não abriu, apenas a tela branca da máquina pensante. Era muito irritante. Ela não deveria ficar com raiva, mas ficou.

— Nós fomos a um concerto sinfônico hoje à noite. — G. H. estava no meio de uma história. — No Bronx.

— Ele faz parte da diretoria da Filarmônica... — explicou a mulher, com orgulho conjugal, sem conseguir se conter. Ela e George acreditavam no dever de retribuir. — É para incentivar as pessoas a se interessarem por música clássica... — Ruth estava explicando em demasia.

Amanda voltou à cozinha.

— Está tudo bem com as crianças? — Clay não tinha entendido que aquilo havia sido apenas um pretexto.

— Tudo bem.

Amanda queria mostrar o telefone para o marido. Não havia nenhuma notícia além daquelas onze palavras, mas já era alguma coisa e lhes daria alguma vantagem sobre aquelas pessoas.

— Estávamos voltando de carro para a cidade, para nossa casa. Aí aconteceu alguma coisa.

Ele não estava tentando ser vago. Mesmo no carro, ele e Ruth não tinham tocado no assunto, porque estavam com medo.

— Um blecaute — declarou Amanda, triunfante.

— Como é que você sabe? — G. H. ficou surpreso.

Pensava que teria que explicar. Os dois tinham feito a viagem toda em uma escuridão total, até verem as luzes da própria casa através das árvores. Não dava para acreditar porque não fazia o menor sentido, mas àquela altura o sentido era o que menos importava. O alívio de ter alguma luz e a segurança que isso proporciona.

— Um blecaute?

Clay esperava algo pior.

— Eu recebi uma mensagem de alerta — disse Amanda e tirou o telefone do bolso e o colocou na bancada.

— Dizia o quê? — Ruth queria mais informações. Havia visto acontecer, mas não sabia de nada. — Disseram qual foi a causa?

— Só disseram isso. Que foi um blecaute geral em toda a Costa Leste.

Amanda olhou de novo para o telefone, mas o alerta havia desaparecido, e ela não sabia como recuperá-lo.

— Está ventando muito lá fora. — Clay achava que a causa e o efeito eram óbvios.

— Estamos na temporada dos furacões. Não havia nenhuma notícia sobre um furacão? — Amanda não se lembrava.

— Um blecaute. — G. H. assentiu. — Era o que pensávamos. Bem, nós moramos no décimo quarto andar.

— Os sinais de trânsito estavam todos apagados. Um caos. — Ruth não queria aborrecê-los ao dar mais detalhes.

A cidade era totalmente artificial, montanhas de aço e vidro e capital, e a eletricidade era essencial para que ela existisse. Uma cidade sem energia elétrica era como um pássaro que não sabia voar, um acidente na evolução.

— Um blecaute? — Clay parecia estar sugerindo a palavra a alguém que a tivesse esquecido. — Já aconteceu um blecaute antes. Não parece tão grave.

Amanda não comprara a desculpa. Não parecia verdade.

— As luzes estão normais aqui.

Ela tinha razão, óbvio. Ainda assim, todos olharam para as luminárias acima da bancada da cozinha, como quatro pessoas tentando se hipnotizar. Ninguém sabia explicar a eletricidade, nem a presença nem a ausência dela. As palavras de Amanda eram fruto do orgulho? Dava para ouvir o barulho do vento contra a janela acima da pia. Um segundo depois, as luzes piscaram. Não uma ou duas vezes. Quatro vezes, como uma mensagem em código Morse que eles teriam que decifrar, como uma sucessão de flashes, mas voltaram a se estabilizar, e a luz manteve a escuridão do lado de fora. Os quatro haviam prendido a respiração, que soltaram ao mesmo tempo.

9

— JESUS CRISTO.

Pronunciar o nome de Deus em vão era uma blasfêmia e uma inutilidade. Jesus não se interessava por Clay, mas a luz não apagou. Clay já estava imaginando Amanda e a outra mulher (como era mesmo o nome dela?) gritando. Talvez fosse injusto associar o medo à feminilidade. Ele teria que acalmá-las — uma noite com vento, um canto perdido de Long Island. O mundo era tão vasto que uma boa parte ficava distante de tudo. As pessoas tendiam a se esquecer disso ao morarem muito tempo numa cidade. A eletricidade era um milagre. Eles deveriam ser gratos.

— Está tudo bem — disse G. H., a si mesmo e à esposa.

— Então aconteceu um blecaute e vocês dirigiram até aqui? Amanda não conseguia entender. Manhattan ficava muito longe. Não fazia nenhum sentido.

— Conhecemos o caminho como a palma da nossa mão. Eu nem pensei muito antes. Vimos as luzes se apagarem e olhei para a Ruth.

G. H. não sabia como explicar o que ele mesmo não entendia direito.

— Achamos que poderíamos ficar aqui — explicou Ruth.

Não fazia mais sentido ficar enrolando. Ruth sempre foi uma pessoa direta.

— Vocês achavam que poderiam ficar aqui? — Amanda sabia que aquelas pessoas estavam a fim de alguma coisa. — Mas nós estamos aqui.

— Sabíamos que não poderíamos voltar para a cidade. Sabíamos que não conseguiríamos subir catorze andares de escada. Então viemos para cá na esperança de que vocês pudessem entender.

— Óbvio. — Clay entendia.

Amanda encarou o marido.

— O que ele quer dizer é que é óbvio que nós *compreendemos*...

Mas será que era verdade? E se tudo não passasse de algum golpe? Completos estranhos se esgueirando para dentro da casa, para dentro da vida deles.

— Eu sei que não estava nos planos de vocês. Mas talvez vocês possam... Esta casa é nossa. Queríamos estar na nossa casa. Seguros. Enquanto tentamos entender o que está acontecendo lá fora. — G. H. estava sendo honesto, mas ainda soava como se quisesse vender algo.

— Foi muita sorte ainda termos gasolina. — Ruth aquiesceu. — Honestamente, não sei até onde daria para a gente ir.

— Não tem nenhum hotel...? — Amanda estava tentando não ser grosseira, mas sabia que o comentário soaria grosseiro. — Nós alugamos a casa.

Clay estava pensando. Começou a dizer algo. Havia sido convencido.

— Claro! Vocês alugaram a casa. — G. H. sabia que os dois iriam tocar na questão do dinheiro, porque todas as conversas sempre acabavam em dinheiro. Dinheiro era a especialidade dele. Sem problemas. — É claro que podemos oferecer alguma compensação. Sabemos que estamos causando incômodo.

— Sabe, é que estamos de férias.

Amanda achava que *incômodo* era uma palavra muito delicada. Um eufemismo. O fato de ele ter levantado a questão do dinheiro tão rápido parecia mais desonesto.

G. H. tinha cabelos grisalhos, óculos de aro de tartaruga e um relógio de ouro. Ostentava uma certa presença. Ele se sentou mais ereto no banco.

— Clay. Amanda. — Ele tinha aprendido esse truque no curso para executivos (em Cambridge): quando lançar mão dos nomes. — Eu reembolsaria integralmente o valor que pagaram.

— Você quer que a gente saia? No meio da noite? Meus filhos estão dormindo. E você simplesmente entra e começa a falar sobre reembolsar o que pagamos? Eu devia ligar para o Airbnb, você não pode fazer isso? — Amanda foi até a sala de estar para pegar o computador. — Talvez tenha um número no site...

— Não estou dizendo para vocês saírem! — G. H. riu. — Poderíamos reembolsá-los, digamos, em cinquenta por cento do que vocês pagaram? Tem uma suíte para hóspedes no subsolo. Nós poderíamos ficar lá.

— Cinquenta por cento?

Clay gostou da ideia de férias mais baratas.

— Eu realmente acho que deveríamos ver os termos do contrato... — Amanda abriu o notebook. — Mas é claro que agora isto não está funcionando. Talvez a gente precise reiniciar o Wi-Fi.

— Deixa eu ver. — Clay tentou pegar o computador da esposa.

— Não preciso de ajuda, Clay. — Amanda não gostava de ser tratada como alguém incompetente. Ambos mantinham proximidade com jovens: estudantes universitários no caso dele e uma assistente e alguns estagiários no dela. Os dois já tinham sido submetidos àquela inversão humilhante: observar, lembrar, imitar, como crianças brincando de se vestir de adultos. Depois que você passava de uma certa idade, era assim que se aprendia. Era preciso dominar a tecnologia, ou você seria dominado por ela. — Está sem sinal também.

— Nós ouvimos a transmissão de emergência. — Ruth achava que isso explicaria muita coisa. — Eu tive a ideia de ligar o rádio, então ouvimos: "Esta é a transmissão de emergência." — A voz não era zombeteira, ela estava firme, tentando reproduzir as ênfases e entonações verdadeiras. — Não um "teste". Entenderam? E não "Isto é apenas um teste". Foi a única vez que ouvi essa transmissão de rádio, então nem liguei no começo, depois fiquei prestando atenção e ouvi várias vezes, repetia "Esta é a transmissão de emergência".

— Emergência? — Amanda estava tentando usar a lógica. — Faz sentido, um blecaute é uma espécie de emergência.

— Com certeza. Foi um dos motivos por que viemos para nossa casa. Podíamos estar correndo perigo lá fora. — G. H. encerrou sua defesa.

— Bem, nós temos um contrato de aluguel.

Amanda insistia no campo legal. Tudo bem, naquele momento o contrato estava arquivado em algum lugar do ciberespaço, uma prateleira que não podiam alcançar. Além disso, a coisa toda soava estranha, de um jeito que ela não conseguia explicar.

— Me permite? — G. H. empurrou o banco para trás e avançou em direção à mesa. Pegou o chaveiro que estava no bolso do casaco e destrancou uma gaveta. Tirou de lá um envelope do tipo daqueles usados pelos bancos e contou as notas que estavam dentro. — Podemos pagar mil dólares a vocês agora para passarmos a noite. É quase a metade do que vocês estão pagando pela semana, se não me engano.

Clay tentou resistir, mas a visão de um monte de dinheiro sempre mexia com ele de um modo muito particular. Ele queria contar as notas. Será que aquele envelope havia estado naquela gaveta da cozinha o tempo todo? Ele sentiu vontade de fumar um cigarro.

— Mil dólares?

— Tem uma emergência acontecendo lá fora.

Ruth queria lembrá-los disso. Parecia imoral ter que pagar, mas ela não esperava nada diferente.

— A bola está com vocês. — G. H. sabia como convencer as pessoas. — É claro que vamos ficar muito gratos. Mas podemos mostrar quão gratos estamos. Amanhã vamos saber um pouco mais e repensar no assunto. — Ele não se comprometeu a ir embora, o que era importante.

Clay continuava a mexer no computador travado da esposa.

— É, acho que não está funcionando mesmo. — A intenção era simples. Ele queria mostrar aos visitantes que o mundo estava andando normalmente, que as pessoas ainda estavam tirando selfies dos seus Aperol spritzes e reclamando no Twitter da má administração dos transportes públicos. Nos minutos que passaram desde que o alerta de emergência havia sido transmitido, algum repórter corajoso devia ter descoberto a causa de tudo. Ainda dava para ouvir o vento, o responsável por tudo aquilo. Era sempre culpa de uma insignificância. — Bem. Acho que uma noite…

— Talvez a gente devesse discutir isso em particular. — Amanda não queria deixar aquelas pessoas sozinhas.

— Certo. Claro — concordou G. H., como se aquela fosse a decisão mais sensata a ser tomada.

Colocou o envelope gordo na bancada.

— É. — Clay estava confuso. Não sabia o que mais precisava ser debatido além daquele monte de dinheiro. — Podemos ir até ali?

— Escuta, você se importa se pegarmos uma bebida?

Clay balançou a cabeça.

G. H. pegou as chaves novamente e destrancou um armário alto ao lado da pia. Começou a mexer no interior do móvel.

— Voltamos já, já. Fiquem à...

Amanda não terminou a frase, porque pareceu idiota fazê-lo.

10

FAZIA FRIO NA SUÍTE PRINCIPAL. OU ERAM ELES QUE ESTAVAM tremendo.

— Por que você disse para eles que podiam ficar?

Amanda estava com raiva.

Clay achava que era óbvio.

— Aconteceu um blecaute. Eles ficaram com medo. São *velhos* — falou baixo, achando que era falta de respeito ressaltar essa parte.

— São estranhos.

Ela falou como se Clay fosse um idiota. Ninguém nunca havia dito a ele para não confiar em estranhos?

— Bem, eles se apresentaram.

— Eles só bateram na porta de madrugada.

Amanda não conseguia acreditar que os dois estavam tendo aquela discussão.

— Bem, é melhor do que se eles tivessem entrado sem bater. O casal teria esse direito.

— Eles me deram um tremendo susto.

O medo havia passado, então Amanda podia admiti-lo. Era um insulto. A audácia dessas pessoas — assustá-la!

— Também levei um susto. — Clay estava atenuando a questão, que já estava no passado. — Mas acho que eles também estão um pouco amedrontados. Não tinham outra saída.

O terapeuta que haviam consultado aconselhara Amanda, fazia muito tempo, a não ficar irritada quando Clay não agia exatamente da maneira que ela agiria. As pessoas não podiam ser criticadas por serem quem eram! Ainda assim, ela o criticava. Todo mundo enrolava Clay fácil demais, ele não sabia se defender.

— Minha ideia é: eles vão para um hotel.

— A casa é deles.

Aqueles cômodos bem decorados pareciam pertencer a eles próprios, mas não pertenciam. Isso devia ser respeitado, pensou Clay.

— Nós alugamos. — Amanda ainda estava sussurrando. — O que as crianças vão dizer?

Clay não conseguia imaginar o que as crianças iriam dizer, se é que diriam alguma coisa. As crianças só se importavam com o que as afetasse diretamente, e os dois só permitiam que poucas coisas as afetassem. Em geral, elas se comportavam melhor na presença de estranhos, mas nem isso era garantido. As crianças podiam brigar, xingar, arrotar ou cantar, sem se importar com quem estivesse ouvindo.

— E se eles nos matarem?

Amanda sentiu que o marido não estava prestando atenção.

— Por que eles nos matariam? — disse Clay.

Era uma pergunta difícil de responder.

— Por que alguém mata outra pessoa? Não sei. Ritual satânico? Algum fetichismo esquisito? Vingança? Sei lá!

Clay riu.

— Eles não vieram aqui para nos matar.

— Você não lê os jornais?
— Tinha essa notícia nos jornais? Que velhos negros estão rondando Long Island e atacando turistas desavisados?
— Nós não pedimos nenhuma *prova*. Eu nem ouvi o barulho do carro deles, você ouviu?
— Não ouvi. Mas está ventando, e nós estávamos assistindo à televisão. Talvez a gente simplesmente não tenha escutado.
— Ou então eles vieram pela estrada em silêncio. Para... sei lá, cortar nossa garganta.
— Acho que a gente devia se acalmar...
— É um golpe.
— Você acha que eles mandaram uma fake news para o seu celular? Os dois seriam criminosos mais sofisticados do que eu imaginava.
— É que tudo parece meio improvisado. E suspeito. Eles querem ficar aqui com a gente? Não gosto disso. Rose está ali, no fim do corredor. Um homem estranho. E se ele entrar no quarto dela... Não quero nem pensar nisso.
— Por outro lado, você não acha que ele molestaria o Archie. Amanda, ouve o que você mesma está dizendo.
— Ela é uma garota, tá legal? Eu sou a mãe, meu papel é protegê-la. Só não gosto da maneira como tudo isso está se desenrolando. Não acho nem que esta casa seja deles.
— Ele tem as chaves.
— Tem. — Ela abaixou ainda mais o tom de voz. — E se ele for o homem da manutenção? E ela a empregada doméstica? E se for tudo mentira, e o blecaute ou alguma coisa do gênero for só uma coincidência?
Amanda estava apenas um pouco envergonhada de fazer essa suposição. Contudo, aquelas pessoas não pareciam ser os

proprietários de uma casa tão linda. Poderiam no máximo ser os empregados.

— Ele tirou aquele envelope da gaveta.

— Um truque. Como você tem certeza de que aquela gaveta estava trancada? Talvez ele tenha apenas usado aquele monte de chaves para fingir.

— Não entendo o que eles ganham nos dando mil dólares.

Amanda pegou o celular para dar um Google no nome do homem. Washingtongroupfund.com soava estranho. Talvez fraudulento. O telefone, porém, não mostrou nada. A filha dela estava dormindo no fim do corredor!

— E outra: acho que já vi esse homem em algum lugar. Sério.

— Bom, eu nunca o vi na vida.

— Você nunca se lembra do rosto das pessoas — disse Amanda. Clay nunca reconhecia os professores das crianças e às vezes passava por vizinhos antigos na calçada sem cumprimentá-los. Ela sabia que o marido preferia pensar que estava concentrado nos próprios pensamentos, mas a verdade era que estava apenas distraído. — Não acredito nessa conversa fiada sobre transmissão de emergência. A gente estava assistindo à televisão naquela hora!

— Essa é fácil. — Clay atravessou o corredor curto. Apontou o controle remoto para a tela na parede. Meio que esperava (mais que meio) dar de cara com uma cena de pornografia. Acrescentaria uma certa animação à situação. Mas ele era ruim com tecnologia; era preciso fazer com que a televisão e o computador sincronizassem. A televisão acendeu. A tela estava azul, aquele vazio digital. — Estranho.

— Está no canal certo?

— Eu estava assistindo hoje de manhã. Acho que está fora do ar.

— Mas não é a transmissão de emergência. É o satélite que deve estar com problema. Talvez por causa da ventania.

Amanda não seria enrolada, porque sentia que aquelas pessoas queriam enrolá-los. Havia alguma desonestidade na coisa toda.

— Está bem, é um problema técnico. Mas eles disseram que ouviram essa transmissão no rádio. Uma coisa não quer dizer que a outra não seja verdade.

— Por que você está se esforçando tanto para acreditar em todo mundo menos na sua própria esposa?

— Eu só estou tentando te acalmar. Não estou dizendo que não acredito em você, mas...

Ele hesitou. Não acreditava em Amanda.

— Tem alguma coisa acontecendo.

Não era essa a história do filme *Seis graus de separação*? Eles deixavam as pessoas entrar porque eram negras. Era um jeito de demonstrar que não acreditavam que todos os negros fossem criminosos. Um bandido negro esperto poderia se aproveitar disso!

— Ou eles são pessoas mais velhas assustadas que precisam de um lugar para passar a noite. Vamos mandá-los embora de manhã.

— Não vou conseguir dormir com pessoas estranhas dentro de casa.

— Qual é!

Clay estava pensando. Talvez os mil dólares fossem um truque, ou talvez houvesse alguma coisa mais valiosa na casa. Ele não conseguia concatenar os pensamentos.

— Acho que eu já vi aquele homem antes, já falei.

Amanda sentia aquela frustração típica de não conseguir se lembrar de uma palavra específica. E se fosse um assassinato por vingança? Ele poderia ser um homem que fora enganado alguns anos antes.

Clay sabia que não era um bom fisionomista. E sabia que talvez, em algum nível, fosse especialmente incapaz de se lembrar de fisionomias de pessoas negras. Não iria dizer que, para ele, todos pareciam iguais, mas havia algumas provas — científicas, biológicas — de que as pessoas reconheciam gente da mesma raça com mais facilidade. Por exemplo, não era racista admitir que, para Clay, um bilhão de chineses provavelmente eram muito mais parecidos entre si do que eles eram uns para os outros.

— Não acho que a gente o conhece, e não acho que ele vai nos matar. — Só restava um tantinho muito sutil de dúvida. — Acho que a gente deve deixar que eles fiquem. É a coisa certa a fazer.

— Quero a prova. — Ela não tinha como satisfazer a essa demanda. — Quer dizer, a gente também tem chaves. Talvez eles tenham alugado antes de nós.

— Esta é a casa de férias dos dois. Não vai constar em nenhum documento. Vou falar com eles. Se eu tiver um mau pressentimento, vou dizer que infelizmente não nos sentimos confortáveis com a presença deles. Se não, acho que devemos deixar que fiquem. Eles são *velhos*.

— Eu gostaria de confiar nos outros tanto quanto você.

Na verdade, Amanda não invejava essa característica de Clay.

— É a coisa certa a fazer.

Clay sabia que esse argumento iria funcionar; a esposa não achava importante fazer sempre a coisa moralmente certa, mas ser o tipo de pessoa que faria. A moralidade se resumia à vaidade, no fim das contas.

Amanda cruzou os braços. Estava certa no que dizia respeito a não saber da história toda, assim como Clay também não sabia, nem aquelas pessoas na cozinha, nem o jornalista principiante que, ao receber as notícias, havia disparado o alerta para os milhões de pessoas que tinham o aplicativo do *The New York Times* instalado no celular. A ventania continuava muito forte, mas, mesmo que não estivesse, eles estavam muito longe da rota dos aviões para ouvir os que voavam em direção ao litoral, o que era a norma numa situação como aquela.

— Vamos ser bons samaritanos.

Clay desligou a televisão e decidiu não mencionar por enquanto a questão dos mil dólares.

II

A MANHÃ DAQUELE DIA PARECIA LONGÍNQUA, COMO UMA HIStória que Clay tivesse ouvido tempos atrás sobre outra pessoa. Ele quase conseguia ver as toalhas de praia penduradas na grade do lado de fora para secar, e elas eram como um beliscão que nos infligimos para acordar quando parece que estamos sonhando. Amanda foi atrás dele, e os dois entraram na cozinha, onde aqueles estranhos ainda se moviam como se fossem os donos da casa, o que, talvez, de fato fossem.

— Preparei umas bebidas. Achei que cairiam bem. — G. H. apontou para o copo que tinha na mão. — Da nossa reserva particular. Ofereço a você com prazer.

O homem havia deixado um armário aberto, e Clay podia ver garrafas de uísque envelhecido, vinho e algumas tequilas caras em frascos de porcelana. Já tinha feito um levantamento do que havia na cozinha. Esquecera aquele armário, ou será que estava trancado?

— Um drinque seria ótimo.

G. H. serviu uma dose.

— Gelo? Sem gelo?

Clay balançou a cabeça e pegou o copo. Sentou-se num banco.

— Está ótimo assim, muito obrigado.
— É o mínimo que podemos fazer!
O homem deu uma risada forçada.
Houve um silêncio temporário, como se eles tivessem combinado homenagear alguém que tivesse morrido.
— Acho que preciso ir ao banheiro — disse Ruth.
— Claro.
Clay não sabia o que devia fazer. Ela não estava pedindo permissão, e ele não precisava dá-la.
Amanda observou a mulher sair da cozinha. Ela se serviu de uma taça do vinho que tinha aberto mais cedo, porque não sabia bem o que fazer. O vinho dela, o vinho que tinha sido comprado com o dinheiro dela. Amanda se sentou ao lado do marido.
— É uma bela casa.
Que péssima ideia puxar conversa fiada logo naquele momento.
G. H. assentiu.
— Gostamos muito dela. Fico feliz em saber que você também gostou.
— Vocês compraram há muito tempo?
Amanda estava tentando interrogá-lo, na esperança de pegá-lo num deslize.
— Compramos há cinco anos. Levamos um bom tempo reformando, quase dois anos. Mas agora já é um lar. Ou um lar longe do lar.
— E onde é que vocês vivem na cidade?
Clay também sabia como puxar conversa.
— Na Park Avenue, entre a Eighty-First Street e a Eighty-Second Street. E vocês?

Clay se sentiu constrangido. O Upper East Side não era badalado, mas ainda era sagrado. Ou talvez fosse tão careta que era até sofisticado. Moravam no mesmo lugar havia tanto tempo que ele estava por fora do mercado imobiliário, algo que era um esporte popular na cidade. Mas já morara em apartamentos na Park Avenue, no norte da Quinta Avenida, na Madison Avenue. Sempre parecera irreal, como num filme de Woody Allen.

— Moramos no Brooklyn. Carroll Gardens.

— Na verdade ali já é Cobble Hill — disse Amanda.

Achava que aquele era um endereço mais respeitável. Uma comparação mais favorável, com o endereço do casal localizado num dos bairros mais caros da cidade.

— Acho que é onde todo mundo quer morar hoje em dia. Gente mais jovem. Imagino que vocês tenham mais espaço do que nós.

— Bom, vocês têm todo este espaço aqui, no campo — respondeu Amanda, um lembrete do que ela achava ser uma justificativa do homem.

— Esse foi um dos motivos por que compramos este lugar. Fins de semana, feriados. Sair da cidade e respirar um pouco de ar puro. O ar é tão diferente aqui.

— Gostei da reforma que vocês fizeram.

Amanda alisou o mármore da bancada como se fosse um animal de estimação.

— Tínhamos um empreiteiro excelente. Muitos detalhes foram ideia dele.

Ao voltar do banheiro, Ruth parou na sala de estar para ligar a televisão. A tela mostrava aquele tradicional tom de azul de uma era tecnológica mais simples. Por cima, em letras brancas:

TRANSMISSÃO DE EMERGÊNCIA. Houve um bip, um chiado baixinho, o som de alguma coisa que não era bem um som e em seguida mais outro bip. Os bips continuaram. Não houve nada além dos bips, contínuos mas nada tranquilizadores. Os outros três foram até a sala para ver.

— Bom, nenhuma novidade por aqui — disse Ruth, mais para ela mesma.

— Deve ser só um teste da transmissão de emergência — comentou Amanda, cética.

— Se fosse isso, eles avisariam — disse Ruth. Era o óbvio. — Só está aparecendo isso aí.

— Mude de canal. — Clay estava esperançoso. — Nós estávamos vendo um programa um pouco antes de vocês chegarem!

Ruth tentou todos os canais disponíveis: 101, 102, 103, 104. Depois, foi trocando mais depressa: 114, 116, 122, 145, 201. Todos azuis, com aquelas palavras sem sentido.

— Deve ser algum sistema de emergência que temos.

— Tenho certeza de que não é nada. — Clay olhou para as prateleiras embutidas, com os livros de arte e jogos de tabuleiro antigos. — Eles nos diriam se tivessem mais informações. — *Ipso facto*.

— A televisão por satélite é pouquíssimo confiável. Mas é inviável pedir que eles estiquem um cabo até aqui, então essa foi a única opção.

Ruth queria uma casa longe de tudo.

Fora ela quem havia redigido a descrição no site do Airbnb, e era verdade. A casa ficava num lugar longe do resto do mundo, e essa era sua maior qualidade.

— A ventania está forte. Deve ter derrubado o sinal. — G. H. se sentou numa das poltronas. — Chuva. É meio chato que a chuva afete a transmissão por satélite. Mas, infelizmente, é o que acontece.

Clay deu de ombros e disse:

— Então, pelo jeito, existe mesmo uma emergência. A emergência é que a cidade de Nova York está sem energia elétrica. Mas aqui nós ainda temos luz, apesar de estarmos sem TV e internet. Acho que isso deve fazer vocês se sentirem melhor. Vocês fizeram bem em sair da cidade... Deve estar um caos lá.

Amanda não acreditava no que ouvia, mas ao mesmo tempo refletia. Será que deveriam encher a banheira de água? Procurar onde estavam as pilhas, as velas, outras coisas básicas?

— Acho que vocês deveriam passar a noite aqui. — Clay já coletara provas suficientes. — Amanhã vamos descobrir o que está acontecendo.

Amanda não tinha nada a dizer sobre a transmissão de emergência.

— Um blecaute pode ser só uma parte da questão. Algo maior pode estar acontecendo. — Ruth tinha ficado quieta por mais de uma hora, pensando, e agora queria expor suas ideias. — Pode ser radioatividade. Pode ser terrorismo. Pode ser uma bomba.

— É melhor não dar asas à imaginação.

A boca de Clay estava doce por causa da bebida.

— Uma bomba?

Amanda estava incrédula.

G. H. não queria perguntar, mas precisava.

— Desculpem o incômodo, mas ainda não jantamos. Comemos só uns biscoitos com queijo antes do concerto.

O grupo — agora era um grupo? — voltou para a cozinha. Clay tirou da geladeira o que havia sobrado da massa, ainda na panela. De repente, se deu conta de que a cozinha estava uma bagunça, eles haviam mesmo relaxado como se estivessem em casa.

— Vamos comer alguma coisa.

Clay disse isso como se tivesse sido ideia dele. Os professores aprendiam a fazer isso, a captar um comentário eventualmente sensato da turma e transformá-lo em fato.

Ruth notou que a pia estava cheia de pratos sujos. Fingiu não ligar.

— Uma bomba na Times Square? Ou um ataque coordenado às usinas elétricas?

Ela nunca tinha se achado uma pessoa muito imaginativa, mas estava descobrindo um certo talento para isso. Só seria considerado paranoia se ela estivesse errada. Pense em tudo que tinha acontecido e depois sido esquecido durante a vida deles — ou apenas até a última década.

— É melhor não especular.

G. H. era uma pessoa razoável.

Alguém tinha deixado o pegador de massas dentro da panela. O metal estava frio ao toque. Clay encheu quatro pratos fundos e aqueceu um de cada vez no micro-ondas.

— Onde ficam as usinas elétricas de Nova York? — Havia tantas coisas que a gente ignorava, até uma pessoa inteligente como ele. Clay achava isso maravilhoso, ou significativo. — Devem ficar no Queens, eu acho. Ou na margem do rio?

— Uns sujeitos explodem uma mala na Times Square. Os amigos deles fazem o mesmo nas usinas de eletricidade. Caos sincronizado. As ambulâncias não conseguiriam sequer passar pelas ruas se todos os sinais de trânsito estivessem apagados. Todos os hospitais têm geradores? — Ruth aceitou o prato de massa agradecida. Não sabia o que fazer, então decidiu comer.

Também estava com fome. A massa estava muito quente, mas gostosa, e ela não sabia por que admitia isso de má vontade. — É muita bondade da sua parte.

Amanda babou sem querer. De repente, estava morrendo de fome. Os prazeres dos sentidos a lembravam de que estava viva. E beber demais também aumentava seu apetite.

— Não foi nada.

G. H. podia sentir a comida fazer efeito no corpo.

— Está delicioso, muito obrigado.

— É a manteiga com sal. — Amanda sentia que precisava explicar, afinal não estava claro se ela era a visita ou a anfitriã. Gostava de deixar claro qual era seu papel. — Aquela manteiga tipo europeia, em forma de cilindro. É uma receita muito simples. — Ela achava que uma conversa poderia diminuir o desconforto. Estava envergonhada de ter servido aquela comida a estranhos. A refeição havia sido apenas uma improvisação incorporada ao repertório dela. Amanda gostava de imaginar que, num futuro verão, em outra casa alugada, os filhos, de férias das universidades Harvard e Yale, pediriam esse prato especial que os faria se lembrar da infância ensolarada. — Nas férias, eu gosto de cozinhar coisas simples. Hambúrgueres. Panquecas. Esse tipo de coisa.

— Eu lavo a louça.

Ruth pensou que botar a cozinha em ordem poderia agradar. Além disso, era uma questão de educação.

— Estamos aqui agora. Agradecemos a vocês dois. Me sinto muito melhor depois de ter comido. Acho que vou tomar mais um drinque.

G. H. encheu novamente o copo. Era um uísque que já tinha idade para ser eleitor. Estava reservado para ocasiões especiais, e aquela era, sem dúvida, uma ocasião especial.

— Vou acompanhar você. — Clay empurrou o copo em direção ao homem. — Viu? Não tem nada com que se preocupar por aqui.

O copo de uísque era pesado e caro, daqueles que não quebram se caírem no chão.

Aqueles estranhos não o conheciam, por isso não sabiam que G. H. não era do tipo que exagera. Durante a viagem de uma hora e meia, o medo tinha crescido como a massa fermentada de um pão.

— Foi perturbador — comentou G. H.

Ele tinha conseguido o que queria, mas desejava que aquele homem e aquela mulher pudessem compreendê-lo. Dava para sentir a desconfiança dos dois.

Lavar a louça acalmou Ruth — a esponja amarela, o aroma de limão, o rangido de um prato quente e limpo. Durante os noventa minutos anteriores, ela havia estado, ao mesmo tempo, indecisa e agitada — a vida moderna tinha um ritmo misterioso, para o qual os seres humanos não haviam sido preparados. Os carros e aviões faziam com que todos fôssemos viajantes no tempo. Ela olhara para a escuridão da noite e tremera. Colocara a mão sobre o joelho de G. H. Pensara naquele lugar, naquela casa, tão solidamente construída e decorada com bom gosto, situada num belo local e absolutamente segura, exceto pela presença daquelas pessoas na cozinha que lhe pertencia.

— Essa é uma palavra suave para descrever — disse ela.

— Um blecaute, como o furacão Sandy.

Clay se lembrou dos relatórios falsos de uma explosão, dos resíduos tóxicos do canal Gowanus, no Brooklyn, contaminando o abastecimento de água, o que faria de cada gole um carcinógeno. Eles haviam ficado sem luz durante um dia e meio.

Tinha sido uma espécie de emergência charmosa; todos protegidos, com baralhos e livros. Quando a luz voltou, eles prepararam uma torta de maçã.

— Ou em 2003. A rede elétrica, lembram? — disse Amanda.

— Eu atravessei a ponte de Manhattan. Não conseguia falar com ela pelo telefone. — Clay pegou a mão da esposa, nostálgico e possessivo. — Fiquei muito preocupado. Todo mundo se lembrava do 11 de Setembro, mas acabou se mostrando muito menos aterrorizante do que aquele dia.

Aquela necessidade provinciana dos nova-iorquinos de demonstrar ter a vivência da cidade, de acharem que é missão deles provar que são os verdadeiros moradores. Contudo, todo mundo é possessivo com os lugares que habita. Você relembra os desastres para validar a fidelidade. Pois já viu o lugar nos piores momentos.

— Eu pensei no 11 de Setembro. — Ruth juntou os restos de comida no ralo e ligou o triturador. — E se houver pessoas morrendo neste exato instante? Vocês se lembram de alguns anos atrás, quando aquele sujeito jogou o caminhão no meio da ciclovia, no West Side? Alugou um caminhão em Nova Jersey e matou um monte de pessoas. Não é nada *complicado*. Quer dizer, não deve ter sido muito difícil planejar aquilo...

— As luzes. Todas as luzes...

G. H. sabia que ninguém estava interessado em ouvir sobre o sonho que ele havia tido na noite anterior. Parecera real, mas é necessário ver algumas coisas com os próprios olhos para crer.

Clay acreditava que quando você dizia, ela se tornava verdade.

— Eu acho que amanhã de manhã...

— Já é de manhã agora. — Ruth cruzou o olhar com o de Clay pelo reflexo na janela, um pequeno truque.

— Estou querendo dizer que as coisas sempre parecem diferentes à luz do dia. Acho que os clichês de autoajuda são baseados na realidade.

Clay parecia se desculpar, mas acreditava mesmo naquilo. O mundo não era tão assustador quanto as pessoas pensavam.

— Não sei como explicar — disse Ruth.

Ela secou as mãos numa toalha e a pendurou de volta no lugar. Um prédio todo aceso estava vivo, era um farol; apagado, desaparecia, como o mágico David Copperfield havia feito uma vez com a Estátua da Liberdade. Ruth associava a súbita falta de luz à extinção de algo, com um interruptor ao ser acionado, uma mudança, e isso levava a uma pergunta: o que havia sido extinto, qual interruptor tinha sido acionado, o que havia mudado?

— Você entrou em pânico.

Clay entendia.

Ruth só tinha aprendido uma coisa com o que estava acontecendo: tudo só funcionava graças a um acordo tácito de que iria funcionar. Para que algo saísse do controle, bastava que um grupo decidisse quebrar o acordo. Não havia uma estrutura real para impedir o caos, apenas uma fé coletiva na ordem.

— Eu estava com medo. Ainda estou. — Essa última frase ela nem chegou a sussurrar.

Não estava envergonhada, mas confusa. Era isso, então? Ela havia se transformado numa mulher idosa e medrosa?

— Vamos saber mais amanhã. — Clay acreditava nisso.

— E se forem os norte-coreanos? Aquele gordinho que jogou o próprio tio para ser devorado por cachorros. — Ruth não conseguia parar. — E se for uma bomba? Um míssil?

Cerca de um ano antes, houvera um alarme falso no Havaí. Durante um momento terrível, os veranistas, os casais em lua de mel, os ociosos, as donas de casa, os instrutores de surfe e os curadores de museus haviam pensado que era o fim, um míssil lançado da península coreana estava chegando para acabar com eles. O que você faria nos seus últimos trinta e dois minutos: procuraria um porão, mandaria mensagens para os amigos, leria uma história para seus filhos, ou ficaria na cama com seu cônjuge? Provavelmente, as pessoas acompanhariam pela CNN a própria destruição em câmera lenta. Ou as estações locais não sairiam do ar, e você desapareceria do mapa assistindo a um programa trivial na TV.

— Os norte-coreanos? — repetiu Amanda, como se nunca tivesse ouvido falar deles.

E se fossem os habitantes da Mongólia? Ou do Lichtenstein? Ou de Burkina Fasso? Será que existiam bombas atômicas na África? Ela havia assistido a Lorin Maazel regendo uma orquestra em Piongiang. Alguns correspondentes de estações de TV a cabo tinham falado em paz duradoura, algum presidente anterior prometera paz a todos eles. Amanda não tinha tempo para pensar nos norte-coreanos, nem nenhuma ideia do que Ruth estava falando: deixar pessoas serem devoradas por cachorros? Os coreanos não eram criticados porque *eles* se alimentavam de cachorros?

— Não são os norte-coreanos. — G. H. balançou a cabeça, mas era só o que estava disposto a fazer para repreender a esposa.

Ninguém criticava Ruth. Ela era uma mulher formada em Barnard, que tinha respostas para tudo.

Ele brincou com o pesado relógio de pulso, um tique nervoso do qual tinha consciência. Havia guardado dinheiro no Irã, talvez na Rússia de Putin. Não literalmente, porque era ilegal. Mas ele não era bobo.

— Como é que você sabe?

Agora que estavam a salvo, embora ainda houvesse um ponto de interrogação no ar, Ruth podia ceder ao sentimento de pânico que havia ficado preso na garganta durante a viagem. Ela podia dizer o que tivera que calar no carro, com medo de que a gasolina acabasse ou de que um pneu furasse por puro azar. Ficou em silêncio e imaginou o rosto da filha e o dos netos, a oração dos ateus. Fundamentalistas muçulmanos! Nacionalistas chechenos! Rebeldes na Colômbia, na Espanha, na Irlanda, todos os países tinham seus malucos.

— Nesse caso, será que não teríamos ouvido alguma explosão? — Este era um sentimento familiar para Clay, sempre que tinha que montar algum móvel ou que o carro fazia um barulho estranho: como ele sabia *pouco*. Talvez fosse o motivo pelo qual achava que a verdadeira inteligência estava em aceitar o quanto a própria inteligência era limitada. Essa filosofia o mantinha isento. — A gente teria... *ouvido* alguma coisa. Se fosse mesmo uma bomba.

— Eu estava tomando o café da manhã no restaurante Balthazar no 11 de Setembro. — G. H. se lembrava da omelete macia, das batatas fritas salgadas. — Fica a uns vinte quarteirões das torres, mas não ouvi absolutamente nada.

— Será que a gente poderia não falar do 11 de Setembro? — Amanda se sentia incomodada.

— Eu ouvi as sirenes, e depois as pessoas começaram a comentar no restaurante, aí...

Ruth tamborilou os dedos na bancada. Não tinha como explicar que o problema da escuridão é que era raro. Sempre havia alguma luz no ambiente. Sempre havia algum contraste que fazia você entender: *Isto é a escuridão*. A luz intermitente das estrelas, o feixe de luz por baixo de uma porta, o brilho de algum aparelho elétrico, alguma coisa. Não era a habilidade da luz de sempre aparecer, a uma velocidade altíssima, sua qualidade mais notável?

Clay passou o dedo no celular sem pensar. O aparelho mostrou uma foto das crianças. Archie com onze anos, Rose com apenas oito, gordinha, pequena, inocente. Era chocante ver aquele registro de tempos passados, embora ele na maioria das vezes não prestasse atenção na foto, apagada sob quadradinhos de informações e o brilho sedutor do próprio aparelho. Ele ficava inquieto longe do celular. Clay se lembrava de que, em janeiro, por causa de uma resolução de Ano-Novo, havia tentado deixar o celular em outro cômodo durante a noite. No entanto, era no aparelho que ele lia a maioria dos jornais, e manter-se informado também era uma decisão importante.

— Nada ainda — disse ele, respondendo à pergunta que todos queriam fazer, embora ninguém tivesse se dado ao trabalho.

Decidiram ir para a cama.

12

ELES HAVIAM PREPARADO O SUBSOLO PARA A MÃE DE RUTH.
Uma pessoa séria e muito magra, sempre com lenços de seda e terninhos de cores combinando. A idosa tinha ido morar com os dois aos noventa anos — houve muitas reclamações, mas os invernos em Chicago eram severos, e não havia mais ninguém lá para tomar conta dela. Ruth se encarregou da venda da casa, pagou a parte que cabia à irmã e ao irmão e fez a mudança da mãe para o quarto de hóspedes. A mulher gostava de andar até o Metropolitan Museum, olhar as pinturas impressionistas e depois se sentar no restaurante, com uma xícara de chá e uma sopa de amêijoas. Se não tivesse morrido, estaria perdida no apartamento de três cômodos totalmente no escuro, no décimo quarto andar. Sorte a dela.

    G. H. ia na frente, descendo pela escada que levava ao andar de baixo, onde quase nunca iam — o sonho dos moradores da cidade: espaços dos quais você não precisava —, e acendendo as luzes. Não tinha se dado conta de como a luz trazia segurança, ao passo que a escuridão era justamente o oposto. Mesmo quando criança, ele não tinha medo do escuro, então aquilo era uma surpresa.

— Cuidado com os degraus — disse ele, com certo carinho, para a esposa.

— Esta é a minha casa.

Ruth agarrava firmemente o corrimão. Achava importante sublinhar esse fato.

— Bem, eles pagaram pelo aluguel. — G. H. tinha corrido na estrada, mas havia algumas coisas das quais não se podia escapar. A reticência se devia a uma questão muito precisa: ele sabia que alguma coisa estava errada, muito errada. — Não posso botá-los para fora.

G. H. não queria dizer que sabia que algo iria acontecer. A profissão dele exigia capacidade de previsão. Ele olhava para uma curva de resultados que subia e descia como uma lagarta, avançando de forma muito ineficiente, e aquilo dizia tudo que ele precisava saber. Ele sabia que não podia confiar naquela parábola em particular. Era mais que um presságio, era uma promessa. Algo se aproximava. Estava decretado.

— Você viu como eles deixaram a cozinha suja.

Ruth nem precisava dizer *O que a mamãe teria pensado?*, porque a mãe pairava no lugar. O subsolo tinha sido feito para ela — uma rampa exterior nos fundos da casa, mais fácil do que a escada —, mas ela morreu antes mesmo de pisar ali. Ruth sabia que estava se tornando uma cópia malfeita da mãe. Um outro jeito de dizer que estava velha. Isso era a vida. Ela pegava os netos — gêmeos! — no colo e não dizia nada a respeito do fato de que eles tinham duas mães. Clara era professora de literatura clássica. Maya era diretora de uma escola montessoriana. Elas moravam numa casa de madeira grande e fria. Mamãe teria levado um susto ao ver os bisnetos cor de café com leite, herança genética do irmão de Clara, James, que trabalhava em alguma coisa no Vale do Silício. Os meninos pareciam com ambas as mães, o que pareceria impossível, mas tinha acontecido, em preto e branco, risos.

G. H. acendeu as luzes, esquecendo-se de parar para agradecer pelo fato de ainda estarem funcionando. Havia uma despensa enorme: um monte de pilhas, embalagens de água mineral, alguns sacos de feijão, caixas de massas envolvidas em plástico grosso, afinal havia ratos no campo. Latas de atum, litros de azeite, uma caixa de um vinho Malbec barato que não era tão ruim e roupas de cama embaladas a vácuo. Os dois poderiam ficar dentro de casa tranquilos por um mês, ou até mais. G. H. tinha se preparado para uma nevasca, mas até então não houvera nenhuma. Diziam que era um efeito do aquecimento global.

— Está tudo em ordem — disse ele.

Ela murmurou algo para mostrar que tinha escutado. Os dois haviam gastado muito dinheiro na reforma. Melhorar era viciante. O negócio de G. H. era o de preservação de fortunas. Gastar era, na verdade, algo tão estranho para ele que procurava fazer o que o empreiteiro dizia. Danny era o tipo de homem diante do qual os outros não gostam de fazer papel de bobo. Exercia um poder sobre os homens que era quase sexual, uma vez que o sexo, no fim das contas, se resume sempre a uma questão de poder. Todos o obedeciam, e era provável que, nos piores momentos, temessem que Danny estivesse rindo deles. Os cheques do casal, sem dúvida, haviam garantido mais um ano de escola particular para a filha de Danny. É por isso que G. H. e Ruth haviam decidido colocar a casa para alugar: a fim de recuperar o dinheiro.

— Estou sentindo um cheiro estranho aqui embaixo.

Ruth fez uma careta, mas na verdade não havia cheiro algum.

Rosa limpava a casa, o marido dela cuidava do jardim e os filhos ajudavam. Era um empreendimento familiar. Eram de Honduras. Rosa jamais deixaria cheiro algum. O tapete felpudo indicava que ela passara o aspirador inclusive no subsolo, que ninguém usava. Havia um quarto, com um sofá, uma mesa e uma televisão na parede, e a cama estava feita e pronta para ser usada. Ela se sentou e tirou os sapatos.

— Não estou sentindo.

G. H. se sentou na beirada da cama um pouco mais pesadamente do que pretendia. Não conseguia conter um suspiro quando fazia esse tipo de coisa. Tentou imaginar o alívio que sentiria pela manhã. Alguma notícia engraçada no rádio — um bando de gambás invadira uma subestação em Delaware e acabara com a eletricidade em toda a Costa Leste, ou algum estagiário de uma empreiteira havia feito uma tremenda besteira. Por que nós tínhamos ficado tão preocupados, do que estávamos com medo? A confiança nos mercados seria recuperada, e alguns especuladores corajosos teriam ganhos espetaculares.

Ruth estava confusa. A rotina deles consistia em primeiro abrir todos os armários onde estavam guardadas as coisas especiais e necessárias: maiôs e sungas, chinelos, protetor solar, uma toalha para piquenique e, na despensa, uma lata de sal marinho, uma garrafa de azeite italiano, facas assustadoramente afiadas, quatro vidros de cerejas ao marasquino, garrafas de tequila, uísque e gim, os vinhos que os hóspedes tinham trazido de presente, vermute seco e bitters. Eles se apropriariam de novo daquelas coisas: iriam esfregá-las na pele, espalhá-las pelo lugar e se sentir verdadeiramente em casa. Tirariam a roupa — qual era a vantagem de ter uma casa de campo se a gente não pudesse andar nu na maior parte do tempo? —, prepaririam manhattans, entrariam na piscina ou na banheira de hidromassagem ou iriam direto para a cama. Ainda iam juntos para a cama, com a ajuda daquelas pílulas azuis muito eficazes.

— Estou com medo.

— Estamos aqui. — Ele fez uma pausa, porque era algo importante de ser lembrado. — Estamos seguros.

G. H. pensou nos seus tomates em lata. Havia o suficiente para meses.

Havia escovas de dentes novas na gaveta do banheiro. Toalhas limpas em rolos empilhados formando uma pequena pirâmide. Ruth tomou um banho. Sentir-se limpa era muito importante para ela. Na cômoda do quarto havia uma velha camiseta de uma corrida beneficente da qual ela não se lembrava e um short que não conseguia identificar. Assim que se vestiu, sentiu-se ridícula. Não queria que o pessoal lá de cima a visse naquelas roupas baratas.

G. H. tentou ligar a televisão do quarto, porque estava curioso. Não apareceu nada, só a tela azul em todos os canais. Desfez o nó da gravata. Quando a sogra ainda era viva, ele sentia a presença dela como uma acusação. G. H. estava muito acostumado a ser o que era, e aprendera a considerar aquilo um sucesso. Quando a sogra foi ver como estava Maya, ela o criticou por trabalhar catorze horas por dia, por ter um padrão de vida tão alto (pouco natural!), por se iludir com o estilo de vida nova-iorquino. Aquilo tinha mexido com ele. Os dois mudaram de vida. Compraram o apartamento na Park Avenue, mandaram Maya estudar em Dalton e passaram a viver com mais prudência. Vai que ele tivesse perdido a mão. A sabedoria dos mais velhos.

Ruth voltou em meio a uma nuvem de vapor.

— Tentei ligar a televisão, mas apareceu a mesma coisa. — G. H. tinha que compartilhar o ocorrido com a esposa, embora não esperasse nada diferente.

Ela se ajeitou sob os lençóis limpos. A ventania continuava forte.

— Então, o que você acha que está acontecendo?

Ela queria ter uma conversa séria.

G. H. a conhecia havia décadas!

— Acho que é alguma coisa da qual vamos rir quando descobrirmos. É o que eu acho.

Não era o que ele achava, mas às vezes era melhor mentir. Ele se olhou no espelho e pensou no apartamento deles, o lar de ambos, os ternos no closet, a cafeteira automática que ele havia programado depois de semanas de pesquisas. Pensou sobre os aviões sobrevoando Manhattan e como os passageiros teriam se sentido ao ver a cidade toda escura. Pensou nos satélites acima dos aviões acima de Manhattan, nas fotografias que estariam tirando e o que mostrariam. Pensou na estação espacial acima dos satélites acima dos aviões e imaginou o que a tripulação multinacional e multirracial de cientistas estava achando disso tudo a partir do ponto de vista privilegiado que desfrutavam. Às vezes a distância ajudava a ver as coisas com mais clareza.

G. H. achava que a eletricidade era um produto como outro qualquer. Não havia nenhuma crise no mercado. Ninguém podia puxar o fio da tomada na capital financeira da nação. As seguradoras entrariam com processos que durariam décadas. Se as luzes se apagaram na cidade de Nova York, só podia ser alguma catástrofe natural. Era o que a sogra dele teria dito.

13

AS VOZES DOS FILHOS PODIAM ACORDÁ-LA, E A PRESENÇA DE-
les também. Amanda sentiu o corpinho rechonchudo de Rose
se encaixar no espaço entre ela e Clay antes mesmo de sentir o
hálito úmido da garota muito perto do ouvido.

— Mãe. Mãe... — A mão macia no braço de Amanda,
delicada mas insistente.

Amanda se sentou.

— Rosie. — No ano anterior a garota tinha declarado que
não queria mais o final *ie*. — Rose.

— Mãe. — Rose estava totalmente desperta. Descansada após
a noite bem dormida. Rose viçosa. Tinha sido assim desde que
nascera. De manhã, queria *ação*. Abria os olhos e pulava da cama.
(A sra. Weston, a vizinha de baixo, havia educado duas filhas nos
mesmos cem metros quadrados, portanto nunca reclamava.) Rose
não entendia como o irmão conseguia dormir até as onze, o meio-
-dia, ou a uma da tarde. De manhã, tudo parecia eletrizante para
ela. Lavar o rosto, escolher uma roupa, ler um livro. Rose era entu-
siasmada. Tudo era possível. Como irmã mais nova, havia aprendido a se virar sozinha. — A TV não está funcionando.

— Querida, isso não é uma emergência.

Então ela se lembrou: *Esta é a transmissão de emergência.* Amanda bateu nos travesseiros para reacomodá-los.

— Está tudo confuso.

Os primeiros canais estavam em preto e branco, piscando. Depois, todos os outros ficaram em branco, sem nada.

Eles tinham esquecido de fechar as persianas. Lá fora, havia luz, embora indireta. Não por causa de nuvens, mas porque ainda era cedo. No fim das contas, a tempestade que haviam esperado não viera. Amanda olhou o relógio na mesa de cabeceira, e a hora mudou de 7:48 para 7:49. Eletricidade. Algum blecaute.

— Querida, não sei.

— Você pode dar um jeito? — Rose ainda era nova o suficiente para achar que os pais podiam resolver qualquer problema. — Não é justo, estamos de férias e você disse que nas férias a gente ia poder ver televisão ou ficar no celular o tempo que a gente quisesse.

— O papai está dormindo. Me espera na sala de estar, já vou lá.

Rose saiu pisando firme — era assim que sempre andava —, e Amanda pegou o telefone. A tela se acendeu, feliz em revê-la, e ela também ficou feliz: não havia uma mensagem de alerta, e sim quatro. Entretanto, como antes, dava para ver apenas a breve mensagem da notificação. Ela tocou na mensagem, e a tela tentou se conectar, mas não conseguiu. A mesma manchete — "Blecaute geral reportado na Costa Leste dos Estados Unidos" —, depois "Furacão Farrah atinge a costa da Carolina do Norte", então "Urgente: a Costa Leste dos Estados Unidos está sem energia elétrica" e um "Urgente" final seguido por letras que não faziam sentido. Ela achava que a televisão teria voltado. Eles tinham parado de ouvir a Rede Pública de Rádio quando

Rose, aos quatro anos, havia imitado o locutor falando "Eu sou o David Greene" e Archie, aos sete, perguntado o que era o Pussy Riot. Eles acharam melhor proteger as crianças.

Amanda alisou o lençol com a mão e cutucou a bunda de Clay.

— Clay. — Ele resmungou e ela o sacudiu pelos ombros. — Acorda. Olha isso.

A boca de Clay estava amarga e os olhos dele não conseguiam focar. Amanda estava com o telefone na cara do marido. Disse algo incompreensível.

— Olha.

Ela sacudiu o celular mais uma vez.

— Não consigo ver nada — disse ele.

É impossível ver alguma coisa assim que se acorda. É preciso forçar os olhos para focar. Na verdade, o telefone estava escuro.

Ela deu uns tapinhas no aparelho.

— Olha agora.

— O quê? — Ele se lembrava da noite anterior, mas não conseguia sair do sono para a lucidez tão depressa. — Pelo jeito não fomos assassinados.

Ela ignorou o comentário.

— As notícias.

A tela diante dele não dizia nada.

— Amanda, não tem nada aí.

Só a data e a mesma fotografia, um instantâneo das crianças que eles tinham usado como cartão de Natal dois anos antes.

— Estava aqui.

Ela queria dividir com o marido a gravidade das informações. Ele bocejou. Um bocejo duradouro.

— Tem certeza? Dizia o quê?

— Claro que eu tenho certeza. — Será? Amanda analisou o telefone. — Como a gente acha os alertas? O aplicativo não está abrindo. Mas tinha quatro. Aquele de ontem sobre o blecaute, mais um outro sobre o blecaute e alguma coisa sobre aquele furacão, e mais um que falava só "Urgente" e...

— Urgente o quê?

— Só tinha um monte de letras sem sentido.

— Os jornalistas abusam da palavra *urgente*. Urgente: as pesquisas indicam que os democratas liberais estão na frente nas eleições legislativas na Áustria. Urgente: Adam Sandler diz que seu novo filme é seu melhor trabalho até agora. Urgente: Doris Sei Lá Quem, inventora da máquina automática de fazer sorvete, morre aos noventa e nove anos de idade.

— Não, nesse caso não eram nem palavras. Só letras. Deve ter sido um erro.

— Talvez seja a rede. A rede de celulares. Quem sabe tenha alguma coisa errada? Será que um blecaute afeta a rede?

Clay não sabia como as coisas se encaixavam. O fato é que ninguém sabia de verdade mesmo.

— Você acha que tem alguma coisa errada com o celular? Ou será que tem a ver com o lugar onde a gente está? Meu telefone não funciona direito desde que a gente chegou aqui. Mas funcionou na cidade, quando eu fui ao mercado.

— A gente está bem longe de tudo. Isso também aconteceu no ano passado, lembra? E aquele lugar que alugamos nem era tão remoto.

Ou, ela não disse, alguma coisa tão ruim tinha acontecido que até o *The New York Times* havia sido afetado. Amanda se levantou e bebeu de uma garrafa que ficava ao lado da cama. A água estava morna, e o que ela mais queria era água gelada.

— Quatro alertas com notícias. Eu não recebi tantos nem na noite das eleições.

Ela foi ao banheiro e examinou o telefone enquanto urinava, mas não pensou nada de novo.

Clay vestiu a cueca que tinha perdido durante a noite e olhou para o jardim dos fundos. Apesar da ameaça de chuva, o aspecto era de uma manhã de verão normal. Até o vento parecia ter amainado. Na verdade, se ele tivesse observado — mais de perto do que era possível naquela situação —, teria compreendido que a calmaria era uma resposta à ventania. Teria percebido que os insetos estavam silenciosos; teria percebido que os pássaros não cantavam. Se tivesse percebido, teria notado que era como um daqueles momentos estranhos quando a lua passa diante da lua, aquela sombra temporária que os animais não compreendiam.

Amanda voltou do banheiro e passou em frente ao marido, que esperava sua vez.

— Vou fazer café.

O celular parecia pesado no bolso fino de algodão dela.

Rose estava na bancada da cozinha com uma tigela de cereais. Amanda se lembrava de quando a garota precisava da ajuda de um adulto para alcançar a tigela, enchê-la, cortar a banana e despejar o leite (não fazia tanto tempo). Havia tentado não ficar irritada na época; tentado se lembrar de que aqueles momentos seriam fugazes. E agora tinham ido embora. Houve uma última vez que ela cantara para as crianças dormirem, uma última vez que limpara as fezes dos corpos delas, uma última vez que vira o filho nu e perfeito como no dia em que o menino nascera. Nunca se sabe quando uma vez é a última vez, porque caso soubéssemos seria muito difícil tocar a vida.

— Oi, filha.

Ela despejou uma colher de café em pó no filtro de papel. Mais um dia, belo e normal, certo?

— Posso ver um filme no seu computador?

— Estamos sem internet, querida, senão eu deixaria você ver um filme na Netflix. Escuta, tenho que contar...

— Essas férias estão horríveis. — Rose tinha uma opinião a defender. Injustiça.

— ... ontem à noite, algumas pessoas, os Washington, os donos desta casa, tiveram que vir para cá, aconteceu... — Que substantivo usar? — Houve um problema. Com o carro deles. E os dois não estavam longe daqui, então vieram para cá, apesar de terem alugado a casa para a gente por uma semana.

Para ser mãe, ou simplesmente uma pessoa, era preciso estar disposta a mentir. Às vezes era melhor mentir.

— Há?

Rose já não estava mais interessada. Tudo que queria era mandar uma mensagem para Hazel e saber o que a amiga estava fazendo. Hazel devia estar vendo televisão naquele exato momento.

— Eles tiveram um problema com o carro, não estavam longe e sabiam que nós estávamos aqui, então acharam que poderiam vir para cá, explicar e...

Não era muito difícil disfarçar. As crianças não conseguiam entender coisas complexas — e até coisas verdadeiramente simples. Além disso, não se interessavam, eram uns belos de uns narcisistas.

Clay apareceu de cueca e olhos sonolentos.

— Quero um pouco desse café aí.

Amanda encheu uma caneca.

— Eu estava contando para a Rose sobre os Washington.

— Pai, a televisão não está funcionando.

Rose o puxou pelo braço. Era Clay que tinha que tomar providências. Era ele que iria ajudá-la.

O líquido quente espirrou no pé direito de Clay.

— Calma, filha.

— Você esqueceu de botar a tigela na pia? — Amanda havia lido um livro sobre como falar com crianças para que elas escutassem os adultos. — Clay, você devia se vestir. Aquelas pessoas estão aqui. — Ela percebeu que a frase soara rude. — Os Washington. Estão lá no subsolo.

— Pai, você conserta?

— Vamos com calma. — Talvez os dois tivessem sido muito liberais em relação ao tempo de televisão, afinal aquilo era como narcóticos. Clay não conseguia resistir às súplicas de Rose. Quando ela era pequena, dizia *papai* de um jeito muito específico. Uma menina precisava do pai. Clay largou a caneca de café e mexeu no controle remoto. Neve, uma visão poética da imagem que aparecia quando não havia sinal. — É, pelo jeito não está funcionando.

— Mas você pode tentar reiniciar, alguma coisa desse tipo? Ou subir no telhado para ver?

— Ninguém vai subir no telhado — disse Amanda.

— Não vou subir no telhado. — Ele coçou a barriga peluda, inchada devido à massa comida à meia-noite. — Além disso, não sei se o problema é aqui, no telhado, ou... em algum outro lugar. — Ele gesticulou para indicar a casa toda. Quem poderia responder pelo que acontecia no mundo? Será que ele ainda... estava lá? — Por que você não sai um pouco? Já vou te fazer companhia... só preciso falar com a mamãe rapidinho.

Rose preferia ver televisão, mas precisava fazer alguma coisa. A atenção do pai já seria algo.

— Então vem logo.

— Espera só dois minutos.

Ele olhou para além da filha e viu a manhã, de um amarelo pálido e custando a clarear.

Ela disse "Beleza" do jeito que os adolescentes aprendem a pronunciar a palavra, quase como se fosse um palavrão. A manhã estava silenciosa. Bonita, mas não tão interessante quanto um programa de televisão.

Rose bateu a porta sem querer. Lá onde Hazel estava com certeza devia estar mais interessante. A televisão nunca pararia de funcionar. Os pais deixariam que Hazel tivesse uma conta no Instagram só dela. Rose se sentou numa das cadeiras brancas de metal e olhou para a floresta.

Num ponto do jardim mais distante da casa, a grama crescia irregular e depois dava lugar a terra, mato e ervas daninhas na borda da floresta ou do bosque ou fosse lá o que fosse. Para além disso, Rose viu um cervo, com chifres curtos e um olhar curioso e ao mesmo tempo entediado, que a observava com olhos escuros e estranhamente humanos.

Ela teve vontade de dizer "Um cervo!", mas não havia ninguém para escutá-la. Rose olhou para a casa por cima do ombro e viu os pais conversando. Não devia mergulhar na piscina, mas não ia mesmo. Desceu os degraus que levavam à grama úmida, e o cervo continuou observando-a, um pouco curioso. Ela ainda não tinha percebido que havia mais um cervo ao lado dele... mas não só um. Cinco cervos, sete. Cada vez que Rose olhava, tentando entender, via algo novo. Havia dúzias de cervos. Se estivesse num ponto mais elevado, teria percebido que eram centenas, mais de mil, muito mais. Rose queria correr para casa e contar aos pais, mas também queria ficar parada e apenas ver.

14

RUTH ACORDOU LÚCIDA E COM A MEMÓRIA VIVA. AQUELA SENsação familiar de acordar de repente quando se está apenas pegando no sono, algo que a gente acha que é uma idiossincrasia e depois aprende que é parte da condição humana. Os barulhos cotidianos de todas as manhãs: água nos canos, os passos de alguém, uma conversa em outro aposento. Ela estava desesperada para ver Maya. Ruth estava na cama, mas também ainda no carro, pensando na garota: uma neném mamando no peito, uma criança pequena no colo, aos dez anos com pernas grossas e tranças ao estilo *box braids*, uma adolescente com camisa masculina e brincos demais, uma estudante universitária, uma esposa tímida, uma mãe radiante. Cada uma das versões de Maya se sobrepunha às outras na mente de Ruth. A luz verde no receptor de TV a cabo mostrou que ainda havia eletricidade. O celular continuava desconectado do resto do mundo, mas ela não esperava nada diferente. Deixou George dormindo e foi silenciosamente para o andar de cima.

Na cozinha, Ruth pegou o telefone fixo que Danny havia sugerido instalarem. O empreiteiro tinha algum tipo de influência sobre George. Homens da geração de G. H. não pensavam em relações afetuosas com outros homens. Se pensassem, teria sido mais charmoso e depois meio incômodo observar G. H. sendo seduzido por Danny. O homem era um trabalhador braçal e G. H. havia estudado em Harvard. Danny, contudo, era musculoso e competente nas suas camisas de brim, as mangas arregaçadas deixando à mostra os antebraços firmes, óculos escuros presos na parte de trás da cabeça. Ela colou o fone no ouvido, mas não ouviu o som contínuo do ruído de discar, e sim um som fúnebre que indicava estar o telefone sem sinal. Durante um momento terrível, Ruth não conseguiu se lembrar da voz da filha. Como seria a voz de Maya, a Maya daquele dia, a pessoa real?

Depois que se tornara adulta, Maya continuou se comportando como a criança que havia sido, para grande confusão dos pais. Tinha preferência por saias longas e esquisitas com estampas grandes muito coloridas. Os nomes dos filhos eram Beckett e Otto, e os dois brincavam no quintal completamente nus. Ruth não entendia a escolha dos nomes nem por que eles ainda tinham prepúcio, mas guardava as dúvidas para si. Repôs o fone no gancho, talvez com muita força.

O casal encontrava-se na sala de estar. O homem estava quase sem roupa e a mulher, vestida com peças confortáveis.

Amanda tentou não deixar transparecer que havia levado um susto.

— Bom dia.

Ruth respondeu à gentileza, como era normal. Foi insincero ou impreciso, ou talvez as duas coisas.

— O telefone ainda não está funcionando — disse ela.

— Nós estávamos… A Amanda recebeu umas mensagens de alerta no celular hoje de manhã.

— O que diziam?

Ruth se perguntava por que não havia recebido nenhuma mensagem no celular. Ainda não sabia como fazer aquela droga de aparelho funcionar direito.

— O mesmo de ontem, um blecaute. E mais alguma coisa sobre aquele furacão. Depois uma atualização e mais um monte de letras que não faziam sentido.

Era a terceira vez que ela explicava as mensagens, e a informação parecia ainda mais sem sentido.

— Vou servir um pouco de café — disse Clay, sem graça por estar só com roupa de baixo.

— Um furacão. Já é alguma coisa.

Ruth tentava dar algum sentido às mensagens.

— Será?

Clay ofereceu a Ruth uma caneca (a caneca dela).

— Bem, talvez tenha alguma relação. Com a queda de energia. Poderia ser. Já aconteceu com o furacão Sandy. Não me lembro de ter ouvido que esse novo furacão se dirija a Nova York, mas devo admitir que andava desatenta.

Ela sabia que todos tinham ouvido falar que aquelas tempestades do século se transformariam em simples tempestades da década. Que poderia haver uma nova categoria criada especialmente para descrever os tipos de tempestade, já que a humanidade tinha alterado os oceanos de modo tão profundo.

— Não sei o que dizer para as crianças.

Amanda olhou para a desconhecida como se esta pudesse dar algum tipo de conselho, depois se virou para a porta dupla e todos olharam para Rose, em pé no jardim.

— Quantos anos ela tem?

Alguns anos antes, Ruth fora chamada para ajudar na administração do colégio Dalton, que pretendia aumentar a *di-*

versidade. Tornara-se imune às doenças infantis e basicamente impermeável aos seus encantos.

— Só treze, fez no mês passado. — Amanda era protetora. — Mas no fundo ainda é uma criancinha. Por isso eu preferia manter essas coisas... entre os adultos.

— Não vejo necessidade alguma de contar.

Na escola, Ruth tratava as crianças como as pessoas que certamente viriam a ser. Os garotos que seriam bonitos e, em consequência, bajulados; as meninas que seriam bonitas e, em consequência, cruéis; os ricos que votariam no Partido Republicano, os ricos que se tornariam viciados em drogas, os ricos que superariam as expectativas dos pais; os pobres que iriam prosperar e os pobres que deixariam Princeton e voltariam para a região leste de Nova York. Ela sabia que a infância era uma situação temporária. No entanto, depois que se tornara avó, ficara mais flexível.

— Não quero que as crianças entrem em pânico.

Amanda tomava cuidado para não dizer que Ruth e o marido eram os responsáveis por aquela situação.

A mãe de Ruth teria invocado Deus. O objetivo da vida era garantir que os filhos fossem mais bem-sucedidos que os pais, e o ateísmo de Ruth era certamente um avanço. Não é possível viver achando que tudo que é incompreensível é um desígnio divino.

— Não quero assustar ninguém. — Mas ela estava com medo. — Obrigada pelo café.

— Nós temos... ovos, cereais, essas coisas. — Clay segurava uma banana, sem se dar conta de que parecia um primata. — Vou me vestir — disse ele, esquecendo-se da promessa que fizera à filha. Tinha um plano.

Ruth se sentou. Uma conversinha fiada a fazia se sentir tranquila.

— Então, no que é que você trabalha?

Esse assunto Amanda conhecia bem.

— Publicidade. Mas do lado do cliente. Gerencio relacionamentos.

Ela também se sentou e cruzou as pernas.

Ruth continuou:

— Estou aposentada. Mas trabalhava na área de admissões na escola Dalton.

Amanda automaticamente ajeitou o corpo para uma posição mais ereta. Talvez houvesse uma oportunidade. Os filhos não eram estudantes excepcionais (apesar de maravilhosos, na opinião dela!), mas um empurrãozinho seria ótimo. Ela sabia que a anuidade era negociável. Famílias como as dela dependiam da generosidade de gente mais afortunada.

— Que interessante.

Da sua antiga sala na escola, Ruth às vezes via Woody Allen andando pela casa bem em frente. Essa era uma das três ou quatro coisas interessantes sobre aquele trabalho. Ela estava feliz de não ter mais compromissos.

— E o seu marido?

— Clay? Ele é professor universitário. De inglês e também de estudos de mídia.

— Não sei direito o que é isso. — Ruth falou como se estivesse rindo de si mesma.

Amanda também não compreendia muito bem do que se tratava a disciplina.

— Filmes. Leitura. A internet. A verdade. Esse tipo de coisa.

— Na Universidade Columbia?

— Na City College.

Soava decepcionante, já que o primeiro palpite da mulher havia sido uma universidade de elite, mas Amanda se orgulhava.

— Eu me formei em Barnard. E depois na Teachers College. — Ruth estava cedendo informações porque queria entender aquelas pessoas um pouco melhor; era uma negociação.

— Uma verdadeira nova-iorquina. Eu me formei na Universidade da Pensilvânia. A Filadélfia parecia urbana demais para mim. Exótica. — Ela se lembrava de ter entrado de carro no *campus*, o Corolla dos pais lotado com lençóis, uma lâmpada de mesa, utensílios de banho e um pôster da cantora Tori Amos. O local parecia sem graça. Ela havia ouvido a palavra "cidade" e imaginara muitos arranha-céus. Em todo caso, era melhor que Rockville. A canção do REM estava correta: ninguém diz "oi", ninguém fala com desconhecidos. — Teria sido melhor se eu tivesse ido para uma universidade em Nova York.

— Bem, eu sou de Chicago. — Ruth falou como se fosse a melhor cidade para nascer. — Mas acho que agora sou uma verdadeira nova-iorquina. Já vivi mais anos lá do que em qualquer outro lugar.

G. H. tinha se vestido — deixando de lado a roupa de baixo suja e as meias suadas, sem colocar a gravata — e feito a cama. Não fazer a cama era impensável. Havia tentado se preparar, fazendo as abluções de rotina, mas não sabia ao certo o que o esperava.

— Bom dia.

Amanda se levantou para cumprimentá-lo, uma formalidade que deixou ela mesma surpresa.

— Alguma novidade? — perguntou ele, então ouviu o relato de Amanda sobre o pouco que sabiam e desejou poder ver os telejornais, além das oscilações do mercado financeiro. Queria informações e confirmações. — Tenho certeza de que foi a tempestade. Uma parte da rede que caiu.

— O telefone fixo *também* não está funcionando. E a gente só instalou porque o Danny disse que a gente precisava ter um.

— Ruth não ligava para fazer algo só porque alguém pediu, mas não gostava que mentissem para ela.

— Ainda temos eletricidade. — G. H. não queria que esquecessem essa parte. — Talvez a gente devesse ir ainda hoje à casa do Danny.

Se estivessem sob a ameaça de algum ataque terrorista, era melhor estar com Danny.

— Quem é Danny? Existem vizinhos próximos? Passamos por aquela barraca de ovos, um pouco antes de entrar na estradinha. Deve ter alguém por lá. Talvez saibam de alguma coisa.

Amanda não sabia que o que a afligia era muito parecido com o que acontecia com o marido quando ficava muito tempo sem nicotina. Ela queria sair dali.

— E se for… histeria coletiva? Grupos de pessoas contaminadas por alguma doença que é só uma ilusão compartilhada. Centenas de pessoas com febre e tremores, imaginando uma erupção na pele. Eles podem até fazer sua pele ficar cor-de-rosa.
— G. H. estava apenas cogitando uma teoria.

Ruth trouxe um café para o marido.

— Você vai me chamar de histérica… o termo que as pessoas, os *homens*, usam para qualificar as mulheres.

Cassandra, como se sabe, estava certa a respeito de Troia.

— A gente viu também. Acho que estamos de acordo que alguma coisa aconteceu, com certeza.

Mas isso era uma questão técnica, era a natureza do mundo, coisas aconteciam.

— Você dirigiu até aqui. — Ruth quis dizer que o marido correra até lá. — Você estava com medo também.

— Bem, o elevador.

Teoricamente, os dois moravam no décimo quarto andar, mas não na prática. O prédio não tinha o décimo terceiro piso porque dava azar. Era melhor simplesmente fingir que ele não existia.

Amanda ficou sem graça. Não conhecia aquelas pessoas e não podia vê-las discutir.

— Onde o Danny mora?

— Perto daqui. Não dá para fazer nada na vida sem as informações corretas. Vou lá.

G. H. olhou para o dia do lado de fora. A manhã parecia estranha, mas ele não sabia por quê, não tinha certeza se era o contexto ou algum fato.

— Não quero que você vá a lugar nenhum — disse Ruth.

Ela achava boba a ideia de procurar abrigo na casa de Danny, como se ele fosse um filho, e não alguém que os dois haviam contratado para trabalhar. Pensou em todas as hipóteses possíveis. Algum muçulmano sem apego à vida amarrado a explosivos. Outra queda de avião — como era possível que não acontecessem com mais frequência? Havia sido uma ideia brilhante transformar um avião numa arma.

A pequena casa parecia segura. Amanda compreendeu.

— Preciso das minhas roupas. Preciso de roupas limpas. — Ruth olhou para Amanda ao falar isso.

— Ah. É claro.

— Só preciso entrar no meu closet.

Os dois alugavam a casa, mas nunca haviam estado ali junto com estranhos. Sempre mandavam Rosa antes de retornar, então encontravam a casa limpa e arejada, pronta para recebê-los.

— Clay está se vestindo. Vou pedir para ele se apressar.

Ruth não precisava dizer nada sobre o jeito dos dois quando haviam aberto a porta para eles na noite anterior. Adivinhe quem apareceu para jantar?

— Obrigada.

Ruth tinha sessenta e três anos. Não havia sido educada para *fazer* — embora isso pudesse acontecer —, mas para convencer. Era assim, pensava a mãe dela, que as mulheres encontravam seu lugar no mundo: convencendo os homens a fazer o que elas queriam.

— Estou com medo. — Era uma confissão. — Maya e os meninos. Ela deve estar tentando ligar para a gente.

— Nossa filha — explicou G. H., e pousou uma das mãos no ombro da esposa. — Não se preocupe com isso agora.

Para ela seria fácil não pensar nos polos gelados ou no presidente da República. Ela poderia manter o medo afastado ao se concentrar nos pequenos fatos da própria vida.

— Se lembra daquele ano em que a gente foi para a Itália?

Tempo quente e seco, um hotel de luxo, Maya com suas tranças. Haviam tomado copos de sucos adocicados, comido pizza de alecrim e batatas, alugado um carro, ficado numa casa no campo. Era um lugar plano, praticamente sem árvores, felizmente com uma piscina. Ao observar as ruínas do Fórum, Maya perguntara por que eles haviam viajado para conhecer um lugar tão destruído. A história não significava nada para ela. O tempo era inimaginável para uma menina de nove anos. Talvez também fosse quando se tinha sessenta e três. Só havia aquele momento, o presente, esta vida.

— Por que você se lembrou disso?

— Não sei mais em que pensar — disse Ruth.

15

ROSE FICOU REVIRANDO O MISTÉRIO DO CERVO NA MENTE, como se fosse uma bala rolando para lá e para cá dentro da boca. Ainda não tinha idade para que suas palavras tivessem credibilidade. Os adultos diriam que ela estava inventando. Ou exagerando. Diriam que ela ainda era uma criança. Rose, porém, sentia a mudança no dia, mesmo que ninguém mais sentisse. Para começar, estava quente, quente demais, uma vez que o sol ainda nem havia aparecido por completo. O ar parecia artificial, como no interior de uma estufa ou em algum jardim botânico. A manhã estava muito silenciosa. E isso queria dizer algo. Ela tentava descobrir o quê.

Na cozinha, o pai conversava com um velho que ela nunca tinha visto. Rose achou melhor não interromper para dizer que ele tinha prometido encontrá-la no jardim. Era até melhor. Ele fez as apresentações.

— Muito prazer. — Rose era educada.

— O prazer é meu. — G. H. pensou na própria filha.

Lembrou-se de que havia usado o nome dela para o segredo do porta-chaves.

— Você escovou os dentes?

Clay queria se livrar da garota.

— Está muito quente lá fora. Posso nadar?

— Por mim, tudo bem. Mas fala com sua mãe primeiro. Diz que eu estou de acordo. Preciso falar com o sr. Washington.

Passada a noite, os homens haviam esquecido um do outro, teriam sido incapazes de descreverem um ao outro para um policial que tentasse fazer um retrato falado. No fim das contas, os policiais diziam que as testemunhas oculares não eram confiáveis mesmo, uma vez que a maioria das pessoas só pensava em si mesma. Isso era ainda mais verdadeiro em relação àqueles dois, ambos muito descuidados com a etiqueta, numa casa que haviam considerado deles.

Rever o homem à luz do dia era como ver um estranho com quem você tivesse feito sexo.

— G. H., você se importa se formos lá fora?

O convite soaria muito decidido e masculino se Clay não soubesse que queria apenas fumar um cigarro.

— Vamos.

G. H. deu uma risadinha. Era difícil não assumir o papel do vizinho simpático dos seriados de comédias. A televisão criava o contexto, e as pessoas negras tinham que jogar o jogo. Aquela casa, porém, lhe pertencia. Ele era o protagonista da história.

Os dois saíram pela porta lateral. G. H. se portava como o proprietário, inclusive dos terrenos adjacentes. O termo correto era *matagal* — o gramado se extinguia junto a uma parede de árvores. Era diferente de ter uma casa à beira do mar. O oceano era imenso. As árvores protegiam.

— Está quente aqui. — G.H. olhou para o céu e notou que estava muito pálido.

Clay tirou os cigarros do bolso.

— Um pequeno vício... Desculpe.

G. H. compreendia: coisa de homens. Homens não tocavam nesse tipo de assunto, apenas sugeriam. Houve um tempo em que era responsabilidade das secretárias manter os cinzeiros limpos sobre a mesa. Agora não se dizia nem "secretária", e sim "assistente".

— Eu entendo.

Foram além da cerca viva. O cascalho rangia agradavelmente sob os pés de ambos. Clay foi mais longe do que o necessário — a intenção era ficar escondido, para que as crianças não o vissem —, ele achava que isso era uma demonstração de respeito.

— Eu não fumo dentro de casa.

— É um dos motivos por que a gente pede um depósito como garantia.

Eles haviam tido sorte com os inquilinos. Uma taça de vinho quebrada, uma maçaneta solta, um recipiente para sabonete que Ruth havia substituído por uma concha grande.

— Amanda contou o que ela viu? As notícias.

Os alertas não preocupavam Clay, só o que era um monte de letras sem sentido. Ele se preocupava mais com a tecnologia do que com a nação.

G. H. assentiu.

— Você sabe como ganho a vida? Gerencio dinheiro. Sabe o que é necessário para fazer esse trabalho? Informação. É isso. Bem, dinheiro. E informação. Você não pode fazer escolhas nem avaliar riscos se não souber das coisas.

Clay, entretanto, queria ser o líder. Queria que todos relaxassem. Clay era suficientemente egocêntrico. Ele falou:

— Vou de carro até a cidade. É o único jeito.

— Acho que foi terrorismo. Mas não é isso que me dá medo. Os terroristas são caipiras burros. Só assim para convencê-los a se incinerar em honra a Deus. São um monte de trouxas. E o que vem depois? — G. H. já tivera fé nas instituições americanas, mas agora tinha menos. — Digamos que alguma coisa aconteça em Nova York. Você acha que esse presidente vai fazer a coisa certa?

Esse tipo de questionamento era considerado paranoia, mas naquele momento era apenas pragmatismo.

— Bem, vou investigar a fundo.

Clay estava orgulhoso de si mesmo. O peito dele inchou, um instinto primitivo.

— Meu empreiteiro mora a alguns quilômetros de distância. É um bom homem. Confio nele. A gente poderia ir até lá. — G. H. estava quase pensando alto.

Clay se sentia mais calmo devido à nicotina.

— Estamos seguros aqui, eu acho.

G. H. não tinha tanta certeza.

— Parece que sim. Até agora.

— Acho que a gente não precisa incomodar seu amigo. Vou até a cidade. Comprar um jornal. Achar alguém que saiba melhor o que está acontecendo.

— Eu iria com você, mas não sei se a Ruth deixaria.

G. H. era um negociador profissional. Não queria ir.

— Você fica aqui. — Clay pensava, em algum nível, no próprio pai. — É tipo esses aluguéis em que o dono fica na propriedade. Anfitriões. Não é tão estranho.

Clay estava preocupado com que o outro fizesse mais uma viagem de carro. Achou que era uma atitude decente. Queria ser considerado uma boa pessoa.

G. H. olhou novamente para o céu.

— Pelo jeito vai ser um belo dia. Já está fazendo muito calor.

Quando se fica mais velho, pode se dizer essas coisas, como se houvesse uma sintonia fina com os ritmos secretos da natureza, como se G. H. tivesse passado a vida num barco pesqueiro, e não num arranha-céu no centro da cidade. Talvez desse um mergulho na piscina.

Clay também olhou para cima. O amarelo pálido estava virando azul. Ele tinha pensado que iria chover, mas agora o céu estava com cara de verão. Como eles tinham se enganado!

16

ELE APERTOU O BOTÃO DUAS VEZES PARA ABRIR AS QUATRO JAnelas ao mesmo tempo. Clay apreciava especialmente essa funcionalidade, resultado da ideia de um engenheiro particularmente esperto que havia entendido que, num dia quente, a primeira coisa que a gente desejava era ar. Havia, no entanto, uma espécie de prazer no clima quente e seco do carro fechado, partículas de poeira, o modo como se podia praticamente aspirar a luz do sol. As rodas fizeram barulho sobre o cascalho e depois rodaram suaves sobre o asfalto. Ele dirigiu devagar, relaxado, para se sentir ainda mais corajoso. Também achava que quanto mais tempo aquelas pessoas ficassem, mais direito teria aos mil dólares.

Havia um campo de alguma coisa sendo cultivada, mas Clay não tinha a menor ideia do que era. Soja era a mesma coisa que edamame ou eram coisas diferentes? Serviam para quê? Ele passou devagar pela barraca de venda de ovos. A estrada era de uma dimensão intermediária, ainda estreita, não muito real; ele esperava que o GPS conectasse, mas não tinha achado o caminho para a praia no dia anterior? Clay sabia o que estava fazendo.

Um dia, alguém havia lhe dito que as pessoas se acalmavam ao fumar porque se tratava, em essência, de respirar fundo. Não havia acostamento, então ele simplesmente parou no meio da estrada, desligou o motor e apertou o botão para fechar de novo as janelas de forma coordenada. Ficou a três metros de distância porque não queria que o cheiro do cigarro se infiltrasse no carro.

Clay teve a sensação familiar da saciedade. Quase uma tonteira. Não tinha onde se encostar, então simplesmente se esticou e olhou em volta. O mundo estava silencioso. Ele sentiu um desejo súbito pela lucidez de uma Coca-Cola gelada para eliminar a ressaca vaga. É o que ele faria. Continuaria por aquela estrada, entraria na estrada principal, pegaria todas aquelas curvas e chegaria ao cruzamento. Só que em vez de entrar à direita, em direção ao mar, viraria à esquerda, em direção à cidade. Lá, havia um posto de gasolina, uma biblioteca pública, um ferro-velho, uma sorveteria e um hotelzinho. E, um pouco mais adiante, um daqueles conjuntos comerciais deprimentes com um mercado, uma farmácia, uma lavanderia e uma lanchonete, todos dando para um estacionamento tão amplo que jamais ficaria lotado. Era para lá que ele iria com o intuito de descobrir o que havia acontecido, não para a biblioteca, mas para o lugar onde se vendiam coisas. Dava para comprar uma Coca-Cola praticamente em qualquer lugar.

Clay olhou o celular. O hábito era poderoso. A tela estava preta. Jogou fora o cigarro, pisou na bituca e, em seguida, voltou para o carro. O cérebro funcionava às mil maravilhas. Era possível dirigir sem pensar apenas na direção. Claro, caminhos conhecidos, o itinerário de todos os dias — ligar o carro, chegar à estrada, trocar de pista, pegar a saída de sempre, parar nos sinais vermelhos, seguir em frente nos sinais verdes —, enquanto não ouvia propriamente as notícias principais sendo repetidas na Rede Pública de Rádio, ou pensando sobre algo sem importância do escritório, ou se lembrando de uma produção de *Os piratas de Penzance*, à qual ele assistira no verão entre o sexto e o sétimo anos do ensino fundamental. Dirigir era repetitivo. Era algo que simplesmente se fazia.

    Ele não estava de fato pensando na produção de *Os piratas de Penzance* à qual assistira no verão entre o sexto e o sétimo anos, embora se lembrasse da época como o período dourado e temporário em que ainda era o filho favorito da mãe, mas devia estar pensando em alguma coisa, porque, em algum momento, virou e dirigiu durante algum tempo — achava que calcular distâncias e volumes era impossível —, até perceber que estava definitivamente numa estrada mais importante, o tipo de estrada que estaria registrada no GPS, mas que ele não tinha certeza de ser a correta. No computador de Amanda, havia instruções sobre o caminho, mas o computador de Amanda estava na casa, na bolsa Vuitton de Amanda. De qualquer forma, a habilidade de anotar o caminho para um determinado destino e simplesmente invertê-lo para voltar era uma arte obsoleta. Era como abaixar os vidros das janelas de um carro com manivelas. Progresso humano. Clay havia se perdido.

    Era tudo muito verde. Não havia nada para servir de ponto de referência. Algumas árvores. Um campo. Algo como um telhado e a promessa de uma construção, mas ele não sabia se era uma casa ou um celeiro. A estrada fazia uma curva, e então Clay se dava conta de que era outro lugar onde havia mais algumas árvores e um outro pedaço de telhado de um celeiro ou casa. Ele pensou naqueles desenhos animados antigos em que o fundo se repetia para dar a ilusão de movimento. Não dava para decidir o que seria mais sensato — parar o carro e voltar ou continuar em frente como se soubesse para onde estava indo. Não sabia nem quanto tempo fazia que estava dirigindo, ou se saberia reencontrar a estrada que levava à trilha de cascalho até a casa onde a família o esperava. Não sabia se aquela estrada tinha alguma sinalização ou o que a sinalização indicaria. Devia ter prestado mais atenção; talvez devesse ter levado aquela ida à cidade mais a sério.

O barulho e a sensação do vento no rosto o distraíam. Clay reduziu a velocidade e fechou de novo as janelas, depois mexeu no painel até o ar-condicionado voltar a funcionar. Continuou em frente, mas o caminho não estava muito correto, porque a estrada subia, descia, virava para um lado e para outro. Talvez ele tivesse andado em círculo, e por isso as árvores e as eventuais construções pareciam tão familiares: eram as mesmas. Ele achou um chiclete e o pôs na boca. Certo.

Não havia outros carros, e Clay não sabia se isso era ou não algo estranho. Em todo caso, não era o tipo de estrada com muitos sinais de PARE. Os administradores locais confiavam na população. Ele saiu para o acostamento de terra, deu meia-volta e acelerou na direção de onde tinha vindo. Nada mais parecia conhecido, embora ele tivesse acabado de passar por ali. Estava tudo invertido, e ele reparou em coisas do lado esquerdo da estrada que não havia notado quando estavam do lado direito: uma tabuleta mal pintada dizia FAZENDAS MCKINNON, um cavalo solitário num campo, as ruínas de uma construção que havia pegado fogo. Ele continuou e então reduziu a velocidade, porque achava que devia estar perto da saída que o levaria de volta para a casa. No entanto, não iria entrar, mas seguiria na outra direção, onde sabia que estava a cidade.

Havia uma estrada à direita, e ele olhou bem para ela. Não era a estrada que ia para a casa, porque naquela havia uma barraca pintada onde era possível comprar uma dúzia de ovos por cinco dólares. Ele acelerou e continuou. Havia outra saída, mas de novo nada da barraca pintada. Então tentou se lembrar se tinha virado duas vezes para entrar na estrada onde estava agora, à procura de alguma referência que não existia. Clay pegou o celular, embora soubesse que não se deve olhar para o celular ao dirigir, e ficou surpreso ao perceber que não estava funcionando. Então se lembrou que era óbvio que não estava funcionando, afinal havia sido justamente esse o motivo da viagem até a cidade, e não tomar uma Coca-Cola gelada. Clay saíra para mostrar a todos que era um homem, com tudo sob controle, mas estava perdido e se sentia ridículo.

Jogou o celular de volta no banco do carona. Óbvio que não havia outros carros. Aquelas eram estradas rurais, que só serviam a poucas pessoas. O dia estava estranho porque a noite tinha sido estranha. Ele estava meio tonto, mas encontraria o caminho. Não tinha ido assim tão longe para precisar de socorro. Pensou em como o governo mandava helicópteros para resgatar esquisitões antissociais que insistiam em morar no alto de montanhas suscetíveis a incêndios. As pessoas achavam que o fogo era um desastre porque não entendiam que se tratava de uma parte importante do ciclo vital da floresta. O que era velho queimava, o novo brotava. Clay continuou dirigindo. O que mais ele poderia fazer?

17

O SOL ATRAVESSAVA O CÉU DEVAGAR, COMO SEMPRE. ELES O bendiziam; eles o adoravam. A ardência na pele era como uma punição. O suor era sentido como uma virtude. Os copos se amontoavam na mesa. Toalhas eram usadas e largadas. Ouviam-se suspiros e tentativas de conversa. Ouvia-se o barulho de mergulhos na água e o som da porta que abria e fechava. Era o tipo de calor que dava quase para escutar, e num calor como esse o que se pode fazer além de se banhar?

Amanda reaplicou o filtro solar no peito e podia sentir o próprio corpo, pegajoso e fibroso, sob a pele. Era uma improvisação. Alguém na plateia havia sugerido essa história. Não fazia sentido, mas ela era levada a interpretá-la como se fizesse. Clay fora à cidade. Ela estava ali. Lembrou-se de um filme no qual um homem fingia para o filho que a vida sob o governo nazista tinha sido normal, bela até. Amanda achava que algo nessa história era como uma premonição. Você podia mentir muito sobre a própria vida.

Ruth disse para as crianças que havia mais boias na garagem. Os dois voltaram com boias vazias imitando pequenas esculturas de Oldemburg. Archie botou o tubinho na boca (a boia supostamente tinha o formato de uma rosquinha coberta de açúcar, com uma mordida), e o esforço de soprar evidenciou suas costelas.

A diferença de autonomia entre Archie e Rose era injusta. Três anos de vantagem. Rose não conseguia dar nem um sopro forte para dentro da boia, que tinha o formato de uma pequena jangada redonda, mas parecia confortável. Era irritante. Archie era praticamente um adulto, e Rose estava travada, sendo apenas ela mesma.

— Pode deixar, querida.

Amanda colocou a boia entre as pernas e, dobrada na beirada da cadeira de madeira, conseguiu enchê-la.

— Eu gosto mais da boia de rosquinha.

As coisas boas nunca aconteciam para Rose, e ela sempre percebia isso.

— Agora já era, bocó.

Archie jogou o círculo na superfície da piscina. Pulou de cima do trampolim, acertando o alvo só pela metade, como se tivesse sido a intenção. Não dava bola para as reclamações da irmã, já tinha aprendido havia muito tempo a ignorar a maior parte das coisas que ela dizia.

— A jangada é mais confortável — disse Ruth.

Ela era o tipo de garota roliça e banal de que Ruth sentia uma certa pena. Achava Archie muito parecido com todos os garotos que havia visto marcharem em bando nos corredores da escola, convencidos do próprio poder de sedução. Talvez fosse consequência de algo que as mães faziam com os filhos homens. Ruth se preocupava com os netos, com duas mães que os estragariam duplamente.

Rose já tinha idade para saber como se comportar. Ainda assim, choramingava.

— Mas a rosquinha é mais divertida. — Rose falava daquele modo particular do qual as crianças lançam mão quando pedem algo a adultos que não são seus pais.

— Divertido perde a graça depois de um tempo.

À mesa sombreada por um guarda-sol, Ruth cruzou as pernas. Usava roupas limpas. Havia entrado na suíte principal, com uma careta para a cama desfeita, as toalhas no chão do banheiro e as roupas sujas espalhadas. Sentia-se melhor, quase relaxada.

— Isso é mais difícil do que parece.

Amanda pensou nos cigarros de Clay, roubando o fôlego dela. Achava que não era justo não ter nenhum vício. O mundo moderno era tão sem graça. Desde quando eles haviam se tornado pais um do outro?

Rose estava impaciente como qualquer menina de treze anos.

— Vai logo, mãe.

Amanda tirou da boca o bico transparente, cheio de saliva.

— Pronto, pode ir.

Já estava cheio o suficiente.

Rose parou nos degraus, a água tépida na altura das canelas. Ela e Archie escondiam suas brincadeiras, a conspiração privativa da infância. As crianças eram cúmplices, o futuro contra o passado.

Amanda sempre pensava que irmãos eram como casais juntos havia muito tempo, todas aquelas discussõezinhas. Contudo, só durava a infância. Ela mantinha pouco contato com os irmãos, a não ser os ocasionais e-mails muito longos do irmão mais velho, Brian, e as raras mensagens de texto cheias de erros de ortografia do irmão mais novo, Jason.

— Faz quanto tempo que ele saiu?

Amanda olhou para o celular. Pelo menos o relógio estava funcionando.

— Uns vinte minutos? — G. H. olhou para o relógio. Era o que demorava uma viagem até a cidade, talvez mais se você dirigisse devagar, como alguém que não conhece o caminho direito. — Ele deve voltar logo.

— Será que preparo o almoço?

Amanda não estava com muita fome, mas sentia-se entediada.

— Eu posso ajudar.

Ruth já estava de pé. Nem ela sabia se queria ajudar ou apenas achava que devia. Gostava de cozinhar, mas será que era porque havia sido obrigada pelas convenções a ir para a cozinha até aprender a sentir prazer em passar tempo por lá?

— Quanto mais gente, melhor.

Amanda não desejava a companhia da mulher, mas talvez isso a ajudasse a não pensar no marido.

Estava mais fresco dentro de casa, embora Ruth tivesse regulado o termostato para não fazer muito frio. Achava um desperdício.

— Não precisa se preocupar, de verdade — disse Ruth.

Amanda notou que era uma gentileza. Clay havia comprado queijo brie e chocolate. Podiam fazer sanduíches, os favoritos de Rose, uma receita que ele costumava preparar no Ano-Novo por algum motivo — as tradições começam aleatoriamente e depois terminam.

— Vou logo avisando que essa receita parece estranha, mas é muito boa.

Amanda separou os ingredientes.

Era Ruth quem mergulhava o peru do Dia de Ação de Graças na água salgada. Era ela quem forrava o tabuleiro com bacon e o colocava para torrar no forno. Era ela quem usava uma faca para separar os gomos das membranas da toranja. Nisso ela se sentia à vontade.

— Chocolate?

Amanda olhou para os ingredientes espalhados na bancada, cada pedaço de chocolate muito atraente, a parte macia do queijo notável.

— Salgado e doce, tem algum tipo de mágica na combinação.

— Os opostos se atraem, suponho.

Ruth estava tentando ser agradável? Talvez. Amanda e ela eram de fato opostas? Circunstâncias inesperadas tinham feito com que as duas se encontrassem, mas tudo não dependia das circunstâncias inesperadas, afinal? Ela picou o manjericão.

Ruth encheu um balde com gelo. Pegou guardanapos, os dobrou em quadrados precisos e os colocou numa bandeja.

Amanda cheirou as pontas perfumadas dos dedos.

— É você quem cuida do jardim?

— Você nunca vai ver o G. H. fazendo essas coisas de gente velha.

Ruth achava que sua tendência a fazer coisas de avó — palavras cruzadas, jardinagem, ler livros grossos de histórias sobre os Tudor — não significava nada. Ela era apenas uma mulher que gostava do que gostava. Não era velha.

Amanda tentou adivinhar.

— Ele trabalha com advocacia? Não, finanças. Não, direito.

Achava que o relógio caro, o cabelo grisalho bem cortado, os óculos elegantes e os sapatos de luxo eram suficientes para explicar o tipo de homem que G. H. era.

— Fundos de investimento privados. Quer que eu fatie esse queijo? — Ruth já tinha explicado isso inúmeras vezes, mas ainda não sabia direito o que era. E daí? G. H. não entendia os detalhes do que ela fazia na escola Dalton. Mesmo sendo muito apaixonados um pelo outro, talvez nenhum deles quisesse ter um conhecimento minucioso do que o outro fazia. — Ou seja, finanças, digamos. Mas não num grande banco. Uma empresa pequena, uma operação de butique. — Era o jeito de Ruth de explicar para as pessoas que ficavam tão confusas quanto ela.

— Corte bem fino, para um sanduíche grelhado.

Tinham o bastante para quatro, mas não exatamente para seis. Ela faria mais um e o guardaria para Clay. Só de pensar no marido, surgiram lágrimas nos olhos de Amanda. Queria as notícias que ele traria, mas também queria que voltasse logo.

— Pelo menos as crianças estão se divertindo — comentou Ruth.

Não queria aquelas pessoas na sua casa, mas ainda assim sentia alguma ligação humana com eles. Preocupava-se com o mundo, mas cuidar de outras pessoas era algo parecido com resistência. Talvez fosse tudo que restava.

Amanda derreteu manteiga na frigideira preta.

— Pronto.

Archie era quase um homem. Um século atrás, teria sido mandado para as trincheiras na Europa. Será que ela devia contar ao filho o que estava acontecendo? E o que diria se decidisse contar?

— Achei esse molho de cebola. Talvez uma entradinha?

Ruth pegou uma tigela e uma colher grande, e as duas trabalharam em silêncio.

Amanda não aguentou.

— O que você acha que está acontecendo lá fora?

— Seu marido vai voltar em breve. Vai descobrir alguma coisa.

Ruth provou o molho com o dedo mindinho, um gesto elegante. Não gostava de jogos de adivinhação. E suspeitava que Amanda não acreditava neles. Ruth não queria passar vergonha.

Amanda tirou um sanduíche da frigideira.

— Meus filhos usam o celular para saber como está o tempo, que horas são, tudo sobre o mundo, não conseguem mais ver as coisas de outro jeito. — Mas ela também fazia isso. Tinha zombado do comercial de televisão em que Zooey Deschanel não parecia saber se estava chovendo, mas ela já tinha feito a mesma coisa. — Sem celular, estamos basicamente perdidos aqui.

Era o que estava acontecendo. O sentimento era de afastamento. Quando viajava de avião, ela desligava o modo avião e começava a verificar as mensagens de e-mail assim que ouvia o aviso de que estavam a menos de mil metros de altitude. As comissárias já estavam presas aos cintos de segurança e não tinham como reclamar. Amanda tocava, tocava e tocava na tela, até que a conexão fosse restabelecida e ela pudesse verificar o que tinha perdido.

— A gente só acredita quando vê no celular.

Ruth não a censurava por isso. Tantos anos debatendo sobre a objetividade dos fatos tinham afetado o cérebro de todo mundo.

— A gente simplesmente não sabe nada. Vou me sentir melhor quando souber. Você acha que o Clay está demorando?

Ruth colocou a colher suja na pia.

— Tem aquela velha história sobre estar presa numa ilha deserta, longe da sociedade e das pessoas. Talvez você tenha que escolher os dez livros e discos que poderá levar. Faz a coisa parecer mais um paraíso do que uma armadilha.

Ela achava uma ilha deserta uma ideia agradável, embora o nível dos oceanos estivesse se elevando. Era possível que todas as ilhas um dia desaparecessem.

— Eu não tenho dez livros. Se tivéssemos internet, eu poderia entrar na minha conta e baixar tudo que comprei para ler no meu Kindle. Mas não temos.

O que ela não disse: nós temos a piscina, sanduíches de chocolate e brie e, embora sejamos duas desconhecidas, também temos uma à outra.

18

AMANDA PEGOU UMA GARRAFA DE VINHO. ESTAVAM DE FÉRIAS. Além disso, queriam evitar a ressaca. Quando as crianças se queixaram que ainda era muito cedo para almoçar, foi um alívio as deixar continuar brincando. Ela serviu o vinho rosé em taças de acrílico e o ofereceu de modo cerimonial, quase religioso. Alguém atencioso e paciente havia passado a ferro os guardanapos de pano. Ela se perguntava se teria sido Ruth.

— Seus filhos são muito educados.

G. H. achava que esse era o maior dos elogios.

— Obrigada. — Amanda não sabia se aquilo era uma bajulação ou se ele estava apenas falando por falar, mas ficou feliz.

— Vocês têm uma filha?

— Maya. Ela dá aulas numa escola montessoriana em Massachusetts.

G. H. ainda não sabia bem o que isso significava, mas achava adorável.

— Ela é diretora, não só dá aulas. Cuida de todos os aspectos — acrescentou Ruth.

Ruth mordeu uma minicenoura. Ela se sentia leve. Talvez se lembrasse de ter lido que as pessoas com um diagnóstico fatal, uma vez definido, entravam num período de remissão, calma e quase boa saúde. Uma lua de mel. Um interlúdio de alegria.

— Que incrível. Nós matriculamos Archie numa escola montessoriana quando ele era pequeno. Foi ótimo. Trocar de sapatos ao chegar em casa. Lavar as mãos. Dizer bom-dia como colegas no escritório.

Ela adorava como o filho se referia às brincadeiras como "trabalho". Aquelas crianças rechonchudas treinando para a vida adulta, levantando contas de vidro com uma colher de chá e limpando com esponjas o que haviam derramado na hora do almoço.

— Eles dizem que é importante para o desenvolvimento. Maya é muito apaixonada pelo que faz. Por sorte, as crianças vão começar lá daqui a poucas semanas. Acho que vão.

Ruth estava na defensiva.

— Mas não pode ser. Já?!

G. H. sabia que todo clichê acabava sendo verdade, e as crianças, de fato, cresciam rápido.

— Em setembro — disse Ruth, esperançosa.

A mãe dela teria trazido Deus para a conversa — *se Deus quiser*, algo natural, como respirar. Eles não a criticavam, mas não haviam compreendido a devoção daquela mulher. Talvez ela soubesse de alguma coisa. Talvez fosse loucura acreditar que nada acontecia sem que alguém — Deus, com certeza, por que não? — quisesse.

Por que Amanda se lembrou da canção do Earth, "Wind & Fire", ou por que a lembrança lhe pareceu racista? Não, alguns dos melhores amigos dela não eram negros. Peter era casado com uma mulher chamada Martika, cuja mãe havia sido uma famosa modelo negra nos anos 1970. O vizinho do andar térreo era negro e transgênero, ou uma pessoa não binária, ou... — Amanda sempre se referia a essa pessoa pelo nome, por garantia: *Jordan, que bom vê-lo; Jordan, como está passando o verão?; Jordan, está fazendo tanto calor ultimamente.*

— O tempo passa rápido mesmo. Os pais com mais experiência sempre me diziam isso quando o Archie era bebê, e eu pensava: *Bem, mal posso esperar para isso acontecer logo.* Eu andava exausta. Mas agora sei que eles tinham razão. — Amanda estava balbuciando.

— Era exatamente o que eu ia dizer. Você me pegou. Eu me lembro da Maya nessa idade. — G. H. estava pensativo, mas também preocupado.

Haviam tido vidas boas, longas e felizes. Maya e a família eram a única coisa que importava agora, com certeza, e já era o bastante. Era a obrigação de um pai proteger, e, enquanto dirigia na noite anterior, ele tentou pensar no que poderia fazer pela filha estando tão longe, em Long Island, e se deu conta de que não muita coisa. Contudo, não era Maya quem precisava de ajuda, e sim eles. Maya e os meninos estavam bem.

Ruth tentava descobrir em qual versão da filha o marido estava pensando. Não queria perguntar. Era algo muito íntimo para ser perguntado na frente daquela estranha. Já era esquisito o bastante que estivessem todos sentados usando roupas de banho.

— Deve ser divertido ser avô. Você pode fazer todas as vontades da criança e não tem que acordar todas as noites nem brigar por causa de notas baixas no boletim, ou seja lá o que for.

Os pais de Amanda cumpriam essas tarefas com indiferença. Não era que não gostassem de Archie e de Rose, mas não eram loucos pelos netos. Eles eram dois de um total de sete primos, e os avós tinham se mudado para Santa Fé depois de se aposentarem. Lá, o pai de Amanda pintava paisagens horrendas e a mãe era voluntária num abrigo de cães. Queriam aproveitar a liberdade que a velhice lhes proporcionava naquele lugar estranho onde a água demorava mais para ferver.

— Os sanduíches estão bons — disse Ruth, que antes havia duvidado.

Além disso, queria mudar de assunto. A verdade é que Maya protegia Beckett e Otto. Achava os pais frágeis, ou conservadores, incapazes de compreender os princípios filosóficos que guiavam a vida dela com Clara. Ruth chegava com sacolas cheias de livros e Maya os examinava com cuidado, como um rabino, para ver se continham pecados. A intenção era boa. Ela não desconfiava dos pais, mas, sim, do mundo que os dois ajudaram a construir, e talvez ela tivesse razão. Ruth não conseguia resistir a comprar coisas adoráveis para os netos — camisas listradas, como aquelas que a gente veste em ursinhos de pelúcia —, e Maya tentava disfarçar o desprezo que sentia. Não importava, Ruth queria apenas se sentir bem, e apertar os corpinhos cheirosos e limpinhos dos meninos contra o seu. Era incrível como isso a fazia se sentir. Invencível.

— Estão uma delícia — concordou G. H.

— Bom, mimamos os dois um pouco. Quando temos chance. — Era tudo que Ruth queria, uma chance de ver a família.

Amanda não achava mais que os estranhos eram desonestos, mas será que isso era um sinal precursor de demência, um primeiro aviso, como as chaves deixadas na geladeira, entrar no chuveiro de meias ou achar que Reagan ainda era o presidente? Não era assim que funcionava: primeiro ficção, depois paranoia e, por fim, Alzheimer? Ela tinha a mesma impressão quanto aos pais — suas vontades pareciam suspeitas. Haviam mudado para Santa Fé depois de terem esquiado uma ou duas vezes no Novo México na década anterior, e isso não fazia sentido para ela, a felicidade deles meio que parecia uma ilusão.

— É aí que está a graça em ser avó.

— George é pior do que eu...

— Esperem. — Amanda foi mais brusca do que queria, e então lançou aos dois um olhar culpado. — Agora que me dei conta. Seu nome é *George Washington*?

Não havia nada de que se envergonhar. Ele já vinha explicando isso havia mais de sessenta anos.

— Meu nome é George Herman Washington.

— Desculpem. Fui indelicada. — Efeito do vinho, talvez? — É que parece bem adequado.

Amanda não podia explicar, mas talvez fosse autoexplicativo. Algum dia isso viraria uma anedota, o dia que ela passou sentada em volta da piscina com um homem negro chamado George Washington enquanto o marido tinha saído para descobrir o que havia de errado com o mundo. Eles já tinham trocado histórias de desastres na noite anterior, e aquela seria mais uma desse tipo.

— Não precisa se desculpar. Em parte, foi por isso que decidi usar minhas iniciais desde que comecei a trabalhar.

— É um belo nome — comentou a esposa.

Ruth não se sentia insultada, apenas se espantava com a familiaridade com que aquela mulher falava com eles. Sabia que isso a faria parecer ainda mais velha, mas lhe faltava um pouco de decoro a respeito das coisas.

— É mesmo! Um belo nome. E iniciais maravilhosas, eu acho. G. H. tem a sonoridade de um dono de empresa, um mestre no seu ramo de negócios. Eu confiaria meu dinheiro a um G. H. — Amanda estava supercompensando, e também um pouco alegre, o vinho, o calor, a esquisitice. — Clay deve voltar a qualquer momento, vocês não acham?

Ela olhou para o pulso, mas estava sem relógio.

19

AS CRIANÇAS CANSARAM DAS BRINCADEIRAS. COMO HAVIA MAIS adultos, Archie e Rose redescobriram uma conexão, eram de novo um menino de cinco anos e uma menina de dois cooperando para atingir algum objetivo não declarado. Tinham saído da piscina e, deixando para trás os adultos, ido para o gramado, onde a sombra dava o alívio que faltava na piscina.

— Vamos na floresta, Archie. — Rose pensava no que tinha visto. Não fazia sentido, nem mesmo para ela. — Eu vi uma coisa hoje de manhã. Cervos.

— Tem cervos pra tudo que é lado, boboca. Eles são tipo esquilos e pombos. Quem liga?

Ela não era brilhante, a irmã, e ainda era uma criança, então não podia ser outra coisa além de uma boboca. Será que ele era tão idiota quando tinha treze anos?

— Não. Estou falando de tipo… Vamos. — Rose olhou por cima do ombro para os adultos que almoçavam. Não podia dizer "por favor" porque, se pedisse, ele perderia a vontade de ir. Rose tinha que fazer com que parecesse atraente. Queria fingir que os dois estavam explorando, e era mesmo o que iam fazer, então nem seria uma brincadeira. — Vamos ver o que tem lá.

— Não tem nada lá.

Apesar da resposta, ele meio que tentava adivinhar o que existiria lá. Pontas de flechas indígenas? Dinheiro? Estranhos? Nas várias florestas que visitara durante a vida, Archie havia encontrado umas coisas bem estranhas. Três páginas arrancadas de uma revista pornográfica: uma mulher com cabelo à moda antiga, pele bronzeada, seios enormes, fazendo caras e bocas e dobrando o corpo para lá e para cá. Uma nota de um dólar. Um vidro cheio de um líquido não muito transparente que ele tinha certeza de que era urina, mas não tinha como provar porque não queria abrir um vidro que podia conter a urina de outra pessoa. Havia mistérios no mundo, era o que Rose estava dizendo, e ele sabia ser verdade, mas não queria ouvir vindo da irmã.

— E se tiver? Talvez tenha uma casa lá atrás.

Rose imaginava algo que ainda não estava claro nem para ela.

— Não tem mais casas em nenhum lugar perto daqui — disse Archie, como se não acreditasse, ou como se lamentasse. Ele entendia. Também estava entediado.

— Tem aquela fazenda. Eles vendem ovos, lembra?

Talvez aqueles fazendeiros tivessem filhos, talvez uma filha, talvez o nome dela fosse Kayla, Chelsea ou Madison, e talvez ela tivesse o próprio celular, ou algum dinheiro, ou uma ideia de alguma coisa divertida para fazer. Talvez os convidasse para entrar, e teria ar-condicionado, e eles jogariam videogames, comeriam batatas fritas e tomariam Coca Zero com cubos de gelo no copo.

Rose sentia calor e coceira. Queria entrar na floresta com o irmão, ir até onde os adultos não poderiam vê-los nem perturbá-los. Imaginou que descobriria provas por lá. Pegadas. Trilhas. Evidências.

Archie pegou um galho no chão e o lançou na floresta como se fosse um dardo. As crianças gostavam de pedaços de pau, assim como os cachorros. Leve uma criança ao parque, e ela vai pegar um galho. Algum tipo de instinto animal.

— Olha lá um balanço. Legal.

Estava pendurado numa árvore alta. Havia uma pequena cabana, que poderia ter sido uma casa de brinquedo ou estar cheia de ferramentas. Mais além, a grama rareava até não haver mais nada além de terra e árvores. Rose foi até lá e se sentou.

Archie xingou e se sentia como um homem, reclamando das raízes e pedras sob os pés.

— Merda.

— O que será que tem naquela coisa?

Algo naquela cabana deixava Rose alerta. Podia ter muita coisa ali dentro. Ela tinha começado a fazer de conta, ou nunca tinha parado.

— Vamos até lá e ver.

Archie parecia cheio de coragem, mas por dentro sentia o mesmo que a irmã em relação à coisa. A cabana podia ter sido a casa de brinquedo de alguma criança que havia morrido. Ou podia ter alguém lá dentro, esperando os dois abrirem a porta. Parecia um filme, ou o tipo de história que eles não queriam viver.

Os adultos estavam atrás da cerca, era como se tivessem deixado de existir. Rose pulou do balanço e deu alguns passos em direção à pequena construção. Rompeu uma teia de aranha, invisível até que a tocou, e sentiu aquele terrível arrepio que a gente sente nesses momentos. O corpo sabia o que estava fazendo. Estava tentando se afastar, no caso de a aranha ser venenosa. Rose se controlou para não gritar — o irmão não tinha paciência para essas coisas de menina. Mas mesmo assim ela produziu um som, uma espécie de murmúrio de nojo estrangulado.

— O que foi?

Archie olhou para a irmã, um pouco de preocupação em meio ao desprezo. Esse também era um instinto animal, o do irmão mais velho.

— Uma teia de aranha.

Rose pensou em *A menina e o porquinho*. Sabia que as aranhas não tinham nem personalidades nem vozes humanas, mas estava preocupada por ter mexido com o bicho, imaginava que talvez fosse uma aranha fêmea gentil. Ela não sabia que confundia generosidade com feminilidade, parte da moral daquela história em particular. Não sabia que a mãe havia reclamado disso alguns anos atrás, ao reler a história à noite em voz alta para os filhos, então ainda bem pequenos.

O garoto e a garota avançaram juntos através do mato alto, com os corpos quase nus e queimados de sol, espicaçados pelo ar frio que corria por entre as árvores e com a pele arrepiada por conta do toque da teia de aranha e do medo, que era a melhor parte da exploração. De longe, pareciam duas corças avistadas de manhã cedinho, jovens, hesitantes e desajeitadas, mas graciosas apenas por serem o que eram.

Archie pensou, mas não disse: *Fresca*. Era uma resposta automática à percepção de fraqueza, mas Rose era sua irmã.

— Abre — disse ele.

Rose hesitou e não se mexeu. Tinha que ser corajosa, essa era a regra do jogo. A cabana possuía aquele tipo de tranca que se abre ao apertar com o polegar, acima de uma maçaneta que Rose segurava levemente. O metal estava enferrujado, e o toque parecia arrastado. Ela puxou e abriu a porta, que fez um rangido alto. Dentro: nada, só um punhado de folhas secas no canto, que parecia ter sido posto lá. O coração de Rose batia tão forte que ela podia ouvi-lo.

— Hum.

Ela estava um pouco decepcionada, embora não soubesse o que havia esperado encontrar lá dentro.

Archie enfiou a cabeça na casinha, mas não entrou.

— Que porra de lugar chato.

— É.

Rose cutucava o solo com um dedo do pé cuja unha tinha sido pintada de azul-claro algumas semanas antes.

Archie entendeu que aquele era um jogo de improvisação.

— Mas talvez seja só o lugar onde ele dorme. Onde se esconde à noite.

— Quem? — perguntou Rose, com medo de repente.

Archie deu de ombros.

— Quem deixou essa marca. — Archie apontou para as folhas, que já tinham sido úmidas mas estavam secas, formando uma superfície espessa e definida. — Quer dizer, se você estivesse nesta floresta sem nenhum lugar para ir nem para dormir… o que você faria?

Ela não queria pensar sobre isso.

— Como assim?

— Não daria para, tipo… subir numa árvore e dormir lá em cima. Mas qualquer lugar no chão não seria muito seguro. Tem cobras e coisas desse tipo. Animais raivosos. Quatro paredes e um teto! É basicamente uma mansão. E tem até uma janela…

Archie fez um gesto em direção ao vidro sujo montado num lado da cabana, no qual os dois não tinham reparado até que o abriram.

— É, acho que sim.

Ela com certeza não gostaria de dormir do lado de fora. Nem podia se imaginar dormindo nos galhos de uma árvore. Achava que nem saberia subir numa árvore. Os dois já tinham treinado um pouco de escalada num acampamento, alguns anos antes. Ela havia sido presa pela cintura e usado um capacete e joelheiras, mas mesmo assim tinha se recusado a subir além da metade da parede. Ficou lá pendurada, gritando, até que um dos monitores usou a corda para trazê-la de volta ao chão.

Archie fez uma pausa significativa.

— ... Para que ele possa ver.

— Ver o quê?

Archie se curvou para entrar de novo na cabana e olhou através da janela.

— Ver o que acontece dentro da casa, é claro. Dá uma olhada. Daqui dá para ver tudo.

Rose avançou, pisando com cuidado na sujeira. Não precisava se curvar, afinal não era tão alta quanto o irmão, mas se curvou mesmo assim, apoiando a mão no antebraço dele para manter o equilíbrio. Dava mesmo para ver a casa dali.

Ele continuou:

— Aquele não é o quarto onde você está dormindo? Uau. Espero estar errado, mas tenho praticamente certeza de que é. Imagina quando está escuro aqui fora, mas a casa está toda iluminada. Sua lâmpada de cabeceira está acesa e você está lendo, tranquila e quentinha, debaixo das cobertas. Ele poderia simplesmente seguir aquela luz até chegar a você. Aposto que você poderia ver através das janelas sem precisar ficar na ponta dos pés.

Ela recuou, batendo com a cabeça na entrada.

— Cala a boca, Archie.

Ele deu um riso abafado.

— Cala a boca, por favor. — Ela cruzou os braços. — Escuta. Hoje de manhã eu vi cervos. Não um cervo. Muitos cervos. Uns cem. Acho que mais. Bem aqui. Foi tão estranho. Eles andam por aí assim, em grandes grupos, tipo o que eu vi?

Archie caminhou em direção à árvore sob cuja sombra a pequena casa de brinquedo estava colocada. Deu um pequeno salto, agarrou o galho mais baixo, ergueu os joelhos até o peito e balançou, animalesco e travesso. Depois pulou fazendo barulho e cuspiu no chão.

— Não sei porra nenhuma sobre a porra dos cervos.

Com aquela cor de pêssego, os contornos imprecisos, grudentos, os corpos dos dois sumiam em meio à folhagem, e eles não podiam ser vistos, ouvidos ou espionados enquanto investigavam.

Queriam que algo acontecesse, mas algo já estava acontecendo. Eles não sabiam, e os acontecimentos não os envolviam, na verdade. Acabariam os envolvendo, óbvio. O mundo pertencia aos jovens. Eles eram crianças na floresta, e se fôssemos acreditar na veracidade das histórias, eles morreriam, os pássaros veriam os corpos de ambos e talvez levassem a alma deles para o céu. Dependia da versão que se conhecia. A escuridão que havia tomado conta de Manhattan, essa realidade física, podia ser explicada. Além da escuridão, porém, havia todo o resto, e esse resto era mais vago, difícil de pegar, como um fio de teia de aranha, que está lá mas não está, em torno deles. Os dois adentraram mais fundo a floresta.

20

JÁ FAZIA CATORZE MINUTOS DESDE QUE ELE HAVIA SAÍDO DA casa. Clay se lembrava de ter olhado no painel ao ligar o carro. Talvez fossem dezesseis. Talvez estivesse lembrando errado. Será que era menos? Ele tinha parado para fumar um cigarro, o que dizia que geralmente levava sete minutos, mas na verdade eram cerca de quatro. Então Clay estava dirigindo havia dez minutos, o que não era tanto tempo assim e queria dizer que não podia estar perdido de verdade. Ordenou a si mesmo que se acalmasse e encostou na entrada para as fazendas McKinnon a fim de fumar um cigarro. É claro que poderia seguir por aquela entrada até encontrar a sede da fazenda ou outra construção onde houvesse gente, mas isso significaria que ele estava realmente em pânico, o que ele não estava. Então fumou e tentou sentir o relaxamento que habitualmente sentia ao fumar, mas, impaciente, jogou fora o cigarro antes que terminasse. Não conseguia se lembrar se quando foram para a casa, naquele primeiro dia, o carro deles era o único na estrada. Pareciam ter se passado semanas desde aquele primeiro dia.

Ele fechou a porta com mais força do que pretendia, embora não tivesse sido uma grande batida. Mas havia feito barulho a ponto de chamar a atenção para o silêncio circundante. Clay disse para si mesmo que era normal, e era. Daria a impressão de tranquilidade se ele estivesse à procura de tranquilidade. Naquele momento, contudo, era irritante ou, na pior das hipóteses, ameaçador. Os símbolos não significam nada, somos nós que damos significados a eles, dependendo do que mais precisamos. Clay mascou um chiclete e religou o carro. Virou à esquerda na estradinha de acesso para a fazenda e seguiu devagar, prestando atenção em todas as saídas à direita. Havia uma, em seguida outra e, depois de um tempo, outra, mas nenhuma parecia familiar e nenhuma tinha uma barraca vendendo ovos. Havia uma placa antiga em que estava escrito MILHO, mas isso não queria dizer absolutamente nada.

Ele pensou no treinamento mental e presencial que haviam feito com Archie para ensiná-lo a viajar sozinho no metrô. O jeito como haviam insistido para que o garoto decorasse os números de telefone, para o caso de ele perder o celular ou de o aparelho quebrar, o plano que haviam bolado para se o filho pegasse um trem que ia para algum lugar da cidade onde nunca estivera. Agora ele andava de metrô o tempo todo. Clay mal pensava nisso. É assim que funcionava, provavelmente. Você treinava seu filho para dormir durante a noite, usar um garfo, fazer xixi no toalete, dizer "por favor", comer brócolis e ser respeitoso com os adultos, e depois disso o filho estava preparado. Fim da questão. Ele não sabia por que estava pensando em Archie, e balançou a cabeça como se precisasse de clareza. Teria que voltar e entrar em uma das três, quatro, cinco saídas pelas quais havia passado, descobrir aonde levavam e se eram os caminhos certos. Uma delas seria a certa. Ele só precisava ser metódico. Descobriria a estrada de volta para casa e começaria de novo, com mais cuidado e mais atenção, a viagem até a cidade, o destino final. Agora realmente queria tomar uma Coca-Cola gelada. Sua cabeça latejava devido à falta de cafeína.

As férias deles tinham sido estragadas. O encanto fora quebrado. O que ele deveria fazer, de verdade, era voltar para a casa e mandar as crianças fazerem as malas. Estariam de volta à cidade antes do jantar. Poderiam comer naquele restaurante francês que conheciam, pedir peixe frito, filés e um martíni. Clay só tomava uma decisão depois que as coisas aconteciam. E agora ele estava... bem, ele diria um pouco confuso, não perdido. Sentiu um desejo estranhamente profundo de ver os filhos.

Tomou a primeira saída à esquerda e avançou apenas alguns metros antes de se dar conta de que aquele não era o caminho certo, pois subia muito, e ele se lembrava que a estrada era plana. Fez a volta para a estrada principal, quase sem reduzir a velocidade, já que não havia outros carros em nenhuma das direções. Tomou a segunda saída à esquerda, que, pelo jeito, era um bom caminho. Ele continuou, depois virou à direita, só porque podia. Talvez fosse isso, e a barraca pintada com os ovos estaria logo ali na frente. Tudo parecia familiar, porque as árvores e o mato sempre são exatamente como você espera que sejam.

Voltou com o carro mais uma vez, pelo mesmo caminho, e do outro lado da estrada principal viu uma mulher. Ela usava uma camisa polo branca e calças caqui. Em algumas mulheres, essa roupa teria um ar esportivo, mas naquela, de rosto largo e com traços indígenas (sangue antigo, dignidade atemporal), parecia um uniforme. Ela o viu, levantou a mão, em um sinal para chamar a atenção. Clay entrou na estrada, dessa vez mais devagar, e parou. Abaixou o vidro da janela do carona e sorriu para a mulher, assim como se sorri para os cachorros para mostrar que não estamos com medo deles.

— Olá!
Ele não sabia o que dizer. Será que confessaria que estava perdido?
— Olá.
Ela o olhou e começou a falar muito depressa em espanhol.
— Desculpe — disse Clay e deu de ombros.
Tinha vergonha de admitir, mesmo para si mesmo, mas o que ela falava soava como um monte de sons incongruentes. Ele não falava nenhum outro idioma além do inglês. Nem tinha tentado aprender. Isso o fazia se sentir um imbecil, ou uma criança.
A mulher continuou. As palavras jorravam. Mal recuperava o fôlego. Tinha algo urgente a dizer, e talvez tivesse esquecido o pouco de inglês que sabia — *hello, thank you, it's ok, telephone, text* e os dias da semana. Ela falava. Continuava falando.
— Desculpe. — Ele deu de ombros de novo. Não entendia. Mas talvez compreendesse. Ah, sim, essa palavra ele se lembrava dos filmes: *comprende*. Não era possível morar nos Estados Unidos e não saber pelo menos um pouco de espanhol. Se tivesse tempo para pensar, se tivesse se obrigado a ficar mais calmo, talvez conseguisse se comunicar com a mulher. No entanto, Clay estava em pânico, e ela potencializava o sentimento. Ele estava perdido e queria encontrar a família. E comer um filé naquele restaurante francês. — Não falo espanhol.
Ela falou mais. Alguma coisa, alguma coisa. Ele entendeu — cerva —, mas ela dissera *cervo*, cujo som é similar nos dois idiomas. Ela continuou falando. Disse *telefone*, mas ele não entendeu. Falou *eletricidade*, mas ele não escutou. Lágrimas escorriam dos cantos dos olhos pequenos da mulher. Ela era baixa, sardenta e robusta. Poderia ter catorze anos, ou quarenta. O nariz escorria. Ela chorava. Falava mais alto, apressada, impre-

cisa, talvez abandonando o espanhol por algum dialeto ainda mais antigo, as palavras de uma civilização morta havia muito tempo, ruínas empilhadas nas florestas. O povo dela havia descoberto o milho, o tabaco, o chocolate. Inventado a astronomia, a linguagem, o comércio. E depois havia desaparecido. Agora os descendentes debulhavam o milho que haviam sido os primeiros a provar, aspiravam os carpetes e regavam jardineiras com flores de lavanda plantadas junto a piscinas em mansões nos Hamptons que ficavam desocupadas durante a maior parte do ano. Ela perdeu o controle e pôs as mãos sobre o carro, o que ambos sabiam que era um abuso. Segurou os cinco centímetros de vidro que despontavam da porta da frente. As mãos eram pequenas e marrons. Ela ainda falava em meio às lágrimas, e fazia uma pergunta, uma pergunta que ele não entendia e que, em todo caso, teria sido incapaz de responder.

— Desculpe. — Ele balançou a cabeça. Se o telefone funcionasse, poderia tentar traduzir com ajuda do Google. Poderia ter dito a ela para entrar no carro, mas como Clay iria fazê-la entender que estava perdido, e não dirigindo em círculos com o intuito de matá-la ou botá-la para dormir, como os pais faziam com os filhos nos subúrbios? Outro homem teria tido uma reação diferente, mas Clay era o homem que era, incapaz de dar àquela mulher o que ela precisava, com medo do pedido de urgência e do pavor, que não necessitavam de tradução. Ela estava com medo. Ele deveria estar com medo. Estava com medo. — Sinto muito — disse ele, mais para si mesmo do que para ela.

A mulher tirou as mãos da janela assim que ele começou a fechá-la. Clay continuou na estrada, com pressa, embora tivesse a intenção de investigar todas aquelas saídas. Ele precisava mais se afastar daquela mulher do que estar com a família.

21

NA FLORESTA A GENTE TEM AQUELA SENSAÇÃO DE QUE NÃO está conseguindo enxergar coisa alguma, por mais que tente. Havia insetos, sapos de cor cinza imóveis, cogumelos de formas fantásticas que pareciam ter brotado por acidente, o aroma adocicado de coisas podres e a umidade inexplicável. A gente se sente pequeno, como uma das muitas coisas que existem ali, e também a menos importante delas.

Talvez... talvez algo tivesse acontecido com eles. Talvez houvesse algo acontecendo com eles. Durante séculos não havia palavras para descrever os tumores que desabrochavam dentro dos pulmões, belas ervas daninhas brotando em lugares inesperados. Não saber como chamar isso não mudava a coisa em si, uma morte por afogamento à medida que o peito se enchia de líquido.

Rose sentia que olhos a espiavam, mas quase sempre imaginava que estava sendo observada. Ela se imaginava sendo vista através da câmera de um celular distante. Era jovem e não entendia que era assim que a maioria das pessoas se via, como o personagem principal de uma história, mais do que um dos bilhões cujos pulmões se enchiam lentamente de água salgada.

Na floresta, a luminosidade era diferente. As árvores interferiam. Estavam vivas e causavam a sensação das criaturas majestosas de Tolkien. As árvores estavam observando e não eram imparciais. Sabiam o que estava acontecendo. Falavam umas com as outras. Eram sensíveis aos pequenos abalos sísmicos de bombas muito distantes. As árvores, a quilômetros de distância — lá onde o oceano havia começado a engolir a terra —, estavam morrendo, embora ainda fosse levar anos até que elas fossem reduzidas a troncos alvejados. As árvores tinham todo o tempo que nós não temos. Os mangues podiam se salvar, fazer as raízes subirem como as saias de uma senhora vitoriana e sugar o sal da terra. Talvez ficassem bem com os crocodilos, os ratos, as baratas e as serpentes. Talvez ficassem ainda melhor sem nós. Às vezes... às vezes o suicídio é um alívio. Esse era o nome exato para o que estava acontecendo. A doença na terra, no ar e na água era um destino inteligente. Havia uma ameaça na floresta, e Rose podia senti-la. Uma outra criança diria que era Deus. Que importância tinha se uma tempestade houvesse se espalhado como uma metástase para a qual não existia ainda um nome? Que importância tinha se a rede elétrica tivesse se rompido como peças de Lego? Que importância tinha se o Lego não era biodegradável e duraria mais que a Notre-Dame, as pirâmides de Gizé e o pigmento espalhado pelas paredes de Lascaux? Que importância tinha se alguma nação assumisse a responsabilidade pelo desastre, que isso fosse encarado como um ato de guerra, se isso fosse o pretexto para uma retaliação havia muito esperada, se fosse impossível provar quem tinha feito o quê por intermédio de fios e redes? Que importância tinha se uma mulher asmática chamada Deborah tivesse morrido depois de seis horas presa num vagão de metrô parado sob o rio Hudson, e que as outras pessoas no vagão tivessem andado sobre o cadáver dela sem sentir nada em particular? Que importância tinha se as máquinas que existiam para manter as pessoas vivas tivessem parado depois que os geradores de emergência de Miami, de Atlanta, de Charlotte e de Annapolis haviam falhado? Que importância tinha se o neto morbidamente obeso do Presidente Eterno decidisse mandar uma bomba, ou que importância tinha que apenas ele tivesse esse poder?

As crianças não tinham como saber se algumas dessas coisas haviam acontecido. Que num asilo de idosos, numa cidade litorânea chamada Port Victory, um veterano da guerra do Vietnã chamado Peter Miller flutuava de barriga para baixo em sessenta centímetros de água. Que a empresa aérea Delta havia perdido um avião entre Dallas e Minneapolis durante a interrupção do sistema de controle do tráfego aéreo. Que um oleoduto estava vazando petróleo bruto numa região desabitada do Wyoming. Que uma estrela da televisão havia sido atropelada por um carro na esquina da Seventy-Ninth Street com a Amsterdam, em Nova York, e morrera porque as ambulâncias não conseguiram chegar a lugar algum. Não tinham como saber que o silêncio, que era tão relaxante no campo, se torna tão ameaçador na cidade, que estava quente, parada e silenciosa de um jeito que não fazia sentido. As crianças não se importam com nada além de elas mesmas, ou talvez essa seja apenas a condição humana.

Descalças, sem chapéu e sem camisa, as crianças se moviam com cautela, com os pés arqueados e os dedos dos pés dobrados. Galhos arranhavam a pele, mas não dava para ver as marcas que deixavam. Que o planeta estava doente não era segredo para ninguém, a natureza da doença tampouco dava margem a dúvidas e, se alguma coisa havia mudado (e havia), o fato de que eles ainda não sabiam não alterava absolutamente nada. Já estava dentro deles, fosse o que fosse. O mundo funcionava de acordo com uma lógica, mas a lógica vinha evoluindo havia algum tempo, e agora eles tinham que lidar com isso. Fosse lá o que achassem ter compreendido não estava errado, mas era irrelevante.

— Archie, olha.

Foi quase um sussurro. Rose abaixara o volume da voz, em sinal de respeito, como se estivesse em um lugar sagrado. Ela apontou. Um telhado. Uma clareira que se transformava em um gramado. Uma casa de tijolos, semelhante àquela onde eles estavam hospedados, uma piscina, um balanço de madeira sólido.

— Uma casa.

Archie não estava tentando zombar da irmã, fora apenas um comentário assertivo. Não esperava encontrar nada. Ruth tinha dito que não havia nada nas redondezas, mas os dois foram mais longe do que a mulher já tinha ido. Eram curiosos a respeito do mundo de um jeito que Ruth não era. Essa era uma bela descoberta. Outras pessoas. Archie tinha deixado o celular carregando no quarto. Lamentou não estar com ele, porque poderia tentar usar o Wi-Fi daquelas pessoas.

— Vamos lá?

Rose estava de olho no balanço que as crianças, já mais crescidas, talvez não usassem mais. Achava que não falar com estranhos era algo que só se fazia na cidade.

— Não. Vamos embora.

Archie se virou para a direção da qual achava que eles tinham vindo. Não sentiu o carrapato lhe mordendo o tornozelo, assim como não conseguia sentir a rotação da Terra. Não sentia nada no ar, porque o ar parecia o mesmo.

Os dois caminharam, não devagar mas também sem pressa. O tempo corria num ritmo diferente na floresta. Não sabiam quanto tempo se passara desde que haviam saído de casa. Não sabiam o que tinham ido fazer. Não sabiam porque era tão bom andar à sombra das árvores, com o ar, o sol, os insetos e o suor sobre a pele. Não sabiam que, naquele exato momento, o pai estava passando de carro por ali, a menos de um quilômetro de distância, a menos de quinhentos metros, perto o bastante para que eles pudessem correr até ele e salvá-lo. De onde estavam, os irmãos não podiam ouvir os carros na estrada e não pensavam sobre o pai, a mãe nem ninguém.

Durante a caminhada, Archie e Rose mal falavam, pisando nas folhas apodrecidas e estremecendo um pouco. Os corpos sabiam o que as mentes desconheciam. As crianças e as pessoas muito idosas têm isso em comum. Quando nascemos, entendemos algo a respeito do mundo. É por isso que as crianças dizem aos pais terem conversado com fantasmas, deixando-os aflitos. Os muito idosos começam a se lembrar disso, mas dificilmente conseguem articulá-lo, e, de todo modo, ninguém escuta os idosos.

As crianças não estavam com medo, não mesmo. Estavam tranquilas. Alguma mudança pairava sobre elas, sobre tudo. O nome não tinha importância. As folhas no alto se alteravam e suspiravam, e havia o som de Archie e Rose dizendo algo um para o outro, algo impossível de compreender, algo que só existia entre os dois, a linguagem privativa da juventude. Além disso, havia apenas o suave farfalhar das árvores ao moverem os galhos e o sussurro de insetos invisíveis. Estes iriam se aquietar em breve, da forma como as coisas silenciam antes da súbita tempestade de verão, porque os insetos sabiam e iriam apertar os corpos contra a casca granulada das árvores para esperar pelo que viria.

22

DE REPENTE, FAZIA QUARENTA E CINCO MINUTOS QUE ELE HAVIA saído. O que queria dizer que tinha parado para fumar. Que tinha ido fazer compras. Amanda: Eu, me preocupar?

Ruth colocou um prato de cerejas, mais pretas do que vermelhas, na mesa. Havia um quê de cerimônia no gesto.

— Obrigada.

Amanda não sabia por que estava agradecendo à mulher. Não havia sido eles que tinham gastado onze dólares naquelas cerejas?

Uma nuvem atravessou o céu, daquelas carregadas como um chumaço de algodão, cheia de curvas, como as crianças costumam desenhá-las. A mudança no tempo foi o bastante para fazer com que G. H. tremesse.

— Bem que eu poderia ficar um minuto dentro da banheira de hidromassagem.

Amanda achou que era um convite. Deixou a mesa e se permitiu mergulhar na espuma ao lado do homem estranho. A água fazia as pessoas boiarem, o que tornava difícil se sentar. Ela se inclinou para a frente com a finalidade de olhar para as árvores. Não dava mais para ver as crianças.

— Elas estão bem, penso eu. — G. H. compreendia. Quando você tem filho, torna-se um eterno vigilante. — Não tem nada lá atrás, só mais árvores.

Ruth olhou para os dois. O vinho servido no almoço a havia deixado um pouco tonta.

— Acho que vou fazer um café.

— Isso seria ótimo, querida, obrigado.

Amanda sorriu e disse:

— Posso ajudar em alguma coisa?

— Você relaxa.

Ruth voltou para dentro da casa.

— A piscina. A hidromassagem. Tudo isso custa uma fortuna em eletricidade. Vamos ter que colocar painéis solares. Não quis fazer as obras durante o verão, quando a gente usa a casa. Estou esperando até setembro ou outubro. Meu empreiteiro disse que as placas fotovoltaicas que ele instalou geram bastante energia e ainda sobra para vender para a rede. Mais pessoas deveriam fazer isso.

G. H. estava quase começando a gostar da companhia daquela mulher. Gostava de ter plateia.

— Energia limpa. Pode salvar o planeta. Deveria ser obrigatória por lei. — Às vezes, no cinema ou na calçada, Amanda via defensores da energia eólica distribuindo panfletos ou broches gratuitos, mas sempre parecia algum tipo de enganação. — Como foi que você escolheu sua profissão?

Mais conversa fiada.

— Eu tinha um mentor na universidade. Foi ele quem me guiou… Quer dizer, eu não sabia o que as pessoas faziam para ganhar a vida. Minha mãe tinha um salão de beleza. — O tom mostrava o respeito que G. H. tinha pelo trabalho da mãe. Ela havia morrido de câncer... fígado, estômago, pâncreas. Provavelmente por ter usado os produtos químicos que mulheres como ela usavam para tornar o cabelo respeitável. — Stephen Johnson. Já se foi, mas que vida.

— Imagino que seja como ter talento natural para as plantas. Ou ser craque em fazer o cubo mágico. Algumas pessoas conseguem ganhar dinheiro, outras não.

Ela sabia quem ela e Clay eram.

Aquele era um dos assuntos favoritos de G. H.

— Isso é o que as pessoas geralmente pensam. Você tem que se perguntar por quê. Quem quer fazer com que você acredite que não é possível ficar rico, ou pelo menos ter uma vida confortável? É uma habilidade. Que você pode aprender. Tudo se resume a informação. Você tem que ler os jornais. Tem que prestar atenção no que está acontecendo no mundo.

Ele também pensava que era necessário ser *inteligente*, mas achava que isso era óbvio.

— Eu leio os jornais.

Amanda acreditava que era uma mulher do mundo. Queria falar algo sobre o trabalho dela, mas não tinha muito o que dizer.

— Você só tem que entender os padrões que governam o mundo. Já ouviu falar daquele sujeito que ganhou o prêmio do programa *Press Your Luck*?

G. H. olhou para ela por cima da armação dos óculos escuros. Queria ter um jornal nas mãos naquele momento. Pensou sobre os números. Sobre os quadradinhos mudando.

— Ouvi.

— Ele só prestou atenção e entendeu que o jogo não era aleatório, existia uma certa sequência em que os obstáculos apareciam. Sempre havia sido assim, mas ninguém tinha prestado atenção.

As pessoas ricas não tinham nenhuma autoridade moral. Só sabiam onde estavam os obstáculos.

— Interessante — disse ela, dando a entender que não achava nada interessante. Onde as crianças estariam? — Estou contente de ficar longe do trabalho por um tempo. Não me entenda mal... Acho interessante ajudar as pessoas a contar a história das suas companhias, a encontrar consumidores, fazer essa conexão. Mas exige muita diplomacia. Acaba sendo cansativo.

George continuou:

— Meu mentor foi um dos primeiros homens negros a trabalhar numa firma de Wall Street. Almoçamos uma tarde... Um almoço! Eu tinha vinte e um anos.

Como explicar que ele nunca tinha nem sequer sonhado em almoçar num restaurante, muito menos em um lugar como aquele, acarpetado, espelhado, com cinzeiros de bronze e garçonetes de rabo de cavalo solícitas e uniformizadas? Havia aparecido sem gravata, e Stephen Johnson o levara até a Bloomingdale's e comprara para ele quatro gravatas Ralph Lauren. G. H. não sabia como dar o nó, as que ele usava no Natal eram daquelas com presilha.

— Sempre achei que as mulheres têm que se apoiar mutuamente no trabalho. Ou talvez em todos os lugares. Eu não teria avançado nada se não fossem minhas conselheiras.

Isso não era totalmente verdade. Amanda havia trabalhado para outras mulheres, mas preferia secretamente trabalhar com homens. As motivações deles eram mais simples.

— Ele me disse: "Somos todos máquinas." É isso aí. Você pode escolher o tipo de máquina que vai ser. Somos todos máquinas, mas alguns são inteligentes o bastante para fazer a própria programação.

O que ele havia acabado de dizer era: os tolos acham que é possível se rebelar. O capital determina tudo. Você pode se preparar para a realidade ou rejeitar essa verdade. Esta última opção, segundo Stephen Johnson, era uma ilusão. Ou você ficaria rico, ou não. A escolha era sua. Stephen Johnson e ele eram o mesmo tipo de pessoa. Ele era o que era — patriarca, intelectual, marido, colecionador de relógios caros e viajante de primeira classe — porque essa tinha sido a escolha que fizera.

Amanda estava confusa. Os dois estavam falando sobre si próprios, e não um com o outro.

— Você deve gostar muito do que faz — disse ela.

Ele realmente gostava, ou será que havia aprendido a gostar com o tempo, como os cônjuges em um casamento arranjado descobrem que a transação acaba se tornando algo próximo ao afeto?

— Sou um homem de sorte.

O calor era purificador como um orgasmo, como assoar o nariz. O sol quente, a água quente, mas ainda sobrava energia: ela poderia correr um quarteirão, ou dormir um pouco, ou fazer flexões. Esperava que Clay surgisse na estrada. Já fazia pelo menos uma hora, não? Amanda se concentrou na audição na esperança de ouvir o barulho do carro.

Deviam ir embora. Se saíssem logo, chegariam em casa na hora do jantar. Poderiam se permitir ir a um restaurante das redondezas que era um pouco caro demais para ser um local habitual. Ela não sabia, é claro, que Clay estava pensando a mesma coisa. Não sabia como isso confirmava que os dois eram muito parecidos.

O jardim estava silencioso, exceto pelo ruído da água na banheira de hidromassagem. Ela olhou para a floresta e pensou ter visto algo se mover, mas não conseguiu distinguir se eram os filhos. Achava que uma mãe deveria ser capaz de fazer isso, de vez em quando, mas nesse caso os levaria até o parque e os perderia de imediato, em meio a um mar de pequenos seres que não tinham nada a ver com ela. Amanda estava feliz de saber que os filhos tinham um ao outro, ainda eram crianças a ponto de esquecer tudo enquanto brincavam, andando no meio do mato como ela imaginava que as crianças criadas no campo faziam.

Amanda permaneceu sentada, sem fazer nada, quando aconteceu, quando surgiu. Um estrondo, mas essa não era a palavra certa. *Estrondo* era um substantivo insuficiente, ou talvez aquilo que aconteceu fosse impossível de ser descrito com palavras. A música era barulho, mas as palavras poderiam descrever Beethoven? Aquilo fora um estrondo, sem dúvida, mas tão forte que era quase uma presença física, tão súbito porque na verdade não tinha acontecido nada antes. Não havia nada (a vida real!), e então houve um estrondo. Era óbvio que eles nunca tinham escutado um estrondo como aquele. Ninguém escutava um estrondo como aquele — as pessoas o sentiam, o suportavam, sobreviviam a ele, o testemunhavam. Era possível dizer que a vida delas poderia ser dividida em dois períodos: antes do estrondo e depois do estrondo. Era um estrondo, mas era uma transformação. Era um estrondo, mas era uma confirmação. Algo havia acontecido, algo estava acontecendo, continuava a acontecer, o estrondo era uma confirmação e, ao mesmo tempo, um mistério.

A compreensão veio depois do fato. A vida é assim: sou atropelado por um carro, tenho um ataque cardíaco, aquela coisa arroxeado-acinzentada saindo do meio das minhas pernas é a cabeça do nosso filho. Epifanias. Eram um ponto-final em uma cadeia de acontecimentos invisíveis. A gente precisava retroceder para encontrar o sentido. É o que as pessoas faziam, como aprendiam. Sim. Então. Era um estrondo.

Não um estouro, não uma batida. Mais que um trovão, mais que uma explosão; nenhum deles nunca havia ouvido uma explosão. Explosões parecem comuns porque os filmes estão cheios delas, mas explosões de verdade são raras, ou eles tinham tido a sorte de nunca estarem por perto para ouvir uma. Tudo que podiam dizer no momento era que se tratava de um estrondo, alto o suficiente para alterar para sempre o que entendiam por estrondo. Teriam gritado se não estivessem tão assustados, surpresos ou afetados de um modo impossível de ser compreendido. Ainda assim, podiam ter gritado.

O estrondo foi rápido, talvez, mas o ar ainda zumbia depois do que pareceu um longo tempo. O que teria sido aquele estrondo e qual seria seu efeito? Essa era uma dessas questões impossíveis de serem respondidas. Amanda se levantou. Atrás deles, o painel de vidro da porta entre o quarto e o deque havia rachado, uma fenda fina e longa, bela e precisa, algo que passaria despercebido por um tempo. O estrondo fora alto o suficiente para fazer um homem cair de joelhos. Foi o que Archie fez, longe dali, na floresta: cair sobre os joelhos nus. Um estrondo que faz uma pessoa cair de joelhos era um estrondo só no nome. Era algo para o qual não havia um substantivo conhecido, porque com qual frequência as pessoas usam essa palavra?

— Que porra foi essa? — Essa era, talvez, a única reação apropriada. Amanda não estava se dirigindo a George. Não estava se dirigindo a ninguém. — Que porra foi essa?

Ela repetiu uma terceira vez, uma quarta vez, uma quinta vez, não importava. Continuava repetindo, como se fosse uma prece sem resposta.

Amanda tremia. Não estava abalada, mas tremendo, vibrando. Ela ficou quieta. A única resposta a um estrondo daquela magnitude era o silêncio. Achava que estava gritando. O sentimento era o de um grito, mas na verdade ela arfava, como um peixe fora d'água, o ruído que as pessoas surdas-mudas fazem em momentos de paixão, a sombra, a silhueta de uma fala. Amanda estava com raiva.

— O quê... — Ela não sentiu necessidade de completar a frase porque estava falando para si mesma. — O quê. O quê. O quê.

George havia pulado fora da banheira de hidromassagem sem nem cobrir o corpo com uma toalha. O mundo estava silencioso, com exceção talvez da impressão de um brilho que se apaga, o vazio onde o estrondo havia acontecido. Talvez os ouvidos de Amanda estivessem danificados, e tudo fosse uma ilusão. Talvez o cérebro dela tivesse sido afetado. Existia aquela história dos funcionários do consulado em Havana que tiveram sintomas neurológicos que pareciam ligados a algum estrondo. Amanda nunca tinha pensado que uma arma pudesse ser sonora nem que um som pudesse causar medo. Sempre dissera às crianças e aos animais de estimação para não terem medo das trovoadas.

Amanda estava tremendo. Sentia um gosto metálico na boca, como se tivesse uma moeda de cinquenta centavos na língua. Se ela se movesse, o estrondo poderia voltar. E, caso voltasse, ela não tinha certeza se conseguiria suportar. Não queria escutá-lo nunca mais.

— O que foi isso? — A pergunta era mais para ela mesma. Será que o barulho havia sido localizado — dentro da casa, dentro da propriedade —, ou era algo relacionado ao clima, ou interestelar, ou a abertura dos céus para anunciar a chegada de Deus em pessoa? Enquanto se perguntava, Amanda sabia que aquele estrondo nunca teria uma explicação satisfatória. Estava além da lógica, ou pelo menos de qualquer teoria.

No começo, foi devagar. Ela andava e depois pulava sobre os degraus. Olhava atentamente para as árvores. Tentava achar os corpos deles em meio àquele verde e marrom. Poderia chamá-los, e parecia que ela estava chamando, mas não estava. A voz não saía, ou não se coordenava com o corpo. Ela apenas se movia. Devagar, depois depressa, depois correndo. Amanda passou pela piscina, abriu o portão e foi para a grama. Os filhos dela, com o rosto perfeito e o corpo sem defeito, estavam lá, em algum lugar. Ela só conseguia ter a visão da floresta densa. Era como se fosse míope e estivesse sem os óculos, tudo indistinto, brilhante, sem sentido.

Ela continuou correndo. O gramado não era tão alto, não havia uma grande distância a vencer. Mas ela não chamava por eles, apenas corria. Havia uma pequena cabana à sombra das árvores. Amanda abriu a porta, mas o lugar estava vazio. No mesmo movimento — na verdade, ela não tinha parado de correr —, continuou até a extremidade do gramado, terra fofa e folhas secas. O estrondo havia cessado, mas ainda havia um ruído, o sangue nas veias, o coração ainda batendo forte. Ela precisava do corpo dos filhos junto ao dela.

Amanda pulou um pedaço de pau, que era pequeno o bastante para que pudesse ter pisado nele, e os pés dela aterrissaram num tapete de matéria úmida, com uma pedra no meio, um pedaço de casca de árvore, um espinho, alguma coisa molhada e desagradável. Ela devia chamá-los, mas não queria abafar a voz dos filhos caso estivessem chamando por ela, gritos urgentes de *mãe*, como diziam que os condenados balbuciam na hora da execução.

    Os filhos, onde estariam os filhos? As árvores praticamente não balançavam. Estavam paradas, indiferentes. Amanda se deixou cair. Usava um short. O toque das folhas, das cascas e da terra era quase um conforto. A lama nos joelhos cor-de-rosa eram quase um bálsamo. As solas dos pés, antes limpas, estavam sujas e machucadas, mas ela não sentia dor. Finalmente caiu em si. Queria chamar os filhos, gritar o nome deles, que ela e Clay haviam escolhido com tanto amor, mas em vez de "Archie" e "Rosie" (ela sem dúvida usaria o apelido carinhoso, pelo amor e pela saudade), Amanda apenas soltou um grito, um grito terrível, animalesco, o segundo barulho mais chocante que já havia escutado na vida.

23

ELES FALAVAM MAIS BAIXO DO QUE O NORMAL. ESTAVAM SENDO respeitosos com o estrondo. Esperavam que acontecesse de novo. Não queriam ser pegos de surpresa, mas como poderiam prever a volta, mesmo tendo ouvido o estrondo antes? De qualquer forma, havia desacordo.

G. H. não acreditava de todo no que estava dizendo.

— Acho que pode ter sido um trovão.

Às vezes é possível fazer você mesmo acreditar no que diz.

— Não tem nuvens!

A fúria de Amanda era ligeiramente atenuada pelo alívio. Havia encontrado os filhos, sujos como moradores de rua e de olhos arregalados, e os tinha agarrado. Apertava a mão direita de Rose, como fazia anos atrás quando a garota se comportava mal. A palma da mão esquerda da menina estava com uma mancha vermelha, uma linha perfeita e contínua. Pele arranhada no joelho esquerdo, manchas na canela, no ombro e na barriga — ela havia lutado incessantemente durante meses para ganhar uma roupa de banho de duas peças —, cabelo oleoso e olhos vermelhos, mas fora isso a garota estava bem. As crianças pareciam estar bem. Pareciam bem.

Amanda havia adentrado a floresta e encontrado os filhos graças a algum instinto do qual não se lembrava de ter, ou talvez fora pura sorte. O estrondo fez os três saírem correndo, e os caminhos por sorte haviam se cruzado. O estrondo fizera Clay estacionar o carro ao lado da estrada estranhamente vazia, abrir a porta e olhar para o céu. O estrondo assustou Ruth, que estava fazendo café, e ela deixou uma colher cair no chão. O estrondo tinha levado mais de mil cervos, já indiferentes aos limites das propriedades determinados pelos seres humanos, a correr desordenadamente através dos jardins, sem parar para nada. Os proprietários estavam muito distraídos — com os vidros das janelas quebrados, os gritos das crianças, os tímpanos dos mais novos definitivamente afetados — para ficar pasmados com tantos animais.

Amanda e as crianças saíram da floresta e, embora fossem estranhos uns para os outros, foram recebidos com uma alegria genuína. Ruth abraçou os ombros nus do menino, G. H. apertou o antebraço de Amanda com alívio paternal. As consequências do estrondo — um zumbido, um sentimento de vibração — pareciam ter se perpetuado. Era como um bando de insetos persistentes, as mutucas que às vezes havia na praia. Estavam lá e não estavam. Teimosos. Amanda deu voz ao que todos queriam e sugeriu que entrassem. O céu estava bem azul e muito bonito, mas ficar do lado de fora era pouco confiável. O estrondo parecia ser parte da natureza, mas, como Ruth sabia, os tijolos não haviam conseguido amortecer o barulho.

— Foi uma bomba?

Visões de cogumelos atômicos.

— Cadê o papai? — A voz de Archie soava fraca, como acontece depois de um trauma, afinando na palavra *papai*.

Onde estava o pai?

— Foi fazer compras — respondeu Amanda, concisa.

— Vai voltar a qualquer momento — disse Ruth, enchendo copos com água.

As crianças estavam suadas e sujas. Ela não sabia ao certo como ajudar, embora fosse o que desejava fazer. Não podia abraçar os próprios netos. Podia dar um copo d'água àqueles filhos de estranhos.

— Obrigado.

Archie se lembrava das boas maneiras. Era um bom sinal.

— Por que vocês não vão se lavar? Posso ficar com o Archie.

Ruth se abaixou para pegar a colher com a qual estava medindo os grãos de café. Queria ajudar, mas queria ainda mais uma distração.

Amanda foi com Rose ao banheiro, lavou as feridas da filha. Não eram graves. O ritual era um conforto para ambas: papel higiênico úmido e Neosporin, o rosto da filha bem perto a ponto de dar para sentir o hálito morno. Depois do genocídio, os salões de beleza haviam ajudado os ruandeses a suportar a dor. Tocar um outro ser humano tinha um efeito de cura. Ela limpou o rosto da menina com uma toalha úmida e a vestiu com uma camiseta e um short. Rose, que não queria mais que a vissem nua, nem ao menos protestou. O estrondo a tinha deixado apavorada.

Ruth precisava fazer *alguma coisa*.

— Beba a água, querido.

O carinho não era algo natural. Na escola, eles chamavam todas as crianças de "amigas", mesmo quando faziam algo errado, e elas não eram obrigadas a usar "senhor" ou "senhora", e sim "amigo" ou "amiga". Amigo, precisamos conversar sobre seu comportamento. Amigos, falem mais baixo. Era sagrado, mas de uma forma neutra.

As costas lisas de Archie estavam cobertas de uma crosta composta de poeira e suor. Seria possível escrever uma palavra na pele, da mesma forma que engraçadinhos escrevem ME LAVE em carros estacionados. Ele tomou um gole, obediente.

— Tem alguma coisa no meu ouvido.

— Deve ser normal. — Ruth não sentia nada de estranho nos ouvidos, mas no restante do corpo, sim. — Aquilo foi... muito alto.

Poderia ter afetado os tímpanos deles.

Amanda retornou, a garota limpa segurava a mão da mãe, voltando a ser criança.

— Archie, você está horrível.

Amanda acariciou as costas lamacentas do filho, confiante e na tentativa de repassar a sensação.

G. H. espiou pela janela, suspeitando de tudo que via: a piscina, as árvores farfalhantes. Era tudo que existia lá fora, tudo que ele podia ver, mas não esperava ver... o quê? Uma bomba? Um míssil? Será que eram a mesma coisa?

— Será que foi um avião? — sugeriu Amanda.

Ela tentava reconstituir o estrondo, mas havia sido como uma dor, o corpo não conseguia se lembrar das especificidades. Podia ter sido algo mecânico, e os aviões eram o suprassumo das máquinas.

— Um avião caindo?

Ruth não sabia se era aquilo mesmo que queria dizer e não sabia que tipo de barulho um avião explodindo faria, como aquele sobre Lockerbie, ou colidindo contra o solo, como aquele que estava sendo pilotado em direção ao Capitólio, em Washington. De novo, as únicas referências que tinha eram os filmes de Hollywood.

— Ou quebrando a barreira do som. Um estrondo sônico. Será que foi um estrondo sônico? — Eles já tinham voado uma vez no Concorde, para comemorar os quinze anos de casados. François Mitterrand estava no mesmo voo. — Acho que não dá para quebrar a barreira do som sobre o continente. Mas, sobre o oceano, o estrondo não incomoda ninguém. Eu acho que é isso.

— Aviões geralmente não quebram a barreira do som. — Archie tinha feito um trabalho sobre o assunto no sexto ano.

— O Concorde não voa mais.

O menino estava certo ao afirmar que o Concorde havia assustado apenas as baleias do Atlântico Norte. Viviam uma era extraordinária. Ele não sabia que os aviões que decolavam de Rome, no estado de Nova York, geralmente seguiam para o norte, o caminho mais direto para o mar aberto. Tinham, no entanto, interceptado alguma coisa que se aproximava do flanco leste do país. A circunferência do barulho produzido pelos aviões tinha aproximadamente oitenta quilômetros — um rasgo no céu bem acima da casinha deles.

Ruth tinha pensado nisso enquanto comia aqueles sanduíches estranhos.

— Reparei numa coisa hoje. Vocês notaram? Não houve tráfego aéreo. Nenhum avião, nenhum helicóptero.

G. H. sabia que era verdade o que a esposa tinha dito.

— É verdade. Nós geralmente ouvimos muitos aviões, helicópteros.

— O que vocês querem dizer? — perguntou Amanda. — Deve ter acontecido…

— Amadores tendo aulas. Gente impaciente voando de Manhattan. Tem sido um assunto importante nas colunas locais de opinião — disse Ruth.

Ela própria estava tão acostumada à poluição sonora que havia notado justamente a ausência. Não sabia o que isso significava, mas achava que queria dizer alguma coisa.

Amanda queria tirar as crianças da sala, mas não havia televisão para distraí-las.

— Archie, por que você não vai se vestir? — Sua mão nas costas ásperas do garoto. Ele estava quente. — Beba mais água. Talvez você devesse tomar um banho?

Ruth compreendeu, e talvez qualquer pai entendesse.

— Rose, que tal descansar um pouco?

A garota não sabia se devia obedecer à estranha. Olhou para a mãe para saber o que devia fazer.

— É uma boa ideia, querida. — Amanda se sentia agradecida. — Vá se deitar na cama da mamãe. Ler seu livro.

— Vou para o chuveiro. — De repente, Archie se deu conta de estar quase sem roupa. Não queria confessar, mas tinha urinado no calção ao ouvir o estrondo, como se fosse um bebê. Quando era mais novo, queria muito entender as conversas dos mais velhos. Agora que entendia, percebia que as tinha superestimado. — Vamos, Rose.

A gentileza de um irmão mais velho.

Amanda esperou até os filhos saírem.

— O que foi aquilo?

Ruth olhou para além do marido, pela janela, o céu muito azul.

— Não é o clima...

Era um dia perfeito para nadar, e, de todo modo, nunca haviam escutado uma trovoada tão forte e tão demorada. Se morassem no Havaí, ela diria que fora um vulcão.

G. H. estava impaciente. Já tinha escutado o bastante.

— Todos concordamos que não sabemos o que é — disse ele.
— Cadê o Clay?

Amanda olhava para Ruth como se a mulher fosse a culpada. Assim como o estrondo fizera Rose regredir de adolescente a criança, também deixara Amanda sem forças, desamparada.

Ruth havia perdido a noção do tempo.

— Não faz tanto tempo assim. Só parece.

— Ele vai voltar logo. — G. H. estava fazendo promessas.

— Mas agora não temos mais dúvidas. Alguma coisa está... acontecendo. — A falta do sinal de celular era uma agressão. A ausência da televisão era uma tática. — Temos que fazer alguma coisa!

— Fazer o quê, meu bem? — Ruth não discordava, mas estava confusa.

— Estamos sendo atacados. Isso é um ataque. O que devemos fazer no caso de um ataque?

— Não estamos sendo atacados. — G. H. não tinha certeza, no entanto, e isso era evidente. — Nada mudou.

— Nada mudou? — Amanda falou alto. — A gente está aqui sem fazer nada, como sei lá o quê. É isso que fazem os patos? Ficam lá parados esperando que atirem neles?

Que metáfora idiota.

— Quero dizer que ainda não sabemos o que está acontecendo. Vamos esperar o Clay voltar para ver o que ele conseguiu descobrir.

— Será que devo ir até a cidade para procurá-lo? — Ela não queria sair da casa, mas iria até lá. Precisava *fazer* alguma coisa. — Será que a gente enche as banheiras? Temos pilhas e Tylenol? Procuramos os vizinhos? Temos bastante comida? Estamos numa emergência?

G. H. pôs as mãos escuras sobre a pedra da bancada.

— É uma emergência. Estamos preparados. E estamos seguros aqui.

Os fatos: as barrinhas de cereais dele, a caixa de vinhos dele.

— Tem um gerador aqui? Um abrigo antibombas? Temos... sei lá, um rádio portátil? Um desses filtros portáteis que transformam água suja em água potável?

— Ele já vai voltar, tenho certeza. — G. H. estava tentando convencer também a si mesmo. — Vamos ficar aqui. Estamos seguros. Todos nós. Vamos ficar aqui.

— São quinze minutos até a cidade. E mais quinze minutos de volta. Só isso dá meia hora. Pelo menos. — Ruth estava inquieta. O que estavam fazendo? — Talvez leve mais tempo se a pessoa não conhece o caminho. Talvez uns vinte minutos. Quarenta para ir e voltar.

Amanda estava irritada com todo mundo.

— E se ele não voltar? Se o carro morreu, ou aquele estrondo fez alguma coisa com ele, ou...

O que ela estava prevendo? Clay desaparecido para sempre.

— George tem razão. Estamos seguros. Vamos esperar.

— Como vocês podem dizer que estamos seguros se não sabemos o que está acontecendo com a gente?

Amanda esperava que as crianças não a escutassem. Começou a chorar.

— Nós ouvimos aquele estrondo. — Ruth era racional. — Só nos resta esperar. Para ver o que vamos ter que fazer depois.

Amanda estava furiosa.

— Não temos internet, não temos nossos telefones, não sabemos nada do que está acontecendo.

Ela culpava aquelas pessoas. Os dois tinham batido à porta e estragado tudo.

— Talvez tenha sido... Como era mesmo? A usina nuclear de Ten Mile Island? — Ruth queria beber alguma coisa, mas não sabia se era uma boa ideia. — Existem usinas nucleares por aqui, certo?

— Three Mile Island. — G. H. sempre sabia esse tipo de coisa.

Amanda lera a respeito em livros de história.

— Um acidente nuclear? — O medo constante da juventude dela: o telefone vermelho do presidente, clarões de luz, poeira atômica. Ela esquecera isso tudo em certo momento. — Meu Deus, será que fechamos as janelas hermeticamente? Vamos ficar doentes?

— Eu não acho que um acontecimento desses produziria aquele estrondo.

G. H. tentava se lembrar: o vapor era produzido pela água do mar usada para refrigerar o material que produzia a reação que criava energia elétrica. Um terremoto no Japão havia escancarado a mentira. A água do mar poderia refluir e o veneno, viajar através do oceano. Haviam encontrado escombros no Oregon. Um acidente nuclear teria feito aquele barulho? As usinas nucleares locais forneciam energia para a cidade, e um defeito teria sido o responsável pelo blecaute?

— Um míssil? — Amanda estava pensando alto. — A Coreia do Norte. Ruth, você se lembrou da Coreia do Norte.

— Irã — disse G. H., sem pensar.

— Irã? — retrucou Amanda, como se nunca tivesse ouvido falar do país.

— É melhor não especular. — G. H. lamentava ter começado.

— Talvez tenha sido isso. Vocês sabem. O blecaute e depois... a fonte daquele estrondo, uma bomba ou algo assim.

Os terroristas planejavam tudo. O ato em si parecia algo impulsivo porque as televisões não podiam mostrar o que tinha acontecido antes: reuniões, estratégias, desenhos, dinheiro. Aqueles dezenove haviam treinado em simuladores de voo! Para começar, onde seria possível obter simuladores de voo?

— Estamos apenas ficando cansados...

G. H. achava que era importante se limitar ao que podiam ver.

Ruth resolveu beber alguma coisa. Encontrou a chave do armário de vinhos. Foi lá e pegou uma garrafa de cabernet.

— Mas... Clay. Quem sabe... Quem sabe ele descobriu alguma coisa?

O pior era que ele não chegava nunca, ou será que estava voltando, mas tinha encontrado algo verdadeiramente insuportável, além do que eles poderiam adivinhar, e precisava voltar com notícias que as pessoas seriam forçadas a ouvir e a lidar junto com ele?

Amanda chorou ainda mais.

— Mas não vamos saber o que está acontecendo até descobrir. A gente só...

Ela olhou para as luminárias, novas mas que pareciam artefatos de uma escola do século passado, para os armários bem-feitos que escondiam a lava-louça de aço inoxidável, para a tigela branca cheia de limões. A casa havia parecido tão atraente, agora não era mais segura, não era a mesma, nada era.

— Talvez a televisão volte a funcionar. — Ruth tentava ser otimista.

— Ou os telefones voltem a funcionar — disse Amanda, como se rezasse.

Olhou para o tampo da bancada, notando, talvez pela primeira vez, o belo desenho abstrato da pedra. Não dava uma impressão de ser forte ou sólida, mas nova e bonita. Já era alguma coisa.

24

A RESPONSABILIDADE MASCULINA, PENSAVA CLAY, ERA UMA idiotice total. A vaidade de pensar em salvar todo mundo! Aquele estrondo fez com que ele tivesse vontade de estar em casa. Ele não queria proteger, queria ser protegido. O estrondo havia desencadeado lágrimas de irritação e frustração. Ele olhava em todas as direções, sentindo-se completamente perdido. Nem queria fumar um cigarro, mas estava reduzindo a velocidade do carro quando aconteceu, quando os céus se abriram e aquela coisa intangível caiu ao redor. Não notara se o estrondo havia assustado os pássaros, os esquilos, as mariposas, as rãs, as moscas e os carrapatos. Estava prestando atenção apenas em si mesmo.

Como não havia tráfego, Clay ficou parado. Esperou oito minutos, certo de que o estrondo voltaria. Voltou, mas sobre o Queens — muito longe para que ele ouvisse. A solidão tornava o estrondo insuportável para Clay, mas o contrário também era verdade. No Queens, formou-se uma multidão e o pânico se espalhou. As pessoas corriam. Choravam. A polícia nem sequer fingia estar fazendo alguma coisa.

Então... Clay encontrou o caminho. Era como se os quarenta e quatro minutos anteriores nunca tivessem acontecido. Ele virou à direita e viu o cartaz de venda de ovos. Era muito ridículo pensar que estava voltando sem nenhuma informação e não havia nem sequer tomado uma Coca-Cola gelada. Minutos antes, decidira que, assim que chegasse em casa, juntaria a família no carro e sairia daquele lugar. Nunca mais queria ver aquela casa.

Os tijolos pintados o acolheram como a um velho amigo. Ele chorou de alívio, em vez de medo. Desligou o carro. Olhou para o céu. Para o carro. Para as árvores. Enquanto corria para a casa, começou a relatar o que sabia.

Todo mundo sabia que o nível dos oceanos estava subindo. As pessoas falavam muito sobre a Groenlândia. A temporada de furacões estava sendo particularmente ruim. O quadragésimo quinto presidente dos Estados Unidos parecia ter sido acometido pela demência. Pelo jeito, a primeira-ministra alemã, Angela Merkel, tinha a doença de Parkinson. O ebola estava de volta. Algo estava acontecendo com as taxas de juros. Estávamos na segunda semana de agosto. As aulas iriam recomeçar dali a alguns dias. A editora dele na *The New York Times Book Review* devia ter lhe mandado algum e-mail, com comentários sobre a crítica que escrevera.

Se o estrondo voltasse, por exemplo, à noite, depois do pôr do sol — depois que a profunda escuridão da área rural tivesse chegado —, ele não sobreviveria. Ninguém conseguiria. Essa era a natureza do estrondo; era o horror concentrado em um único e muito breve momento. Clay ficava arrepiado só de pensar, de tentar se lembrar daquele som, na tentativa de descobrir o que havia sido. Estava com medo até de adormecer. Como conseguiria dirigir de volta?

Clay pensou no pai. Parecia muito possível que o pai, na sua casa em Minneapolis, vendo televisão, não soubesse nada a respeito de um estrondo misterioso em Long Island. Um acontecimento precisava ser realmente grande para afetar a vida. Quando ele era adolescente, a mãe havia tido o que Clay pensava ser uma gripe, uma sonolência da qual não conseguia se livrar. Ela morreu de leucemia alguns meses depois. Aos quinze anos, Clay aprendera a fazer hambúrguer e a separar a roupa suja branca da roupa suja colorida. As pessoas morriam, mas a gente ainda tinha que jantar. Talvez uma guerra tivesse começado, talvez houvesse acontecido algum tipo de acidente industrial, talvez milhares de nova-iorquinos tivessem ficado presos debaixo da terra em vagões do metrô, talvez um míssil tivesse sido disparado, talvez alguma coisa que eles nunca pensaram ser possível estivesse acontecendo — tudo isso era mais ou menos possível, na verdade —, mas Clay ainda estava com vontade de fumar um cigarro, ou preocupado com o comportamento das crianças, e pensava no que comeriam no jantar. A vida segue, são as coisas que acontecem quando se está vivo.

Amanda, G. H. e Ruth estavam dentro de casa. Olharam para ele como pessoas numa peça de teatro, como se tivessem ensaiado aquele momento — você fica aqui, você aqui, você aqui e você entra. Ele sentiu como se fosse ser aplaudido e tivesse que esperar o barulho cessar antes de falar. Qual era mesmo a fala dele?

— Jesus Cristo! — Amanda não correu para abraçá-lo, não gritou, a exclamação apenas saiu, um ruído surdo de alívio.

— Voltei. — Clay deu de ombros. — Está todo mundo bem?

G. H. parecia isento, satisfeito.

Amanda abraçou o marido. Não disse nada. Afastou-se e olhou para ele, então o abraçou mais uma vez.

Ele não sabia o que dizer. Havia escutado o estrondo e se encolhido, depois o estrondo tinha ido embora, e era possível ouvir o sangue fluindo pelo próprio corpo.

— Estou bem. Estou aqui. Vocês estão bem? Cadê as crianças?

— Estamos bem. Estamos todos aqui. Todos estamos bem — respondeu G. H.

— Quer nos acompanhar?

Ruth empurrou a garrafa de vinho na direção de Clay, como um atendente de bar em um filme. Estava mais aliviada do que esperava. Ela se deu conta, com um pouco de vergonha e um sentimento de horror: na verdade, não achava que Clay voltaria.

Clay arrastou os pés da cadeira no chão de madeira e se sentou.

— Vocês ouviram aquilo?

— Você foi até a cidade? O que aconteceu?

Amanda segurava a mão do marido.

Clay não conseguia aceitar aquele estrondo, e precisava lidar com a própria vergonha. Não sabia se conseguiria confessá-la.

— Não fui. — Ele apenas admitiu, num tom neutro, sem entonação.

— Você não foi? — Amanda estava confusa, como os demais. — Onde você estava?

Ela estava com raiva.

Clay ficou vermelho.

— Não fui muito longe. Então ouvi aquele estrondo...

— Mas o que você estava fazendo? — Amanda sentia-se confusa. — Estávamos esperando por você, quase enlouqueci...

— Não sei. Fumei um cigarro. Fiquei tentando pensar. Fumei outro. Comecei a dirigir e ouvi aquele estrondo. Então voltei direto para casa. — Ele mentia porque estava com vergonha.

Amanda riu, um riso cruel.

— Achei que você tivesse morrido!

— Quer dizer que você não viu ninguém. Nem nada que pudesse nos ajudar a descobrir o que está acontecendo. — G. H. queria manter o foco.

— Você está aqui. Vamos embora. Vamos sair daqui. Vamos para casa!

Amanda não tinha certeza se ela de fato queria ir, que alguém a convencesse do contrário, ou o quê.

Clay balançou a cabeça. Estava mentindo. Tinha visto aquela mulher. Ela estava chorando. Será que havia encontrado alguém para ajudá-la? Ele não suportava admitir o tipo de homem que era quando se via sob pressão. Era mais fácil dizer para si mesmo que aquela mulher não importava. Ele mal se lembrava da aparência dela. Tentava imaginar o que ela fizera ao ouvir o estrondo.

— Não vi nada nem ninguém. Nenhum carro, nada.

— Aqui é assim mesmo. — G. H. tentava ser racional. — É por isso que gostamos. Em geral não se vê ninguém.

Ficaram todos em silêncio.

Ruth estava olhando pela janela, na direção da piscina.

— Está escuro lá fora. Agora mesmo estava tão claro. — Ela fez uma pausa. — Uma tempestade. Talvez aquilo tenha sido um trovão.

— Não foi trovão.

O céu estava cheio de nuvens agora, é verdade, cinza-escuras, quase pretas. Mas Clay já sabia disso.

Ruth olhou para eles.

— Anos atrás, o G. H. me levou ao balé. *O lago dos cisnes*.

O tipo de coisa que, segundo Clay, era a razão para querer se morar em Nova York. No entanto, era um pesadelo logístico. Entradas para uma noite agradável, um lugar para jantar às 18h30, dezoito dólares por hora para a babá. Eles eram muito *ocupados*, presos à noção do próprio excesso de compromissos. Será que não podiam se permitir algumas horas de transcendência?

— Eu me lembro de, no começo, ter pensado: *Que estranho*. Pessoas com fantasias brilhantes. Elas dançavam por alguns minutos e depois saíam correndo do palco, para depois começarem tudo de novo. Eu achava que havia um enredo, mas um balé é apenas uma série de coisas curtas organizadas frouxamente em torno de um tema que já de cara não faz muito sentido.

Como a vida, mas Clay não disse.

Ela continuou.

— Aves de branco e aves de preto, música grandiosa e arrebatadora. Fiquei interessada. Acho que era a música mais bela que já ouvi na vida. Havia aquela dança que eu nunca tinha ouvido antes, tão bela que não sei por que não é usada em filmes e comerciais. Comprei o CD. *O lago dos cisnes*, regência de André Previn. Lembro do nome daquele trecho. "Pas d'Action", "Odette e o Príncipe". Nunca ouvi nada tão... arrebatador e romântico, e depois tão suave e vivo.

— É.

Amanda não sabia nada sobre balé. Estava contente de ouvir a mulher falar, preencher o silêncio.

— Tchaikovski tinha trinta e cinco anos quando compôs *O lago dos cisnes*, vocês sabiam? Foi considerado um fracasso, mas vocês sabem... é a própria ideia do balé: uma bailarina fantasiada de ave. — Ruth hesitou. — Eu me lembro de ter pensado... bem, é piegas, mas acho que todo mundo tem pensamentos desse tipo de tempos em tempos. Enfim, pensei que se eu for morrer, e todo mundo vai morrer, se eu pudesse ouvir música quando estivesse morrendo ou ter um trecho de música que eu soubesse que seria a última coisa que ouviria ou da qual me lembraria antes de morrer, eu queria que fosse aquela. Tchaikovski, essa dança de *O lago dos cisnes*. Estou pensando nisso agora. Talvez vocês não queiram ouvir, mas eu estava pensando: *Droga, os CDs estão todos no meu apartamento.*

— Você não vai morrer aqui, Ruth. — Aqui? Nesta casa adorável? Impossível. — Estamos seguros aqui — disse Clay.

Era como aquela brincadeira do telefone sem fio. Eles falavam um para o outro, mas haviam perdido a linha da coisa.

— Como você sabe? — Ela estava calma. — A verdade, a triste verdade, é que você não sabe. Não sabemos o que vai acontecer. Pode ser que eu nunca mais ouça "Pas d'Action" e "Odette e o Príncipe". Mas acho que ela está aqui. — Ruth tocou a têmpora com o dedo. — Acho que consigo escutá-la. A harpa. As cordas. Mas posso estar enganada. O que tenho guardado na mente é lindo, em todo caso.

— Não estamos em Marte. Existem pessoas a alguns quilômetros daqui. Vamos ouvir alguma coisa. Já ouvimos alguma coisa. Talvez a gente ouça novamente. — Este era G. H., tentando ser racional e tranquilizador ao mesmo tempo. — Vamos dar uma volta de carro pela vizinhança. Ou então algum vizinho virá até aqui. É só uma questão de tempo.

— Não quero ouvir aquela coisa nunca mais — disse Clay.

Ele gostaria de ter podido negar que havia ouvido o estrondo. Queria poder se imaginar fazendo o que G. H. tinha descrito, mas não conseguia. Estava com medo. Não queria sair, não porque não fosse prudente, mas porque estava com muito medo.

Amanda se afastou do marido, que ainda a abraçava, aliviado e atordoado, e olhou para G. H.

— Sabe que você se parece um pouco com o Denzel Washington?

G. H. não sabia como responder. Também não era a primeira vez que ouvia isso.

— Alguém já disse isso? E seu sobrenome é Washington! Algum parentesco? — Amanda olhou para o marido. — O nome dele é *George Washington*. Ai... desculpe, acho que foi indelicado.

Ela riu, mas todos ficaram em silêncio.

25

AS CRIANÇAS NÃO CONSEGUIAM OUVIR O RISO DA MÃE DOS quartos onde estavam. Também não tinham escutado o pai voltar. A pequena casa era tão bem construída (paredes muito sólidas!) e tão sedutora que fazia você se esquecer das outras pessoas. Archie deixou a água do chuveiro bem quente. Os testículos estavam retraídos, inchados, como se ele tivesse saído havia pouco da piscina. Os músculos das costas relaxaram enquanto ele via a água escorrer pelo ralo, primeiro suja e depois limpa. Archie se secou em toalhas brancas. Vestiu uma cueca e foi para a cama, onde, incapacitado de assistir a *The Office*, se divertiu com uma importante coleção, o álbum de fotos secreto do celular. A maioria das fotos era bonita. As de que Archie mais gostava não eram tão boas. Ele ficava chocado com as configurações da internet: três mulheres, cinco mulheres, sete mulheres, pênis enormes (Archie ficava preocupado com a possibilidade de o dele nunca ficar tão grande quanto aqueles), dois homens, três homens, suposto incesto, violência racial, saliva, cordas, equipamento de ginástica, espetáculos públicos, iluminação de palco, maquiagem borrada, piscinas, brinquedos e aparelhos dos quais ele não sabia os nomes, a beleza imaginária das punições. Ele só gostava das mulheres. Cabelos escuros e pele bronzeada. Preferia que estivessem completamente nuas, em vez de serem fotografadas com roupas que destacavam as partes do corpo delas que deviam ser vistas: suéteres de lã erguidos sobre grandes seios com mamilos sedosos, saias axadrezadas sobre quadris pálidos mostrando o que ele chamava de boceta porque não sabia o nome exato, shorts rasgados e lábios carnudos. Ele gostava quando eram bonitas e pareciam felizes. Archie queria agradar e ser agradado.

Rose puxou o edredom de plumas da cama dos pais até o queixo, depois até o nariz, aspirando o perfume de detergente e sabonete e da própria pele e dos vestígios químicos dos pais. Era reconfortante, quase canino. O livro não era uma distração (dificuldades de adolescentes, as traições do corpo, os novos desejos do coração), e sim uma preparação, o guia de viagem para um país que ela planejava visitar em breve. Contudo, as páginas não davam conta de prender sua atenção. Ela pensava no silêncio da floresta, rompido por aquele *bang* em algum lugar no alto. Mal conseguia se lembrar do seu quartinho no Brooklyn. Balançou a cabeça para esquecer, mas não adiantou nada.

Não queria se esconder na cama. Rose não queria se esconder de jeito nenhum. Ela se levantou e se espreguiçou como se tivesse acordado de um longo sono. Alongou os braços e as pernas, e sentiu ambos fortes e vivos. Foi até a janela e tentou enxergar por entre as árvores. Não sabia direito o que estava procurando, mas saberia quando aparecesse, e sabia que apareceria. Antes, queria provar que havia visto aqueles cervos, mas nem sinal deles na floresta. Os animais se deslocam imperceptivelmente na Terra.

Ela estava diante da porta de vidro, olhando para o céu e para as nuvens tão próximas que parecia ser possível tocá-las.

Percebeu que havia uma rachadura no vidro que não estava lá antes. Fazia sentido. A chuva era como sempre: hesitante no início, depois forte. As árvores estavam cobertas de folhagem que absorveria a maior parte da água antes que chegasse ao solo. O transbordar da calha sobre a porta formava uma espécie de cachoeira. O que os cervos faziam quando chovia? Será que ficavam preocupados em não se molhar? Rose gostaria de ir até a piscina, ou apenas se sentar na banheira de hidromassagem. Queria um pouco mais de férias, nem que fosse apenas uma hora.

Archie estava com o celular em uma das mãos e ele mesmo na outra, mas o corpo não estava respondendo como sempre. Ele era capaz de gozar no banho matutino e, à noite, na cama iluminada pelo notebook, com o volume baixinho. Às vezes também à tarde: encolhido no cubículo cheirando a urina, com saliva na palma da mão. Primeiro, jatos de sêmen, depois uma espirrada abreviada e, finalmente, um estremecimento seco, o pau vermelho, cansado e talvez um pouco ardido. Ele sempre pensava em parar, mas... não conseguia. Era a vida!

Do lado de fora, uma tempestade se formava e a luminosidade era estranha, mas mesmo se não fosse por isso Archie não teria nenhuma ideia da hora. Sabia que era estranho que os proprietários da casa tivessem aparecido, mas não ligava, pareciam legais. O sr. Washington tinha feito para ele as perguntas que os adultos sempre fazem, o que foi legal. Archie largou o celular. Então deslizou num belo vazio. Se sonhou com alguma coisa (o estrondo?), havia acontecido em uma parte do cérebro tão distante que ele mal acessava.

Ele se sentiu quente? Bem, havia acabado de tomar um banho. Quando encaixou o pulso sob a bochecha, não sentiu nada:

tocar a própria pele não permite fazer um diagnóstico. O corpo era uma máquina esplêndida e complicada, que quase sempre funcionava satisfatoriamente. Quando alguma coisa estava errada, era esperto o bastante para resolver sozinho. A luminosidade estava difusa e forte, o quarto preenchido pela música da chuva no telhado e o ruído normal de objetos no espaço — a presença do corpo de Archie, a cama, os travesseiros, o copo d'água, um exemplar de *Nove histórias*, a toalha molhada enrolada no chão como um cachorro dormindo. Era como a máquina de ruído que os pais haviam usado para fazê-lo dormir quando pequeno.

Ao lavar as mãos, Ruth não conseguia ouvir a chuva. Quando saiu do banheiro de hóspedes, viu a água caindo e então percebeu. O vinho não havia surtido nenhum efeito nela. Não estava com sono, nem tranquila, nem distraída. Ela juntou a roupa suja numa pequena pilha. Como era possível que já houvesse tanta roupa acumulada? Havia alguma coisa reconfortante no amarelo das lâmpadas de cabeceira e no cinza do lado de fora das janelas. Ela poderia ter se deitado para ler um livro. Poderia inclusive ter tirado uma soneca daquele jeito indolente quando se está numa casa de férias — não porque se precisa de descanso, mas apenas porque se pode.

Em vez disso, ela foi até a despensa no corredor, achou um cesto de roupa suja ao lado das provisões de George, aquelas garrafas de vinho, aquelas latas úteis, aquelas caixas de plástico rígido contendo milhares e milhares de calorias. Ela se permitiu pensar... *Bom*. Estavam preparados para o que viesse. Ruth achava que isso seria um conforto, mas não queria latas de tomates nem barras de cereais. Era inútil insistir no que ela queria, o que talvez explicasse sua decisão de simplesmente *fa*-

zer alguma coisa. Encheu o cesto com a roupa suja do marido e dela. Ajeitou os travesseiros em cima da cama. Botou o controle remoto inútil da televisão na mesa de cabeceira. Apagou as lâmpadas de cabeceira que ninguém estava usando. Pegou as toalhas úmidas no banheiro.

Era muito íntimo, mas ela sabia que devia sugerir a Amanda que lavassem as roupas sujas de ambas ao mesmo tempo. Seria um uso mais eficiente de energia elétrica e água. Seria um gesto de vizinhos, embora essa palavra não descrevesse a relação entre as duas — talvez não houvesse uma palavra adequada. Ruth sabia que isso sem dúvida se tornaria uma conversa, e sabia que isso a levaria a fingir ser uma pessoa melhor do que achava que era. Pensou no peso agradável dos netos sobre o corpo dela.

Rose pôs a mão na janela. Estava fria, como o vidro geralmente era. Havia algo de agradável na superfície da piscina, com gotas e pequenas ondulações provocadas pela chuva constante. Não havia trovões e, no fim das contas, Rose sabia que o estrondo de antes não fora um trovão. Compreendia a tentação de pensar que fora, mas ela tinha ciência, do seu modo adolescente, de que as crenças e os fatos não tinham nada a ver umas com os outros.

A questão não era o que aquilo tinha sido, e sim o que eles fariam em seguida. Rose sabia que os pais não a levavam a sério, não achavam que ela fosse uma pessoa crescida. Contudo, Rose sabia que o problema não era apenas um barulho no alto. Ela havia visto qual era o problema, e tentava resolvê-lo. Então lembrou que a mãe prometera que ambas fariam um bolo quando chovesse. Ela deixou o livro de lado e foi procurar Amanda.

26

VER TELEVISÃO TERIA SIDO UM ALÍVIO. TERIA SERVIDO PARA mantê-los atentos, para diverti-los, para informá-los ou fazê-los esquecer. Em vez disso, estavam os três em frente a um aparelho de televisão que não mostrava nada, o barulho agradável da chuva contra a claraboia, o teto, o deque, os guarda-sóis de lona, as árvores, a barulhada de Rose na cozinha — "Eu consigo fazer sozinha!" — e depois o aroma químico do bolo de mistura semipronta assando no fogão a gás.

— Precisamos encher as banheiras.

Amanda não sabia o que era necessário. Estava tentando adivinhar.

— Encher as banheiras?

Clay achava que era só um jeito de falar.

Ela abaixou a voz.

— Caso... a água...

— A água não corre se ficarmos sem eletricidade? — Clay não tinha a menor ideia.

Não corria. No dia seguinte, ou um dia depois, com certeza no dia seguinte a esse, alguns moradores dos andares mais altos em Manhattan iriam experimentar o delírio que pressagia uma futura desidratação.

— Acho que não. Tem uma bomba elétrica que enche a caixa-d'água. Então, sem eletricidade, a água não chega — disse G. H.

Ele estava feliz com o fato de eles ainda terem eletricidade. Creditava isso à casinha bem construída, embora soubesse que uma coisa não tinha nada a ver com a outra.

— Você acha que a luz vai acabar?

Clay achava que o dia — o cheiro das esponjas, o barulho da chuva — parecia quase assustadoramente normal.

— Geralmente acaba quando acontece uma tempestade, não é? Por causa dos galhos que caem? Quando está acontecendo alguma coisa na cidade. E aquele estrondo, seja lá o que for? Temos sorte de ainda termos eletricidade, mas talvez a gente não devesse abusar da sorte. — Amanda olhou para o marido. — Vai!

Clay se levantou e foi fazer o que a esposa pedira, sem mencionar o fato de que nem a banheira nem a água lhes pertenciam.

Amanda se inclinou para a frente na cadeira, em direção a G. H.

— Não tem trovões. Nem mesmo raios. Só chuva.

— De qualquer forma, eu não achei que fosse uma trovoada.

— Então o que foi? — Ela sussurrava porque não queria que Rose ouvisse. Não achava que a garota fosse estúpida, queria apenas protegê-la.

— Bem que eu gostaria de saber.

— O que vamos fazer?

— Estou esperando o bolo que sua filha está fazendo.

— Será que devemos ir embora? — Amanda olhou para o homem mais velho como se ele fosse o pai que ela nunca tivera, aquele em cujos conselhos podia confiar. — Será que a gente não ficaria melhor... mais seguros, em casa, na cidade, perto de outras pessoas?

— Não sei.

— Eu ficaria mais calma se descobrisse o que está acontecendo. — Amanda olhou para o corredor. Dava para ouvir o barulho da água correndo na banheira. Isso não era verdadeiro, mas ela não sabia.

Clay voltou, enxugando as mãos no short.

— Pronto.

— Tem uma banheira no subsolo. Vou fazer a mesma coisa.

— G. H. assentiu, em agradecimento.

— Bom, então é isso. — Amanda tentava se convencer. — Temos um pouco d'água. E nem precisamos dela. Talvez nem precisemos.

— É melhor estarmos preparados — concordou Clay.

— Você acha que a gente devia ir para casa? — Amanda olhou para o marido.

— Ou podemos ir novamente à cidade amanhã? Ir pela primeira vez, na verdade — corrigiu-se G. H.

— Lamento. — Clay pôs as mãos nos joelhos, um gesto que denotava vergonha.

— O quê? — perguntou Amanda.

— Eu deveria... Eu ouvi o estrondo e voltei. Fiquei preocupado. Mas não vi nenhum carro.

Clay não contou sobre a mulher. Ele se perguntava se ela estaria debaixo da chuva naquele momento.

— Eu achava que você estava... Eu não sabia o que tinha acontecido com você.

G. H. mostrou-se compreensivo.

— Aqui se fica sem ver outros carros a maior parte do tempo. Imagino que depende da época do ano. Mas é tranquilo. Esse foi o motivo principal para comprarmos esta casa.
— Acho que nós devíamos apenas ficar por aqui.
Clay não queria voltar para aquelas estradas confusas.
— Como assim, Clay? — perguntou Amanda.
Ser pai exigia fingir ser fanfarrão, ser intrépido, ter coragem e convicção. Era só uma coisa instintiva, apenas amor.
— Está chovendo forte. Talvez não seja uma boa ideia sair em meio a uma tempestade.
— Tudo bem. Mas amanhã. — Amanda o estava forçando.
— Amanhã a gente vai — disse Clay. — Depois... decidimos. Se não tiver eletricidade na cidade, talvez a gente devesse esperar mais um pouco.
— Aqui?
Eles tinham um contrato de aluguel. Isso, contudo, não parecia importar muito. Amanda mostraria que estava decidida. Faria as malas e ficaria pronta para ir embora. Era uma afirmação de objetivo.
— Amanhã. Clay, você e eu vamos de manhã. Eu conheço o caminho. — G. H. não acreditava na história de Clay, e tinha razões para isso. — Aí a gente vê em que pé estamos depois disso tudo. Se ainda há eletricidade, se há algum problema, o que foi aquele estrondo. Vamos saber mais, e, quando soubermos mais, aí então decidimos qual é a melhor coisa a fazer. — Ele olhou para a menina que se aproximava dos adultos. G. H. sentiu o mesmo impulso de Amanda. — O cheiro aqui está delicioso — falou ele, com elegância, e estava sendo sincero.
— Só preciso esperar esfriar para botar a cobertura.

— Já está pronto? — Amanda tentava controlar o tempo.
— Vamos deixar para comer depois do jantar.

— Eu fiz em camadas, então assa mais depressa. Dois bolos pequenos em vez de um grande. Queria ter coisas para decorar. Para polvilhar.

— Talvez tenha na despensa. Peça à sra. Washington para mostrar onde ela guarda essas coisas. Eu não ficaria surpresa se tivesse algumas coisas à mão.

A garota não tinha nada a ver com a filha de G. H., mas naturalmente foi nela que ele pensou.

— Vou organizar alguma coisa para o jantar. — Clay achou que isso seria uma forma de compensar o fracasso da manhã. Já havia enchido as banheiras, agora faria o jantar e provaria seu valor. — Rose, antes de começar a decorar o bolo, vamos arrumar a cozinha.

— Cadê o Archie?

Amanda queria que os filhos ficassem afastados dos adultos, mas não conseguia esquecê-los.

Clay deu de ombros.

— Talvez já tenha dormido.

— Vou acordá-lo.

Ela sabia que dormir muito tempo à tarde era um problema. Aquela moleza que não tinha jeito. Quando o filho era criança, acordava com o rosto marcado pelos lençóis, vermelho de tanto sono, mal-humorado e incapaz de fazer algo que não fosse reclamar pelo menos por dez minutos. Ela ofereceu a G. H. um pedido de desculpa e foi para a porta do quarto. Amanda bateu, porque sabia que os adolescentes precisavam que se respeitasse o aviso (ela já havia visto algumas coisas), depois abriu a porta, chamando por Archie.

O garoto não se mexeu, não parecia ter notado a presença da mãe.

— Archie? — Dava para ver as formas dele enroladas no cobertor. — Querido, você está dormindo? — Archie não disse nada, se é que a tinha escutado. Amanda puxou o cobertor de cima do rosto do filho, descobrindo os cabelos desarrumados, cachos embolados como as raízes de uma árvore velha. Ela alisou os fios, com a palma da mão sobre a testa, por simples reflexo. Ele estava quente de febre ou por causa da sesta? — Archie?

O garoto abriu os olhos, sem piscar; dormindo e então acordado. Olhou para a mãe, mas ela estava fora de foco.

— Archie? Você está se sentindo bem?

Ele expirou devagar, uma respiração longa e trêmula. Não sabia onde estava, não entendia o que estava acontecendo. Sentou-se num movimento abrupto. Abriu a boca, não para falar, mas para mover o maxilar, que doía, ou o qual ele sentia de um jeito diferente ou estranho.

— Não sei.

— Como assim, não sabe? — Ela puxou o edredom, descobrindo a estrutura magra do filho e liberando o calor radiante do seu corpo, tão forte que ela podia senti-lo sem colocar as mãos sobre ele. — Archie?

Ele fez um som, como um ronco, e então se inclinou para a frente e vomitou no próprio colo.

27

TER FILHOS NOS FAZ MAIS FORTES. NOSSA TAREFA É A MANU-tenção do corpo, e sabemos o que isso implica. Antigamente, ela sentia ânsia só de olhar para vômitos, mas o vômito dos filhos… Amanda suportava. A crise a fazia ser racional. Ela chamou Clay. Lavou o corpo do filho como fazia quando ele era um menino.

Quando os filhos eram bebês, Clay e Amanda jogavam basquete um contra um. Naquele primeiro inverno infeliz, Clay passou a levar Archie até o Museu do Trânsito de Nova York, uma atração coberta, mas ainda assim muito fria, uma vez que havia sido construída numa antiga estação de metrô. Amanda ficou em casa, andando de um lado para outro com Rosie desesperada para mamar e ouvindo o disco da Björk no qual ela canta como é maravilhoso fazer sexo com Matthew Barney. Quando se lembrava, Amanda ainda podia ouvir o rangido do assoalho sob os pés num determinado ponto perto da cozinha. Quando se lembrava, Clay podia rever os trens de uma era mais inocente — assentos de palhinha, ventiladores de teto — estacionados nos trilhos obsoletos do museu. Amanda arrancou os lençóis sujos da cama. Clay levou o garoto para a sala de estar.

— Nós temos um termômetro.

Ruth fora prudente e guardara muitos aparelhos e remédios no banheiro. Analgésicos para adultos e crianças, ataduras, iodo, vaselina.

— Seria ótimo.

Clay ajudou Archie a vestir um moletom de algodão grande demais e alisou o cabelo do filho. Sentou-se ao lado dele no sofá, e eles olharam em direção aos fundos da casa, para a chuva que enchia a piscina dramaticamente.

A memória muscular maternal era forte. Ruth voltou com suprimentos.

— Vamos medir a temperatura.

O instinto paterno também era forte. G. H. ajudou Rose a encontrar os produtos que a menina queria: açúcar de confeiteiro, tubos de creme decorativo, velas de aniversário e enfeites que chacoalhavam em potes de plástico. Rose não era boba, apenas estava contente de poder fazer alguma coisa divertida. Os dois viraram o bolo num prato, e ela o fez girar habilmente sob a espátula fixa, cheia de glacê.

— Obrigado — disse Clay.

Ruth segurou o queixo do garoto e colocou a ponta do tubo de vidro sob a língua dele.

— Acho que você está com febre, mas vamos ver qual é a temperatura exata.

— Como você está se sentindo agora, amigão?

Clay se apoiava nesses gestos masculinos de afeto quando estava mais preocupado. Já tinha perguntado. Archie já tinha respondido. Clay queria pôr um braço sobre o ombro do filho e apertá-lo contra o corpo, mas o garoto não queria porque já era quase um homem.

— Estou legal — falou Archie, com o termômetro na boca, incapaz de dar à frase o tom característico de desdém adolescente.

Ruth examinou o instrumento.

— Trinta e oito graus e meio. Não tão mau nem tão bom.

— Beba sua água, amigão.

Clay botou o copo d'água na mão do garoto.

— Beba isso.

Ruth tirou dois comprimidos de Tylenol, enquanto G. H. e Rose, uma bela dupla, enfeitavam o bolo com confeitos de açúcar.

Archie fez o que mandavam. Manteve um gole de água na boca e pôs os comprimidos ali dentro. Engoliu e tentou sentir se a garganta estava ardendo. Queria ver televisão, ou voltar para casa, ou ficar ao celular, mas nada disso era possível. Então simplesmente ficou quieto.

— Vou ajudar a Amanda. — Ruth estava satisfeita por ter algum problema para resolver, ou um problema que poderia resolver. — Você, descanse aqui.

Amanda levou os lençóis sujos para o banheiro. Como as banheiras estavam cheias com a água que deveria salvar a vida deles, ela lavou o vômito, felizmente aguado, no chuveiro. Espremeu os lençóis ao máximo, torcendo o algodão até ficar com medo de que rasgasse. Estava com raiva, e o modo como agia tinha algo a ver com o sentimento. Secou as mãos e foi para o quarto. A bagunça já estava instalada: uma pilha de roupas de baixo sujas, guardanapos de papel usados, uma revista, um copo d'água, todos esses sinais de que eles existiam e persistiam. As árvores marcam as respectivas vidas com anéis invisíveis; as pessoas, com o lixo que deixam por toda parte, um jeito de insistir na importância delas próprias. Amanda começou a arrumar o quarto.

— Toc, toc — disse Ruth, como uma personagem de um programa de televisão, ao aparecer no corredor com uma cesta de roupas sujas apoiada no quadril e entrar no quarto. — Não quero interromper, mas achei que poderia lavar a roupa.

Por algum motivo, Amanda fez uma espécie de reverência em direção à mulher. Bem, o quarto pertencia àquela mulher.

— Desculpe. Posso cuidar dos lençóis do Archie.

— Não se desculpe. Apenas jogue os lençóis aqui dentro. Ele parece estar bem. A febre. Trinta e oito e meio.

— Trinta e oito e meio?

— Parece muito, mas você sabe que as crianças sempre têm febres mais altas. Aqueles sistemas imunes zero-quilômetro trabalhando a todo vapor. Eu dei a ele dois comprimidos de Tylenol.

— Obrigada.

— Você pode botar a roupa aqui dentro também. Eu acho... Enquanto nós ainda temos eletricidade.

Era muita intimidade, mas Ruth estava considerando o longo prazo. Aquilo os pouparia de ter que ir até uma lavanderia quando chegassem em casa. Amanda não sabia que a lavanderia perto de casa estava fechada. O chinês que tomava conta do estabelecimento estava dentro do elevador que levava os passageiros da entrada à plataforma da estação Brooklyn Heights da linha R do metrô. Ele estava lá havia horas, e morreria lá, embora isso só viesse a acontecer muitas horas depois.

— Boa ideia. Obrigada.

Elas se avaliaram mutuamente, como se fossem duelar. Talvez isso fosse inevitável. Ruth sentia pena daquela mulher. Sabia o que esperavam dela e detestava isso. Ela tinha que fingir ser uma pessoa boa. Mas e Maya e os meninos?

— Se você quiser, pode ficar. Se quiser.

A casinha como um bote salva-vidas. A ignorância como uma espécie de conhecimento. Isso não seduzia Amanda. Uma eternidade com aquelas pessoas (como se fosse uma certeza). Parte dela ainda se perguntava se isso não era um golpe ou uma ilusão. Era tortura, uma invasão de domicílio sem estupro ou armas. No entanto, aquela mulher era a única que ela poderia ter como aliada. Amanda balançou a cabeça.

— Archie precisa de um médico.

— E se todos nós precisarmos? E se o problema estiver dentro de nós? E se alguma coisa estiver começando, ou tudo estiver acabando?

Esse subtexto era inevitável. As pessoas insistiam em chamar a Amazônia de "o pulmão do mundo". A água do mar já alcançava os mármores de Veneza à altura da cintura, e mesmo assim os turistas estavam sorrindo e fotografando. É como se houvesse um acordo tácito, no qual todo mundo aceitava que as coisas estavam caindo aos pedaços. Que fosse do conhecimento de todos que tudo ia mal significava, sem dúvida, que tudo ia ainda pior. Ruth não era esse tipo de pessoa, mas podia sentir alguma doença se desenvolvendo dentro do próprio corpo. Estava por toda parte, algo inescapável.

— Não consigo pensar sobre coisas que não sabemos. Tenho que focar no agora. Archie precisa de um médico, vou levá-lo a um médico amanhã de manhã.

— Mas você está com medo. Eu estou com medo.

— Isso não vai nos levar a lugar algum. Não posso ficar aqui, me esconder. Sou a mãe dele. O que mais podemos fazer?

Ruth se sentou na beirada da cama. Não podia ir à cidade nem mais longe, a Northampton. Queria apenas ficar deitada na cama.

— Acho que você está certa.

— Diga alguma coisa que faça com que eu me sinta melhor.

Amanda procurava alguma espécie de amizade, humanidade, tranquilidade ou alívio.

Ruth cruzou as pernas e olhou para ela.

— Não sei fazer isso. Confortar.

Amanda ficou desapontada.

— Talvez eu precise disso. De consolo. — Ruth estava desesperada para lavar as roupas. O aroma neutro do sabão, o barulho da água. — Não sei consolar ninguém. Mas fique. Acho que você deveria. Acho que faz sentido. Mesmo se eu não souber como fazer com que você se sinta melhor. Não posso dizer nada sábio nem divino para você.

— Eu sei, sei que você não pode.

— Pelo menos você está junto dos seus filhos. Eu não sei o que está acontecendo com minha filha. Não sei o que está acontecendo com meus netos. Não sabemos de nada sobre o mundo. Essa é a questão.

Amanda sabia que tudo era como sempre tinha sido. A única coisa que ela podia fazer era esperar que mudasse. As roupas dela tinham o cheiro do vômito do filho e o ar estava impregnado do aroma do bolo da filha.

— Vamos comer alguma coisa. Vou tomar um banho e depois podemos comer alguma coisa. Acho que vai ajudar. — Não, não era bem isso. — Não consigo pensar em mais nada para fazer.

28

HAVIA ALGO QUASE FESTIVO SOBRE A OCASIÃO. UM APERITIVO antes da guerra. Por um lado, foi plácido, convidativo, umas férias. A sempre ativa Ruth havia servido uma lata de sopa de galinha, que Archie provou com relutância. Amanda o ajeitou na cama refeita. A sempre ativa Rose se lembrou de que baixara um filme no notebook da mãe um ano antes. Não era muito interessante, porém melhor que nada. Amanda a mandou para a cama com uma fatia de bolo e o computador quase obsoleto, e os adultos tiveram uma noite adulta, ou a franqueza da qual não podiam desfrutar quando ouvidos jovens estavam escutando. G. H. folheou um antigo número da revista *The Economist*. Ruth encheu tigelas de porcelana com minicenouras e homus. Amanda pegou uma taça de vinho. Clay ficou de pé junto à bancada, improvisando um macarrão com salsicha.

    A chuva tinha amainado, o deque seco sob o beiral. Eles, porém, haviam jantado dentro de casa, e não por causa dos mosquitos e seus últimos ataques antes do fim da estação. A floresta os ameaçava. A lua estava quase cheia, de um amarelo pálido, orgulhosa por entre os intervalos de nuvens. Não havia nenhuma consequência do estrondo, ou havia e estava toda na cabeça deles. Talvez o que tivessem escutado fosse o próprio céu rachando, como no conto infantil sobre a galinha que acha que o céu está caindo. Isso era muito possível. Ninguém sabia o que estava acontecendo, e talvez por isso mesmo o jantar tivesse sido particularmente alegre, ou talvez a razão fosse histeria coletiva, ou o vinho chardonnay, gelado e da cor de suco de maçã.

Parecia um encontro familiar, como acontece no Dia de Ação de Graças, com a comida em travessas sendo passada de uns para os outros, os copos sempre cheios, a conversa fiada. Alguém queria ouvir as histórias de George? Um cliente havia perdido uma fortuna ao descobrir que um quadro de Basquiat era falso, o homem que transferira centenas de milhares de dólares para o filho de sete meses para fugir de um acordo pré-nupcial, o homem que perdera três milhões em Macau, o cliente que precisara de dinheiro para pagar a um jogador de beisebol dos New York Yankees para que este participasse do *bar mitzvah* do filho. Todas as suas histórias eram sobre dinheiro, nunca sobre gente; dinheiro magnífico, irracional e quase todo-poderoso. George acreditava que o dinheiro pudesse ser uma explicação para o que estava acontecendo, e que o tempo diria se o dinheiro poderia salvá-los. Se aquelas pessoas fossem embora no dia seguinte, ele iria precisar se lembrar de reembolsá-las em mil dólares pela interrupção das férias. Contudo, G. H. não tinha certeza de que iriam embora.

Por que não uma sobremesa? Isso traria uma sensação de conclusão, pelo menos para Clay. As roupas limpas giravam na secadora de quatro mil dólares. Ele achava que a febre de Archie iria ceder, mas pediria a G. H. que explicasse detalhadamente o caminho, com lápis e papel, para se sentir mais confiante. Achava que a manhã os surpreenderia com sua beleza e ele e a família iriam para casa.

Cortaram o bolo de Rose. Ruth dispôs taças de sorvete na mesa. A cozinha, muito bem equipada, dispunha de duas conchas de aço inoxidável para sorvetes. Havia pratos suficientes para encher o lava-louça.

— Bom, ainda temos eletricidade — disse Amanda.

As pessoas paravam de prestar atenção nas coisas com a existência da corrente elétrica, algo invisível mas que proporcionava um certo conforto, como Deus. A água transbordava devagar, muito devagar, da banheira no banheiro das crianças, mas Amanda não sabia disso.

Começaram a conversar sobre os lugares para onde todos já haviam viajado. G. H. comentou, em tom irônico:

— Vocês já devem ter tido férias mais agradáveis.

Amanda pensou naqueles lugares onde nunca escurecia à noite: Helsinque, São Petersburgo, pequenas cidades no Alasca construídas para os homens que trabalhavam a terra. Estava com medo de o estrondo voltar, insondável no escuro. Eles já não sabiam de nada.

— Disney?

Ela riu. Detestou a viagem, mas agora gostava das lembranças.

— Archie também vomitou lá — disse Clay.

Queria pensar dessa forma — que durante as férias as crianças geralmente contraíam algum vírus. Archie, sempre com os vômitos! Archie, corta essa! Era mais fácil encarar a situação assim do que acreditar que o filho estivesse mesmo doente.

Ruth falou sobre Paris. Ela e Maya haviam tomado chá no hotel George V, experimentado sapatos nas Galeries Lafayette e andado no carrossel das Tulherias, embora Maya, aos treze anos, achasse que não pegava bem.

— Uma cidade tão linda como sempre nos disseram que era.

— Nós devíamos ir para lá nas férias de inverno. Paris é tão linda que a gente nem liga se estiver frio. — Clay visualizou os filhos no alto da Torre Eiffel, expirando jatos de ar congelado e examinando o mundo aos seus pés. Lembrava-se de imagens de Paris inundada. Quando tinha sido? O Louvre guardara trinta e cinco mil obras de arte para que o rio Sena não as destruísse.

— Vamos ver *A dama e o unicórnio*.

— Acho que é muito caro.

Promessas vazias assustavam Amanda. E se estivessem em meio a uma guerra, grande a ponto de envolver o mundo inteiro, e as fronteiras nacionais se tornassem muralhas de castelos? Ela não sabia que era pior, que guerra não chegava nem perto de descrever a situação. Os aviões haviam sido despachados de Rome, no estado de Nova York, para encontrar um outro que vinha da África Ocidental. Erro de inteligência: mais de quatrocentas pessoas morreram antes que chegassem perto o bastante da fronteira dos Estados Unidos e começassem a preencher os documentos de imigração. O ritmo das coisas costumava ser mais lento. Agora não era mais necessário que um maluco atirasse num arquiduque, todos os dias eram uma confusão de acontecimentos estranhos quase simultâneos.

As taças de sorvete se esvaziaram. Todos admiraram o bolo de caixinha. Restos de chocolate endureciam nos pratos. Quando a noite finalmente caiu, os insetos noturnos começaram a bater suavemente contra o vidro, enquanto as luzes externas se acenderam, iluminando os galhos mais altos. Um silêncio tomou conta do lugar, como aquele intervalo natural que acontece às vezes em festas ou em restaurantes, quando a conversa se aquieta e as pessoas reunidas se inclinam para a frente, esforçando-se para escutar algo quase indiscernível. Não havia mais ovos na geladeira, mas talvez eles pudessem servir cereal no café da manhã.

    Decidiram simplesmente ficar sentados e sentir-se satisfeitos. G. H. brincava com o copo. Clay se retorcia com aquela necessidade delirante de fumar um cigarro, tão poderosa que era um pouco assustadora. Precisava encarar o fato de que era fraco. Ruth olhou para a janela e viu basicamente o próprio reflexo. Amanda pegou a garrafa de vodca que havia comprado no dia em que chegara.

    G. H. fatiou limões em rodelas amareladas, cheias de aroma.

    Quando Amanda virou a primeira dose, enfiou o dedo no copo e pôs o limão sobre a língua, como os católicos fazem com o corpo de Cristo. Transubstanciado em algo novo. Estava bêbada. O volume da voz a denunciava.

— Vou tomar mais uma.

Era uma ordem, mais que um pedido.

G. H. encheu o copo.

— Com prazer.

Clay exalava o cheiro do cigarro que havia acabado de desfrutar, embora o desfrute não fosse propriamente parte do ato de fumar. Os grilos sussurravam. Havia a possibilidade de haver algo lá fora. Ele tivera a esperança de ver faróis de carros, talvez um avião cruzando o céu. Havia estudos os quais demonstravam que uma pessoa em confinamento solitário enlouquecia. Ele sentia falta da presença de outros humanos, mas não o demonstrava porque uma postura firme era o que se esperava de um homem.

— George, você faz um mapa para a gente? Amanhã? Para ensinar o caminho. Ficou óbvio que não consigo achar sozinho.

— Vou até a cidade. Você pode me seguir.

Ruth não disse nada.

Amanda estava com medo de enrolar a língua e parecer mais bêbada do que sabia que estava. Era uma mulher que sabia manter as coisas sob controle.

— Vocês vão voltar... para cá?

— Vamos, sim — respondeu Ruth.

Ela iria com o marido. Não ficaria ali sozinha. Queria que os outros fossem embora e que ficassem. Mesmo querendo, não conseguia ser indiferente. Não queria se sentir culpada.

— Queria conhecer as estradas para Northampton. — G. H. estava frio. — É longe. Esperamos pelo menos que os telefones... — Ele nem se deu ao trabalho de concluir.

— Precisamos cuidar do Archie... — A voz hesitante de Amanda dizia o que precisava ser dito.

O garoto estava doente. Não interessava o motivo, só o que fariam a respeito. Tantos anos se irritando por causa da injeção de epinefrina caríssima, sempre ao lado do garoto como os códigos nucleares ao lado do presidente, e Archie caía doente por causa de um estrondo. Paternidade ou maternidade é nunca saber o que vai machucar os filhos, mesmo sabendo que vai acontecer, inevitavelmente.

— Antes de vocês irem, eu vou fazer o reembolso.

G. H. era correto, um acordo era um acordo. Também estava bebendo vodca. Os quatro estavam unidos na busca pela paz do esquecimento temporário. Quase funcionou; ele quase esqueceu o que os tinha levado a estar juntos.

— Não vou me esquecer disso, garanto a você.

Clay tentou fazer graça com o reembolso. Talvez precisassem do dinheiro para pagar as despesas médicas. Para substituir uma geladeira cheia de comida estragada. Talvez a editora da

The New York Times Book Review gostasse tanto da resenha que proporia um contrato. Qualquer coisa, qualquer coisa era possível. Ele pegou a mão de Amanda como um sinal de que eles estavam fazendo a coisa certa, a seu ver.

— Todo mundo vai ficar bem. — Amanda não se dirigia apenas a ele, estava bêbada a ponto de não levar em conta se aquelas pessoas estavam ou não incluídas.

Naquele momento, eram todos parte da mesma família, ou algo assim.

— Já que é sua última noite de férias, vocês deveriam aproveitar.

Ruth empilhou os pratos sujos. Gostava de manter as coisas em ordem. Aquelas pessoas tinham se tornado amigas, hóspedes, e Ruth era a anfitriã, por isso devia limpar a mesa.

— Ao prazer. Ao prazer das férias. Ao prazer em todos os momentos da vida, eu acho. Sentir prazer é uma vitória. Acho que precisamos preservar esses momentos. — G. H. ergueu o copo, um gesto sincero.

— Vou aproveitar, vou aproveitar.

Amanda estava na defensiva. Como se dissesse: estou me divertindo, eu sou a diversão em pessoa. Os otimistas acreditam que podem mudar o mundo. Acham que se você olhar para o lado bom das coisas, o lado ruim desaparece.

— Não é uma ordem, é um convite.

G. H. sentia-se à vontade. Estava impaciente para saber a situação dos mercados. Mal podia esperar para descobrir quem tinha ficado rico, porque nessas horas alguém corajoso ou apenas sortudo sempre ganhava. Esperava que a noite esfriasse. Queria ficar lá fora e estremecer, depois mergulhar na banheira de hidromassagem e olhar para os troncos das árvores.

Amanda encheu novamente o copo. Queria mais sorvete, o gosto doce na boca. Tinha acabado, mas ainda havia rosquinhas e um pacote de biscoitos, então ela podia escolher. Sabia que, antes de irem para a cama naquela noite, iria sorrateiramente até a cozinha para abrir um pacote do que encontrasse, as mãos cheias de biscoitos salgados e queijo, um dedo enfiado no homus. Assim que ela se levantou, tudo girou de leve. Ela se apoiou na mesa para se manter de pé.

— Acho que vou tomar mais uma dose.

Ruth fechou a porta da lavadora de pratos, satisfeita.

— Eu deveria dobrar a roupa. Talvez fazer as malas — disse Amanda.

— Posso ajudar. A dobrar, digo. Quanto a fazer as malas... Vamos fazer uma coisa de cada vez.

— Acho que é melhor nos prepararmos — comentou Amanda.

— Talvez a gente possa tomar uma saideira mais tarde?

Clay achava que estava sendo educado. Talvez aquela fosse a última noite que passariam juntos. Parecia que já estavam juntos havia semanas. Entretanto, havia sido apenas um dia.

No quarto, eles arrumaram tudo em silêncio. As roupas, ainda mornas, foram separadas em pilhas e colocadas no fundo da bolsa com rodinhas.

— Preciso me lembrar de ir lá fora e pegar todos os chinelos.

— Vamos ser cuidadosos.

— Estou fazendo as malas. Não vamos voltar para cá. Vamos para casa.

Clay entendia a insistência da esposa. Era o mais sensato a ser feito. Ele pegou uma cueca limpa na cômoda e colocou-a na cama.

— Foi um dia estranho. Preciso de realidade.

Amanda se sentou na cama.

— Um dia que pareceu uma semana.

— Será que somos viciados em celular? Tipo, de verdade? Porque eu não me sinto bem.

Clay tinha posto o celular para carregar, queria ter certeza de que o aparelho funcionaria quando o sinal da rede voltasse.

Amanda ficou inquieta.

— E se aquele estrondo causou alguma doença em todo mundo?

— Pode ser.

E se o cabelo dela caísse, como acontecia com pessoas submetidas a quimioterapia nos filmes, e se as unhas das mãos se encolhessem para revelar a parte mais macia do corpo, e se os ossos ficassem ocos e fracos, e se o sangue ficasse envenenado, e se surgissem tumores atrás dos olhos e crescessem lentamente, como os pulmões de Amanda enchendo aquela boia, um sopro, depois mais um, até que ficassem igual a uma bola de tênis pressionando o globo ocular?

— E aqueles dois — sussurrou ela.

Amanda os estava traindo. Detestava George Washington (que tipo de nome era esse?) e detestava Ruth. Culpava-os por terem trazido o mundo para dentro da casa. Amanda queria afivelar o cinto de segurança no banco da frente, a mão esquerda vagando inconscientemente para apertar o braço direito de Clay, apoiado no câmbio. Queria fugir daquele lugar e daquelas pessoas.

O medo é íntimo. Primitivo. Algo que escondemos na esperança de que desapareça. Como iriam continuar a se amar depois de perceber que não podiam salvar um ao outro? Ninguém podia impedir um terrorista nem a mudança gradual do pH dos oceanos. O mundo estava perdido, e não havia nada que Clay ou Amanda pudessem fazer quanto a isso, então por que debater?

Em outras palavras: o mundo tinha acabado, então por que não dançar? A manhã viria, então por que não dormir? Um fim era inevitável, então por que não beber, comer e aproveitar o momento, independentemente do que estivesse acontecendo?

— Sabe o que estou com vontade de fazer?

Clay tirou a camisa pela cabeça, jogou-a para que Amanda a pusesse na pilha de roupas sujas e então sorriu, excitado.

29

TALVEZ AMANDA ESTIVESSE SEDENTA. ÀS VEZES, QUANDO NÃO sabemos o que fazer, a gente transa. Clay podia fazê-la sentir-se melhor, não psíquica, mas fisicamente. Ela permitiu que ele a levasse para longe de si mesma. Ao se concentrar no corpo, ela se esquecia da mente. Amanda se abriu para a experiência, e era possível que a vodca estivesse ajudando. Ela consentiu. Mais que isso, ela queria. Arrancou as roupas de baixo úmidas e se deitou de costas no edredom branco brilhante. As roupas que estava colocando na mala caíram no assoalho de madeira.

A camisa que Clay havia usado recendia a um suor intenso, uma resposta assustada àquele estrondo. Ela enfiou o nariz na axila dele e fechou os olhos. Explorou a parte interior das coxas dele e sentiu o gosto de sal. Quase gritavam. E pareciam não se importar com os sons, nada importava. Ela os deixava aflorar do fundo do peito, como imaginava que os cantores de ópera faziam. As batidas de um corpo contra o outro. O cabelo colado à pele com saliva. A chance de esquecer.

Amanda pensava sobre as melhores piores coisas, era isso a fantasia sexual. Um pau, dois paus, três paus, quatro! Pensou em G. H. espiando da porta, depois entrando no quarto para oferecer algumas dicas, para incitar Clay nas investidas, para — sim, por que não — transar ele mesmo com Amanda. Transar, transar, esquecer. Ela gozou uma vez, duas. Dava para encher um copo com o que restou sobre o ventre dela, a obra de um homem mais jovem. O suficiente para fazer um bebê. Era necessário tão pouco para isso. Eles poderiam fazer dois, três, dez, um exército de bebês, versões diferentes dos filhos que já tinham, rosados, limpos, saudáveis e fortes, uma nova ordem mundial, porque o velho mundo estava fora de ordem. Amanda se ergueu sobre os cotovelos. O líquido escorreu por ela como um caramujo sobre o mato e derramou-se sobre o belo edredom branco.

Clay estava sem fôlego. Transar com ela daquele jeito era como encher cinquenta boias de piscina. Às vezes ele imaginava um tumor crescendo nos pulmões, preto e terrível. Mas não era possível viver sem correr riscos. Ele se deitou de barriga para baixo e depois se virou. O suor na pele tinha um efeito refrescante, como era de se esperar.

— Eu te amo. — A voz dele saiu rouca depois de todas aquelas expirações e exortações.

Ele não se sentia intimidado pelo que haviam acabado de fazer. Sentia-se revigorado. Pensou em Ruth e prometeu a si mesmo que ouviria *O lago dos cisnes* assim que voltassem para o apartamento. E ele amava Amanda de verdade, amava-a, *amava*. Você persistia enquanto esse fosse o caso.

Parecia insincero devolver uma declaração de amor. Um eco era apenas um fenômeno da física. Ela se sentiu à vontade.

— Estou preocupada com o Archie — falou.

Talvez aquele tivesse sido o melhor sexo já feito pelos dois, apesar de ser verdade que o prazer, assim como a dor, era rapidamente esquecido.

— Ele vai ficar bem. Quando voltarmos para casa, vamos consultar o dr. Wilcox.

Ela cutucou a mancha no edredom, preocupada.

— Quem liga para isso? — Clay mergulhou um dedo no sêmen como se fosse uma pena na tinta, depois desenhou letras pálidas na barriga da esposa.

Ela também desfaria aquela cama e deixaria os lençóis no chão da lavanderia.

— Talvez, quando a gente voltar, a gente possa fazer alguma coisa especial. Ainda estamos de férias. Poderíamos ir a Hoboken e ficar num hotel que tenha piscina na cobertura. Aposto que não custaria caro.

— Quero parar em um restaurante na viagem de volta. — Clay estava com fome. — Num daqueles lugares tradicionais. Metais cromados. *Jukeboxes*. Picadinho.

As únicas coisas das quais uma pessoa precisava eram comida e uma casa.

— Passear. Ir ao cinema. Ir ao Metropolitan Museum. Jantar num restaurante chinês, com aqueles bules de chá de prata e fatias de laranja quando trazem a conta.

A vida que eles levavam era perfeita.

Clay imaginava a cidade no fim do verão: a onda de calor, o pinga-pinga dos ares-condicionados nas janelas, o coral dos carrinhos de sorvete, os ares-condicionados dos prédios comerciais vazando água nas calçadas úmidas onde turistas obesos passeavam aparvalhados. Seria o suficiente para ele. Bancadas de mármore, piscinas perfeitas e interruptores sensíveis ao toque eram ótimos, mas as coisas básicas…

— Você não acha que tem nada errado com a Rose, né?

Um momento de rendição mais breve que o orgasmo.

Clay começou a dizer que estava tudo bem por puro reflexo, mas achava que não. De todo modo, em termos concretos os achismos não eram relevantes.

— Acho que ela está bem. Você notou alguma coisa?

— Não. — Amanda engoliu, uma das mãos no pescoço. Havia algo de errado com *ela*? — Você está se sentindo bem?

— Estou me sentindo normal. Como sempre.

Clay nunca tinha sido um homem muito observador.

Amanda se levantou. Limpou a barriga com uma das cuecas de Clay que já estavam dobradas. Os braços, as pernas, a cintura — tudo denunciava os quarenta e três anos dela. Havia aquela inclinação, as ondas suaves do excesso de carne, a flacidez sutil suave ao toque, embora fosse agradável quando segurada. Naturalmente, havia dias em que ela se escondia, não queria ser vista. Na maior parte do tempo, era o tipo de mulher que preferia passar despercebida. O modo como penteava o cabelo, o tipo de roupa que gostava de usar. Amanda seguia um modelo. Não tinha vergonha disso. Contudo, havia momentos — aquele era um deles — em que se sentia única e perfeita. Talvez fossem apenas as reverberações quase imperceptíveis do orgasmo. Ela era algo belo de se contemplar. Suja, suada e cansada, mas também macia, intumescida e desejada. Os humanos eram monstros, mas também criações perfeitas. Ela se sentia o que se denomina de "sexy", mas na verdade é apenas uma satisfação animal em ser como um animal. Se ela fosse um cervo, teria pulado sobre um galho. Se fosse um pássaro, teria voado em direção ao céu. Se fosse um gato doméstico, teria se lambido. Era uma mulher, então se espreguiçou e passou o peso de uma perna para a outra como uma estátua da Antiguidade.

— Vamos fumar.

Clay, adolescente, estava orgulhoso do próprio desempenho, como se tivesse encaçapado uma bola ou feito uma cesta no basquete. Amanda tinha sujado a cueca dele, então Clay caminhou nu até a porta. Não era elegante, uma vez que o pau quebrava a simetria, um insulto à beleza.

— Bota uma roupa.
— Qual o problema de me sentar nu ao ar da noite e fumar?
— Bem... Ruth e G. H.
— E daí?

Clay abriu a porta, mas foi Amanda quem notou: a rachadura no vidro. Uma quebra que era mais que uma falha. Era fina mas profunda e se estendia por muitos centímetros, um corte, um rasgo.

— Olha isso.

Clay olhou o vidro. Pôs as mãos sobre as da esposa.

— Isso não estava aqui antes. — Ela abaixou a voz para que os outros não a escutassem.

— Tem certeza? — Um resmungo, os lábios prendendo o cigarro.

Amanda seguiu a rachadura com o dedo. Tinha sido o estrondo. Forte a ponto de rachar vidros. Um barulho tangível. Ela estremeceu por causa do ar gelado e também pela lembrança. Fechou a porta e ficou nua no frio, sem a proteção de roupas, uma ousadia diante da noite e do que mais houvesse lá fora.

30

AINDA NU, NEANDERTAL, PRIMORDIAL, CLAY FOI PREPARAR UMA bebida para eles. Terminariam de fazer as malas mais tarde. Terminariam de fazer as malas de manhã. Deixariam de fazer as malas e iriam direto a uma loja Target para comprar escovas de dentes novas, roupas de banho, livros, protetor solar, pijamas, fones de ouvido e meias. Ou não! Não precisavam de nada. Coisas não os protegeriam da falta de eletricidade, de estrondos súbitos e fortes a ponto de rachar vidros nem de outros fenômenos inexplicáveis. Coisas eram extrínsecas e irrelevantes.

Amanda levantou a capa pesada da banheira de hidromassagem. O vapor a saudou e desapareceu na noite. As árvores estavam iluminadas, o que tornava a vista mais agradável. Era como se Amanda as possuísse, embora ninguém possa dizer que possui uma árvore. Não dava para enxergar. Ela apertou onde sabia que estavam os botões, e a máquina voltou à vida. A bomba produziu bolhas, como um caldeirão mágico. Antes fosse. Amanda teria implorado pela saúde do coitado do filho febril, dos dois filhos, óbvio, embora ela não tivesse nada a oferecer às forças mágicas, exceto o mesmo desejo de todas as pessoas vivas. Ela poderia, na verdade, levantar-se, vestir um roupão, entrar na ponta dos pés no quarto escuro e avaliar a temperatura de Archie com a mão.

Foi G. H. quem reagiu à ousadia da nudez dela. Vestia um calção novo e conservador, o tipo de coisa que bisnetos com o nome dos bisavôs usavam em Nantucket. Não havia nenhum sinal de aborrecimento no sorriso do homem, como se a cena fosse exatamente o que ele esperava: encontrar a mulher que ele mal conhecia, nua e obviamente pós-coito, no deque dele.

— Vejo que nós dois tivemos a mesma ideia.

Teria sido falso aparentar vergonha. Ela já havia superado isso. Nem corou.

— Até que está uma bela noite — falou Amanda.

Ele fez um gesto em direção à banheira.

— Você primeiro, por favor, se não se importar com a companhia. — Nada mais parecia estranho para ele. — Tivemos a mesma ideia. Ruth não quis me acompanhar, mas estou contente de não ter que ficar sozinho aqui fora.

Isso era o mais perto de onde ele conseguiria chegar de admitir o medo que sentia.

A água estava muito quente, mas as bolhas intermináveis que a banheira produzia eram frias e estouravam na pele, proporcionando uma sensação de alívio. G. H. se sentou de frente para Amanda, a uma distância suficientemente recatada, embora, àquela altura, quem ligaria para isso? Ela poderia ser filha dele. Os dois não significavam nada um para o outro, eram apenas estranhos nus.

— Tem uma rachadura no vidro da porta. — Ela apontou.

— Só percebi agora. Acho que deve ter sido...

Ele já havia verificado por si próprio.

— Também tem uma na porta do subsolo. A expressão é "rachadura da espessura de um fio de cabelo", certo? Bastante expressivo. Na forma da letra Y. Se eu fizer pressão, com alguma força, aposto que consigo quebrar.

Ele não empurraria o vidro. Não o quebraria. Precisava do vidro, embora este só proporcionasse a ilusão de segurança.

— Você acha que foi o...

A resposta à pergunta dela veio na expressão dele. Por que ainda estavam discutindo essa questão?

— Sempre me considerei um homem sofisticado. Alguém que via o mundo como era. Mas nunca vivi nada como aquilo, então agora eu me pergunto se o jeito como me via era uma ilusão.

O silêncio não era inamistoso. Tinham dito tudo que havia para dizer. Era como um caso amoroso que terminava amigavelmente. Só precisavam esperar o sol nascer, e tudo seria passado, alívio e pesar. Dentro da casa, Ruth estava deitada pensando na filha, Archie dormia sem sonhar, Rose dormia sonhando e Clay enchia os copos com gelo, sem pensar em nada.

— Só quero que fique tudo bem — disse Amanda.

G. H. olhou para as estrelas. A escuridão ajudava a vê-las com nitidez. Mas isso não afetava seus sentimentos. Ele gostava de estar no campo, mas não porque era bom para o espírito. As estrelas o faziam se sentir pequeno? Não, não faziam. Ele já sabia que era pequeno. Foi assim que enriquecera. Só disse o nome dela, mais nada.

— Eu não acreditei em você. Estava errada. Alguma coisa está acontecendo, alguma coisa ruim está acontecendo.

Ela não conseguia suportar.

— O silêncio é muito barulhento. Foi uma das primeiras coisas em que eu reparei quando começamos a passar as noites aqui. Não conseguia dormir. Em casa, não escutamos nada.

Moramos num andar alto. Às vezes uma sirene, mas ainda assim o vento leva o barulho para longe.

O mundo visto do apartamento deles parecia um filme mudo.

— Ainda temos eletricidade.

Dava para ver o vapor, um véu sobre a escuridão.

— Eu disse antes que qualquer coisa é possível quando se tem informação. Devo minha humilde fortuna à informação. — Ele fez uma pausa. A banheira borbulhava. — Eu percebi. Antes das luzes se apagarem. Olhei para os índices do mercado e soube que alguma coisa ia acontecer.

— Como isso é possível?

Soava mais espiritual do que financeiro.

Clay abriu a porta.

— Tudo bem com vocês?

— Só estamos conversando. — G. H. fez um sinal para Clay com a mão.

Clay caminhou para a banheira como se não houvesse nada de extraordinário em ser visto nu e flagrar a esposa nua com um estranho. Clay fingiria.

— Você aprende a ler os gráficos. Quando passa o tempo que passei fazendo isso, você entende. Eles apontam para o futuro. Se estiverem estáveis, preveem harmonia. Se sobem ou descem, você sabe que isso significa alguma coisa. Olha mais de perto e tenta entender o que significa exatamente. Se for bom, fica rico. Se não, perde tudo.

— E você é bom?

Amanda pegou o copo que o marido oferecia.

Clay deslizou para dentro da banheira, fazendo muito barulho.

— Do que vocês estão falando?

— Informação — respondeu G. H., como se fosse algo simples.

— Ele está falando que sabia que alguma coisa ia acontecer... — explicou Amanda.

Acreditava nele. Precisava acreditar em algo.

— O que foi que você viu? O que foi que aconteceu, afinal? A luz se apagou. Amanda recebeu algumas mensagens do *The New York Times*. Ouvimos um estrondo. — Ao ouvir a própria enumeração, Clay se deu conta de que já bastava.

— Você viu o fim do mundo? — perguntou Amanda.

Será que os números poderiam prevê-lo? O copo na mão dela estava gelado e perfeito.

— Não é o fim do mundo. É um acontecimento típico de mercado financeiro — explicou G. H.

— Como assim?

Clay achava que G. H. parecia um louco com um cartaz desfilando por uma área de negócios. Era normal ver gente assim em Wall Street, no meio da rua, que ficava fechada por barreiras à prova de bombas.

— Isso é o que eu acho que sei. — O tom de G. H. era apologético. — Não se pode saber tudo.

O vapor lhe embaçava os óculos. Ele não podia enxergar nem ser visto. Cada dia era uma aposta.

— Talvez esteja tudo bem — disse Clay.

Estavam exagerando. Dizendo coisas que não deveriam.

— Espero que sim, para o nosso bem.

G. H. não gostava de não ter nada além de esperança. Era algo de que não gostava em Barack Obama: a promessa nebulosa, quase religiosa. Preferia ter um plano.

Houve um barulho na água.

Amanda ficou com medo. Sentou-se no centro da banheira e se virou em direção ao quintal atrás deles.

— O que foi isso?

G. H. se levantou na banheira para desligar os jatos de hidromassagem. A máquina respondeu de imediato, um ruído baixo em vez daquele barulho de máquina de lavar. O silêncio fez com que a escuridão, de algum jeito, se adensasse. Houve, definitivamente, o barulho de um mergulho na piscina. A alguns metros de distância, mas não dava para ver.

Era uma das crianças, indo sonâmbula em direção ao próprio afogamento. Era alguém à espreita na floresta que havia ido até lá para matá-los. Era um zumbi, um animal, um monstro, um fantasma, um ser de outro mundo.

— O que foi...

George mandou-a calar-se. Ainda tinha medo.

— O que é isso? — Ela não estava sussurrando, estava em pânico. — Talvez seja um cervo.

Amanda se lembrou da cerca. Qual seria o som de um cervo em perigo, qual seria o som das lágrimas de um cervo?

— Uma rã. — Clay achou que era o óbvio. — Um esquilo. Eles sabem nadar.

G. H. saiu da banheira e andou em direção à casa, onde havia um interruptor que acendia a iluminação da piscina. Era uma boa ideia para o caso de alguma festa. A abstração da luz através da água dançando na copa das árvores. Eles viram, na piscina abaixo, um flamingo, cor-de-rosa e absurdo, se banhando com elegância. A ave bateu as asas, impaciente, na superfície da água.

— É um flamingo — disse ela, embora fosse óbvio. Um pássaro cor-de-rosa era um flamingo. A curvatura do bico, a forte impressão do pescoço ilógico. Era tão específico que até uma criança saberia. — É um flamingo?

— É um flamingo.

G. H. desembaçou os óculos com as pontas dos dedos. Eles não sabiam o que estava acontecendo no mundo, mas sabiam que aquilo era um flamingo.

O flamingo bateu mais as asas. Os três esperaram que os respectivos olhos se acostumassem, e então viram mais um flamingo; não, dois, não, três, não, quatro, não, cinco, não, seis. Pavoneavam-se no gramado com o andar hesitante. Balançante e sinuoso. Duas das aves voaram como sempre fazem: num passo de balé. Passaram por cima da cerca e pousaram na água. Mergulharam a cabeça sob a superfície. Será que esperavam encontrar comida? Havia uma inteligência amável nos olhos delas. As asas eram surpreendentemente largas. Quando em repouso, os flamingos as mantinham muito próximas do corpo. Abertas, no entanto, eram majestosas. De uma beleza espantosa. A lógica caiu por terra.

— Por que… — *Por que* não importava. Será que *Como é possível?*, ou *Isso é real?*, ou qualquer outra questão importava? Amanda percebia que George Washington também estava vendo aquelas aves, mas todo mundo sabia que a ilusão pode afetar várias pessoas ao mesmo tempo. Ela saiu da banheira, amolecida devido ao calor absorvido. Ficou em pé, nua como no dia em que nascera. Viu três flamingos brincando na piscina, os irmãos deles no gramado mais além. — Por favor, me diga que você está vendo isso.

George assentiu. Ele não conhecia de fato aquela mulher, mas conhecia a própria mente e os próprios olhos.

— Estou vendo.

Clay sentiu-se gelado, no profundo do seu ser. No dia seguinte partiriam, e o que estava acontecendo era um presságio. A partida deles desagradava aos deuses. Estavam recebendo um sinal. O uísque caiu na piscina e Clay continuou imóvel. As aves se assustaram.

Três flamingos alçaram voo da superfície da piscina com uma ostentação masculina de asas. Qualquer flamingo, ao presenciar aquilo, gostaria de chocar os seus descendentes. Eram flamingos, os melhores flamingos, robustos e poderosos. Ganharam altura, sem dificuldade, e voaram acima das árvores. Os flamingos que estavam no gramado os seguiram, sete aves cor-de-rosa do tamanho de seres humanos, serpenteantes e estranhos, ascendendo na noite de Long Island, belos e aterrorizantes.

Os três ficaram em silêncio durante um tempo. O bom e velho espanto. Um sentimento religioso. As estrelas no céu não os amedrontavam, mas aquelas aves estranhas, sim. Amanda estremeceu. George piscou por trás dos óculos. Clay continuou segurando o copo, porque estava gelado e isso o lembrava de que ele estava vivo.

31

A VELHA GELADEIRA DE G. H. ESTAVA CHEIA DE SURPRESAS. NÃO havia sido ele quem colocara aquelas coisas lá dentro: frios em papel dobrado, as sobras de rodelas de abobrinhas fritas, um queijo branco duro envolto em celofane, uma tigela de pirex com morangos que alguém tinha tido a boa ideia de tapar. Ele estava louco de fome, ou talvez apenas louco. Achou uma caixa de biscoitos salgados, um pacote de batatas fritas aberto e um tubo de papelão com cookies. Pôs tudo na bancada. Outra pessoa teria organizado esse tesouro, juntando os itens complementares, mas ele não se importava.

Clay não perguntou se ele queria uma bebida. Simplesmente pôs um copo na mão negra do homem:

— George.

Havia achado o calção de banho dele secando na balaustrada. Havia achado uma camiseta cortada de Archie, que, em Clay, revelava os músculos suavizados pela meia-idade.

— Todos nós vimos aquilo — disse Amanda, que vestira um robe.

Não tinha ideia de a quem pertencia, e ela esqueceu de amarrar o cinto ao redor da cintura.

George agradeceu com a boca cheia de uma boa porção de queijo mole. Tossiu um pouco.

— Eu vi.

— Estamos todos enlouquecendo?

Era tentador fingir que o que estava acontecendo não lhes dizia respeito.

— Devem ter fugido de algum zoológico. A cerca elétrica desligou e eles ficaram livres. — George atacava o queijo com uma faca de carne. — Devem ter alguma identificação, como aquelas cercas invisíveis que não deixam os cães saírem da propriedade.

— Os zoológicos não aparam as asas das aves? — Amanda já lera sobre o assunto, mas não sabia se era verdade. — Aquelas aves podiam voar. Eram *selvagens*.

Clay pegou a faca de carne de George e cortou umas fatias de salame.

— Deve haver uma explicação lógica.

— Eles não tinham anéis de identificação nem nada. — Amanda fechou os olhos para reviver a cena. — Eu observei. Tentei enxergar os anéis.

George achou que nem era necessário explicar.

— Não existem flamingos selvagens em Nova York.

— Nós acabamos de vê-los. Que porra está acontecendo?

A vulgaridade do palavrão usado não deu à pergunta o efeito que Amanda desejava. Ela queria ir até o gramado e chamar as aves de volta aos gritos, para que elas aparecessem e se explicassem.

Ruth havia tomado banho e se trocado, vestido as peças disformes e caras que usava em casa, recém-lavadas. Surgiu do subsolo e nem sequer se sentiu exposta, como aconteceria se tivesse encontrado o porteiro vestida daquele jeito. Sentia-se à vontade em meio àquelas pessoas. Agora já se conheciam. Ela havia tentado mais uma vez usar o celular no subsolo. Sim, havia passado por todas as fotos da galeria, instantâneos fora de foco porque os meninos nunca paravam quietos, sempre rindo e se mexendo. Percebeu que o robe de Amanda estava aberto, de modo que era possível ver seu púbis.

George acendera todas as luzes, um recurso contra o medo.

— Estamos comendo um lanche da meia-noite.

— Você perdeu uma coisa. — Amanda não estava sendo irônica, e sim sincera.

— Sente-se, querida.

G. H. tinha um afeto verdadeiro por Ruth. Ele era objetivo. Restringia-se aos fatos. Mencionou até a nudez de Amanda. Sete flamingos. Se alguém pedisse a ele que desenhasse um flamingo, teria feito um triângulo em resposta, e estaria totalmente errado.

— Eu achava que flamingos não voavam — disse Ruth. — Achava. Talvez nunca tenha refletido sobre isso antes.

— Eles eram do tamanho da Rose.

Amanda podia vê-los, subindo aos céus como dizem que Cristo havia ascendido.

— Eu sabia que eram cor-de-rosa, mas não sabia que eram exatamente dessa cor. Não parece uma cor natural.

G. H. preparou uma bebida para a esposa.

— Vocês têm certeza?

Mas Ruth não duvidava deles. Não havia nada que pudessem ter confundido com um flamingo. Ela deixou as expectativas de lado.

— Você sabe o que é um flamingo quando vê um. — Amanda queria ser bem clara. — A questão não é se temos certeza, e sim por que...

— Tem muita gente rica por aqui. — Clay estava inspirado. — Devem ser propriedade de alguém. Um zoológico em miniatura. Alguma propriedade nos Hamptons que é uma arca. Esses bilionários se preocupam com a sobrevivência. Todos têm imóveis na Nova Zelândia, um lugar para onde ir quando a merda for jogada no ventilador.

— Tem alguma coisa doce?

Ruth deu um gole na bebida. Não estava com vontade de beber.

Amanda empurrou os cookies para a mulher.

— Talvez o estrondo que nós ouvimos tenha sido *mesmo* um trovão. Algum tipo de megatempestade. Já ouvi falar de pássaros sendo desviados das rotas migratórias pelo vento. Houve aquele furacão no Atlântico, e as aves se perderam.

Clay tentava se lembrar de algo que nunca soubera.

— Os flamingos são aves migratórias? E se forem, atravessam o oceano? Talvez seja possível.

— Eles não formam bandos em lagos? Não comem um tipo de camarão que dá a eles essas penas cor-de-rosa? Acho que é isso — disse Ruth.

— Somos apenas um grupo de adultos que não sabem nada sobre aves — afirmou George. Estava acostumado a ter resposta para tudo. Será que os gráficos explicavam as aves? Havia uma relação, mas ele precisaria de alguns dias para descobrir qual era. Precisaria de um lápis, um jornal e algum silêncio. — Não sabemos nada sobre estrondos fortes a ponto de rachar vidros. Não sabemos nada sobre um blecaute na cidade de Nova York. Somos quatro adultos que não sabem como conseguir um sinal de celular, fazer a televisão funcionar nem muitas outras coisas.

O ruído da mastigação e dos cubos de gelo entrechocando-se no interior dos copos preencheu a cozinha.

— Engraçado que eu tenha me lembrado de *O lago dos cisnes*. — Ruth sorriu. — Cisnes, flamingos. Quase iguais.

— Temos que ir amanhã. — Clay olhava para o relógio digital no forno de micro-ondas. — Vamos dormir.

— Vocês querem ir para casa. Nós temos sorte de já estarmos em casa — disse G. H.

— A menos que... — Ruth não tinha interesse em distribuir platitudes e palavras de conforto, não via um lado bom da situação — ... isso tenha sido um sinal. Vocês não deveriam ir. Nós não vamos poder acompanhar vocês.

— Você disse que ia nos mostrar o caminho — retrucou Amanda.

— Não é seguro. Lá fora — disse Ruth.

E se Rosa não viesse na quinta-feira? E se houvesse alguma ameaça lá fora?

— Temos que levar o Archie ao médico!

Amanda sentia no corpo algo parecido com a necessidade que um pássaro sente de migrar.

— O que você acha que vai acontecer com a gente? — Clay não estava querendo tranquilizá-la, mas apenas formulando uma hipótese honesta. — Vamos embora... Você disse que nos ajudaria a achar o caminho.

George nunca acreditara em incógnitas. A álgebra mostrava que era fácil descobri-las. Ou a matemática não tinha mais nada a dizer, ou então era uma matemática com a qual ele não sabia trabalhar.

— Não vai acontecer nada com a gente se apenas seguirmos pela estrada — disse ele à esposa.

— Você acha que o trânsito vai fluir. Que vai encontrar comida. Água? Não confio nas pessoas. Não confio no sistema.
— O tom de Ruth era firme. — Talvez o Archie melhore se ficarmos por aqui. Talvez acorde sem febre amanhã e querendo comer tudo que vir pela frente.
— Talvez ele só precise de antibióticos?
Clay não queria mais ir. Estava apavorado.
— Eu me sinto segura aqui. — Ruth sabia que a segurança daquela família não era de fato problema dela. — Tudo que eu quero é me sentir segura.
— Você pode ficar aqui — disse George.
— Não podemos fazer isso — afirmou Amanda, decidida.
Mas eles não podiam mesmo? Clay não sabia.
— Nós poderíamos... poderíamos ir para o subsolo. E vocês ficariam com nosso quarto.
Ficaram todos em silêncio, como se soubessem que iria acontecer. Aconteceu. Outro estrondo? Com certeza. Sim. Provavelmente. Por que não? Quem sabia? Uma, duas, três vezes. A janela acima da pia rachou. A luminária acima da bancada também. A eletricidade deveria ter desligado, mas não o desligou. Ninguém nunca saberia precisamente o porquê. Os estrondos se superpunham, mas eram separados, o estrondo — isso eles não sabiam — de aviões americanos, no céu americano, voando em direção ao futuro americano. Um avião que a maioria das pessoas não sabia que existia. Um avião projetado para fazer coisas incríveis, decolando para cumprir um objetivo. Toda ação provocava uma reação oposta de mesma intensidade, e havia mais ações e reações do que seria possível enumerar com os dedos das oito mãos das pessoas reunidas. O que o governo deles estava fazendo, o que outros governos estavam fazendo, era apenas

uma forma abstrata de falar sobre as escolhas de um punhado de homens. Os lemingues não eram suicidas, eram impelidos a migrar e tinham muita confiança na própria habilidade. O líder do bando não tinha culpa. Todos mergulhavam no mar, pensando que atravessá-lo seria tão fácil como transpor uma poça d'água; um instinto muito humano de um bando de roedores. Milhões de americanos se precipitaram na escuridão em direção às próprias casas, mas apenas alguns milhares ouviram os estrondos, acalmaram as crianças e uns aos outros e se perguntaram o que seria aquilo. Algumas pessoas se sentiram enjoadas, porque essa era a natureza delas. Outros ouviram e se deram conta de quão pouco sabiam a respeito do mundo.

Ruth não gritou. Não faria o menor sentido. Algumas lágrimas brotaram, mas ela as reprimiu. Com as mãos na borda da bancada, ela se agachou, do jeito que talvez a tivessem ensinado, décadas antes, em caso de uma guerra nuclear. Ficou ali, semiagachada, apreciando a tensão nos músculos.

Amanda gritou. Clay gritou. G. H. gritou. Rose gritou. As crianças se levantaram de um pulo e foram ao encontro dos adultos. Correram para a mãe — era sempre assim nessas situações — e enfiaram o rosto no robe que cobria a nudez dela. Amanda os manteve apertados contra o corpo, tentando tapar os ouvidos deles com as mãos, mas eram quatro ouvidos e apenas duas mãos. Ela não era suficiente.

O estrondo novamente. Era o último. Era um dos últimos aviões. Os insetos lá fora ficaram em silêncio, incomodados. Os morcegos que haviam sobrevivido à síndrome do nariz branco caíam do céu. Os flamingos nem se importaram. Tinham outras questões com as quais se preocupar.

32

ELES FIZERAM O QUE ERA SENSATO: EMBOLARAM-SE NA CAMA king-size da suíte principal. Amanda detestou a ideia. Achava que isso era coisa dos que se opunham à vacinação e de mães que davam de mamar aos filhos de cinco anos, mas não conseguia suportar a ideia de ficar longe de Archie e Rose. Eles apagaram as luzes porque as crianças estavam exaustas, mas no fundo preferiam que estivessem acesas para afastar a escuridão da noite.

— Vocês podem...

Clay queria convidar Ruth e G. H. a ir para a cama com eles! Quase fazia sentido.

— Vamos tentar dormir.

G. H. pegou a mão da esposa e foram para o subsolo.

Nenhum adulto conseguiu dormir. As crianças, entretanto, logo começaram a roncar. A curvatura do corpo de Rose fez Clay pensar numa daquelas pontes naturais na costa da Califórnia, formadas pelo oceano ao longo de milênios — mas elas acabaram desabando. Diziam que o oceano as estava destruindo. Ele gostava da persistência dos pulmões da filha. Era incrível não se ter que pensar para respirar, andar, raciocinar e engolir. Eles tinham se feito muitas perguntas quando decidiram ter filhos — temos dinheiro suficiente, temos espaço, temos tudo que é necessário —, mas não se perguntaram como o mundo estaria quando as crianças crescessem. Clay não se culpava. Os responsáveis haviam sido George Washington e os homens da geração dele, com a fixação em plásticos, petróleo e dinheiro. Era infernal não conseguir assegurar a proteção dos próprios filhos. Todo mundo se sentia assim? Era isso, afinal, o que significava ser humano?

Ele beijou o tecido de algodão desgastado que cobria o ombro de Rose e lamentou não acreditar em rezas. Deus, ela se parecia com a mãe. A natureza gostava de se repetir. Será que um flamingo sabia a diferença entre um e outro?

Amanda ficava tentando pegar no braço de Archie. Ele se retraía um pouco a cada vez, mas não acordava. Ela queria fazer uma pergunta ao marido, mas não conseguia encontrar as palavras certas. Era isso? Era o fim? Ela deveria se portar com coragem?

No escuro, Clay não conseguia enxergar o filho. Pensou nas vezes que ia silenciosamente até o quarto das crianças. Eles nunca acordavam durante essas visitas noturnas. Você dizia a si mesmo que um dia a preocupação iria acabar. Que um dia eles dormiriam uma noite inteira, depois desmamariam, depois aprenderiam a andar, depois amarrariam o próprio sapato, depois leriam, depois aprenderiam álgebra, depois fariam sexo, depois iriam para a faculdade, e então você estaria livre, mas era tudo mentira. A preocupação era infinita. A única tarefa dos pais era proteger os filhos.

Ele não conseguia mais se lembrar da própria mãe, ela morrera quando ele era pequeno. O pai deve ter preenchido a falta dela. Não era compatível com o que Clay sabia sobre aquele homem, mas era assim que um pai mostrava amor.

Amanda tocou a bochecha do garoto e achou que estava quente. Tentou distinguir o calor do verão da febre, da adolescência e da doença. Tocou a testa do garoto, a garganta, o ombro, puxou o cobertor para refrescá-lo. Tocou-lhe o peito e sentiu a batida regular do coração. A pele de Archie estava macia e seca, quente como uma máquina deixada ligada por muito tempo. Ela sabia que a febre era apenas uma reação do corpo a algum mal, um impulso do sistema de transmissão de emergência. Mas o garoto estava doente. Talvez todos eles estivessem doentes. Talvez fosse uma praga. Ele era o *bebê* dela. Archie era o *bebê* deles. Amanda não conseguia imaginar um mundo indiferente a isso.

No entanto, a imaginação deles havia falhado, duas ilusões sobrepostas mas privadas. G. H. teria enfatizado que a informação sempre havia estado disponível, na morte gradual dos cedros-do-líbano, no desaparecimento dos golfinhos de água doce, no ressurgimento do ódio da Guerra Fria, na descoberta da fissão nuclear, no naufrágio dos barcos lotados de africanos. Ninguém podia alegar ignorância que não fosse produto da teimosia. Não era necessário examinar os gráficos para saber nem era preciso ler os jornais, porque nossos celulares nos lembravam várias vezes ao dia exatamente como as coisas tinham piorado. Não dava para fingir. Amanda sussurrou o nome do marido.

— Estou acordado.

Ele não conseguia vê-la, mas então conseguiu. Só tinha que olhar mais de perto.

— A gente ainda deveria ir?

Ele fingiu estar pensando, mas o dilema já estava claro na mente dele: não, não deveriam; sim, deveriam.

— Não sei.

— Temos que levar o Archie a um médico.

— É verdade.

— E a Rosie. E se a mesma coisa...

Era melhor não dizer para não correr riscos. Ela não ligava. Rose teria adorado os flamingos. Talvez eles devessem sentir apenas estupefação diante dos mistérios da vida, como as crianças faziam.

— Ela está bem. Parece bem.

Ela estava, a mesma Rose de sempre. Confiável, implacável, a força do segundo filho. Clay não estava nem sendo otimista. Tinha fé na filha.

— Ela parece bem. Eu pareço bem. Tudo parece estar certo. Mas também parece um desastre. Também parece com o fim do mundo. Precisamos de um plano. Precisamos saber o que vamos fazer. Não podemos ficar aqui para sempre.

— Podemos ficar aqui por enquanto. Eles mesmos disseram.

Clay tinha ouvido a oferta.

— Você quer ficar aqui?

Amanda queria que ele dissesse primeiro.

Clay tentou se lembrar de quantos cigarros ainda tinha. Queria ficar. Apesar do filho doente, apesar da falta de nicotina, apesar do fato de que aquela bela casa não era deles. Clay estava com medo, mas talvez, juntos, eles conseguissem juntar coragem para fazer alguma coisa, qualquer coisa.

— Estamos seguros aqui. Temos eletricidade. Temos água.

— Eu disse para você encher a banheira.

— Temos comida, um teto, G. H. tem dinheiro e nós temos um ao outro. Não estamos sozinhos.

Ambos estavam e não estavam sozinhos. O destino era coletivo, mas o resto era sempre individual, algo inescapável. Ficaram deitados durante um longo tempo. Não queriam falar porque não havia nada a decidir. O som dos filhos dormindo era ritmado como o do oceano.

33

UMA SECURA NA LÍNGUA E NA GARGANTA, UM ENCOLHIMENTO que tornava difícil enxergar, a estupidez bruta da ressaca e, Deus, eles estavam velhos demais para isso. Quando aprenderiam a evitar aquilo? Amanda saiu correndo da cama para beber água na pia do banheiro e acabou lambendo a torneira metálica por acidente. Sabia que ia vomitar, como sempre acontecia. Às vezes basta admitir para si mesmo o que já se sabe. Sal na língua. Ela se curvou, olhando para a privada, e então saiu algo que parecia um arroto, mas ardeu na parte de trás da garganta, e em seguida o alívio. O vômito era ralo e rosado como um flamingo (pegou?). Ela o deixou sair. Os olhos lacrimejaram, mas Amanda não desviou o olhar. O estômago se contraiu uma, duas, três vezes, e o vômito saiu da garganta para a água. Assim que acabou, ela deu a descarga, lavou a boca e se sentiu envergonhada. Era assim que as pessoas do mundo inteiro deveriam ter se sentido naquela manhã.

Clay ouviu o vômito gutural. Não dava para simplesmente dormir ouvindo algo como aquilo. O quarto estava quente pela presença de tantos corpos. No meio da noite, o ar-condicionado tinha se autodesligado. O tipo de ressaca na qual você sonha em abrir as janelas, arrancar os lençóis e abrir caminho de volta para a virtude. Uma revolução ruidosa e líquida no estômago dele. Não seria bonito.

Archie se sentou e olhou para o pai. Resmungou como se tivesse a boca cheia de alguma coisa.

— O que está acontecendo?

— Vou pegar um pouco de água para a gente.

Clay notou que Rose não estava lá? Parecia fazer sentido naquele momento.

Ele encheu os copos. Bebeu do dele, aliviado, e tornou a enchê-lo.

— Rosie — chamou ele, para a casa vazia.

Não houve resposta. O fazedor de gelo da geladeira fez o ruído periódico. Era complicado levar três copos, mas ele conseguiu.

Pálida, Amanda se sentou na beirada da cama. Archie havia posto um travesseiro sobre a cabeça.

— Beba.

Clay colocou os copos na mesa. Sempre que nos sentimos doentes sem uma causa determinada, devemos beber água. Água é a primeira linha de defesa. Se houvesse alguma coisa no ar — se a tempestade tivesse trazido mais do que apenas aves tropicais — e se aquela coisa estivesse na água, fechando o circuito do sistema, eles não sabiam.

— Obrigada, querido — disse a esposa.

Clay se moveu com urgência, trotando pelo corredor, uma batida rápida da porta. O banheiro com o cheiro do vômito de Amanda e as fezes dele próprio, aquela festa depois da meia-noite saindo dele em segundos. Ele foi para debaixo do chuveiro como castigo, com o ânus ardendo, e lavou a boca muitas vezes seguidas, cuspindo a água contra a parede de azulejos com raiva. Era um sintoma de ressaca ou de algo pior? Não sabia.

Do outro lado da parede, Amanda abriu a porta que dava para o gramado dos fundos — argh, o cheiro dos corpos —, onde o ar limpo estava repleto de luminosidade. Queria tirar os lençóis da cama, mas o filho ainda estava deitado.

— Como você está se sentindo, querido?

Ela achava que o garoto estava com um aspecto melhor.

Archie tentou se levantar para responder. Ele se sentia estranho, sonolento, ou algo assim, mas era a sensação que tinha quando acordava antes do meio-dia. Estava com raiva ou algo parecido naquele momento, e então se virou de costas para a mãe e puxou o cobertor sobre a cabeça.

— Vou verificar sua temperatura. Nós estávamos tão preocupados, que pensei em levar você para ver o dr. Wilcox hoje à tarde, depois que nós voltarmos, mas talvez não seja necessário.

Archie deu um pequeno gemido irritado.

— A gente vai voltar?

— Vai, filho. Eu sei que você está com sono, mas levanta, deixa a mamãe dar uma olhada em você.

Amanda se sentou na beira da cama, ao lado do filho.

Ele fez um esforço para se sentar, mas lentamente, como forma de protesto e também de mostrar a elástica eficiência do corpo adolescente, um ângulo passando gradualmente de obtuso a agudo.

Com o dorso da mão na testa dele, Amanda olhou nos olhos do filho, profundos e belos para ela, que os tinha feito, mesmo remelentos e semicerrados pelo sono.

— Acho que você não está mais tão quente. — Ela pôs a palma da mão sobre a testa, o pescoço, o ombro e o peito de Archie. — A garganta está doendo?

Ele não sabia se estava com dor de garganta. Não tinha pensado nisso. A mãe não o deixaria dormir até que ele cooperasse, então Archie abriu a boca como se fosse bocejar, para avaliar o estado da garganta. Parecia bem.

— Não.

A boa mãe ignorou o hálito ácido do filho. Olhou para todas as partes do corpo dele, como se soubesse o que estava procurando, ou como se o que estava lá dentro pudesse ser visto.

Archie fechou a boca e sentiu a língua bater num dente, uma contração, e então o gosto salgado de sangue fluiu sobre as papilas gustativas. Familiar, algo que você simplesmente sabe que é sangue. Curioso, ele passou novamente a língua sobre o esmalte. O dente cedeu àquela suave pressão. A boca se encheu de saliva.

Archie abriu mais a boca e a saliva escorreu para o pescoço, o peito, saliva idêntica à de um bebê, manchada do vermelho que não se misturava totalmente na gosma, como um molho de salada malfeito. Em geral, sangue era sempre uma surpresa. A boca dele continuava a salivar e a sangrar. Ele pôs um dedo dentro, na tentativa de encontrar o problema, e tocou no dente, que caiu como uma pedra de dominó sobre a língua e voltou para a boca. Archie quase o engoliu como um caroço de cereja. Cuspiu-o, e o dente aterrissou na palma da mão dele. O garoto olhou para o dente. Era maior do que ele imaginava.

— Archie!

A princípio, Amanda achou que o garoto estava vomitando. O que faria muito mais sentido. No entanto, se fosse o caso, seria mais controlado, mais discreto. Ele tinha acabado de se inclinar para a frente sobre a mão e cuspido sangue sobre o peito.

— Mãe?

Archie estava confuso.

— Você está enjoado, querido? Sai da cama!

Archie se levantou e foi até o espelho.

— Não estou enjoado!

Ele segurou o dente na palma da mão, grudento e rosado de sangue.

Amanda não estava entendendo.

Archie se olhou no espelho. Abriu a boca e se obrigou a confrontar a escura umidade lá dentro. Tonteou um pouco, porque era nojento. Com o dedo, tocou em outro dente, um da parte de baixo, que também balançou, então ele o segurou e o puxou para fora da gengiva, agora quase escura de sangue. Depois outro. E outro. Quatro dentes, com a raiz inteira, sólidos e brancos, quatro provas, quatro provas de vida. Será que ele deveria gritar? Ele fechou a boca e deixou o líquido se acumular dentro dela por um segundo, depois cuspiu no chão, onde, obviamente, não produziu nenhum som. No vasto universo, aquilo não tinha a menor importância.

— Archie!

Amanda não sabia o que estava acontecendo. Óbvio que não sabia.

Ele se agachou para pegar o dente. Era maior do que os dentinhos furados que havia deixado sob o travesseiro durante um tempo, até completar dez anos. Ele afinava na direção da raiz, animalesco e ameaçador. Archie os segurou na palma da mão como um mergulhador orgulhoso das suas pérolas.

— Meus dentes!

Amanda olhou para o filho, magro e patético vestido apenas com uma cueca listrada.

— Quê?

O garoto não chorou porque estava muito perplexo.
— Mãe. Mãe. Meus dentes.
Ele abriu a mão para que ela visse.
— Clay! — Ela não sabia o que fazer além de apelar para uma segunda opinião. — Meu Deus, seus dentes.
— O que está acontecendo comigo? — Archie falava de modo ridículo porque não conseguia falar direito sem a batida da língua contra os dentes.

Amanda pegou o garoto pelos ombros e o guiou de volta para a cama. Ele era muito alto. Ela pressionou a palma e depois o dorso da mão sobre a testa do filho.
— Você não está quente? Não entendo…
Clay atendeu ao chamado, uma toalha em torno da cintura e o ar irritado.
— O que aconteceu?
— Tem alguma coisa errada com o Archie!
Amanda achava que era óbvio.
— O quê?
O garoto mostrou a palma da mão para o pai.
Clay não entendeu. Quem entenderia?
— Querido, o que aconteceu?
— Eu só… Meu dente estava esquisito, eu toquei nele e ele caiu.
Aquele era o momento. O abismo. Clay teria que esticar o corpo.
— Como foi que isso… Ele ainda está com febre? — Clay estendeu a mão para tocar no braço, no pescoço e nas costas do garoto. — Você está quente… Ele está com febre?
— Não sei. Eu achei que não estivesse tão alta, mas não sei — disse Amanda.

Ela não se lembrava de ter repetido aquelas palavras tantas vezes. Não sabia, não sabia, não sabia nada.

Clay olhou do filho para a esposa, perplexo. Talvez o filho estivesse doente, talvez fosse contagioso.

— Está tudo bem. Você está bem.

— Eu não estou me sentindo bem!

Isso, contudo, não era verdade. Archie se sentia... bem? Tão normal quanto possível. O corpo estava trabalhando para se manter firme. Ele poria para fora o que era ruim para preservar o todo.

Em algum lugar dentro no seu interior, Clay parou para checar se estava tudo bem com o próprio corpo. Ele não sabia se havia algo errado. Então voltou a si e olhou para o filho, sanguinolento e desdentado, e tentou pensar no que fazer a seguir.

— Você encheu a banheira? — Amanda estava fazendo o que estava ao alcance. — É uma emergência! Vamos precisar de água!

34

O INSTINTO DE CLAY LHE DIZIA QUE CONSULTASSE OS WASHINGton. Botar quatro cabeças para pensar. Uma conferência, usar a força coletiva, a sabedoria da idade mais avançada, mas nenhum deles jamais havia visto algo assim. Os quatro se amontoaram e inspecionaram, como Tomé e seus amigos no quadro *A incredulidade de São Tomé*, de Caravaggio. Incredulidade era a palavra certa.

— Mas você está se sentindo bem?

Ruth não acreditava que isso fosse possível.

Archie só deu de ombros. Já tinha repetido isso várias vezes.

— Bom. Já é alguma coisa. Precisamos dar um jeito de levá-lo a um médico. — G. H. tinha certeza disso. — Não lá no Brooklyn. Aqui.

— Nós temos o número daquele pediatra.

Ruth tinha feito uma pesquisa para quando Maya, Clara e os meninos fossem visitá-la e a George. Nunca haviam feito uso dessa informação, mas a tinham.

— Ele precisa ir para a emergência de um hospital — disse G. H.

Clay concordou, sério. Já estive lá, já fiz isso, como qualquer pai que preste. Uma bolota de manteiga de amendoim não dissolvida engolida junto com a vitamina de morango. Um salto ousado demais do brinquedo no playground. Falta de ar numa noite de inverno severo.

— Você tem razão. Isso não pode esperar.

Ele gostaria que pudesse.

— Onde fica o hospital? — Amanda não sabia o que fazer com o próprio corpo. Andava em círculos, se levantava e sentava como um cachorro que não consegue achar uma posição confortável. — Fica longe?

— Uns quinze minutos, talvez...

G. H. olhou para a esposa com o intuito de que ela confirmasse.

— Mais longe, eu acho. Você sabe como são essas estradas... Provavelmente mais para vinte minutos, talvez um pouco mais. Acho que depende se você vai por Abbott ou corta pela estrada... — Ruth não queria se importar. Não queria a consequência. Não podia fazer nada. Era humana. — Vocês querem água ou alguma coisa?

Archie balançou a cabeça.

— Não preciso ir para o hospital. Estou me sentindo bem, sério.

— Só para termos certeza, querido. — Amanda torcia as mãos como um ator amador. — Vocês nos explicam o caminho? A menos que o telefone de alguém tenha começado a funcionar de repente. Não?

— Eu posso explicar o caminho para vocês — disse G. H.

— Faça um mapa. O GPS não funciona. Faça um mapa para a gente. Aí a gente vai.

Amanda foi até a escrivaninha. Era óbvio que Ruth tinha um copo com lápis apontados e um bloco de papel.

— Posso desenhar um mapa, mas é muito simples depois que vocês chegarem à estrada principal...

— Eu me perdi. — Clay pôs uma das mãos no ombro do filho. Mal conseguia olhar para os demais. — Eu me perdi. Quando tentei.

— O que você quer dizer? Se perdeu? — perguntou Amanda.

— Não é nada simples! Eu saí. Para tentar descobrir o que estava acontecendo. Para saber o que foi... enfim. Segui pela nossa estrada, passei por aquela barraca de ovos e achei que sabia para onde estava indo, mas estava errado. Dirigi em círculos, voltei na direção de onde tinha vindo, e então me perdi de vez. Não sei como encontrei o caminho de volta. Ouvi aquele estrondo e achei que ia ficar maluco. De repente, vi a entrada que estava procurando, a estrada que dá na casa. Estava simplesmente lá.

— Quer dizer que você não viu ninguém. Nem nada. Você não foi a lugar algum.

O tom de Amanda era acusatório, mas ela se sentiu aliviada: ele não havia nem tido a chance de olhar! Estavam todos reagindo exageradamente. Não havia nada. Um acidente industrial, os estrondos haviam sido apenas quatro explosões controladas seguidas, a falta de energia facilmente explicável. Não muito bom, óbvio! Contudo, não era o pior.

— Eu posso mostrar o caminho para vocês. A gente também vai. Todos nós.

— Não. — Ruth foi firme. O corpo dela tremia. — Nós não vamos sair. Não vamos fazer isso. Vamos esperar aqui. Até que escutemos alguma coisa. Até que saibamos alguma coisa.

Ela os deixaria ficar, mas não arriscaria a própria vida por eles.

— Não temos nada com que nos preocupar. Vamos levá-los. Falar com alguém, descobrir o que as pessoas sabem, talvez encher o tanque do carro, e depois voltar direto para cá.

— Vocês podem ficar. Todos vocês. Podem ficar aqui, nesta casa, com a gente. — Isso era o mais longe que Ruth iria. — Apenas fiquem aqui.

— Ficar aqui. — Clay pensou nisso. Vinha pensando nisso. — Até... até o quê?

— George, você não pode sair. Não pode me deixar aqui, e eu não posso sair, e é nesse pé que estamos — disse Ruth.

— E se for para sempre? — Amanda não podia esperar. O filho dela estava doente. — E se os celulares não voltarem a funcionar... Quer dizer, já não funcionavam direito aqui antes, quando tudo estava normal. E se faltar energia, e se Archie estiver doente de verdade, e se todo mundo aqui estiver doente, e se aquele estrondo tiver causado uma doença?

— Eu não estou doente, mãe.

Por que ninguém o ouvia? Ele se sentia bem! Era mesmo muito estranho que os dentes tivessem caído. Mas o que é que o médico ia fazer? Colocá-los de volta com cola? Alguma coisa (seu próprio instinto, alguma outra voz silenciosa?) lhe dizia para ficarem onde estavam.

Ruth se perguntava o que Maya estaria fazendo. Também se perguntava por que parecia perfeitamente possível para ela que os netos tivessem escutado aquele estrondo em Amherst, Massachusetts. Os dois só tinham dentes de leite, que mal se mantinham no lugar. Talvez o estrondo os tivesse amolecido e deixado as mães em um estado histérico. Se não era possível salvar o filho, o que fazer? Ruth sabia que, para eles, não ficar com ela não era uma opção, não quando o filho estava doente.

— Eu acho que não consigo sair daqui.

— Vai dar tudo certo. — G. H. não podia fazer essa promessa. Todos eles estavam esperando por algum momento decisivo. Alguma mudança radical. Talvez fosse isso, alguma descida gradual até a falta de lógica, a rã descobrindo que a água é demais para ser suportada. O ano mais quente da história desde que as temperaturas haviam começado a ser registradas, ele já não tinha lido sobre isso alguma vez? Mas o garoto estava doente, ou havia alguma coisa errada com ele, e essa era a única informação que tinham. — Você pode esperar aqui.

— Não posso ficar aqui sozinha.

— Vamos terminar de fazer as malas, depois vamos ao hospital e em seguida voltamos para o Brooklyn. — Clay pensou alto. — Você não precisa nos levar até lá. Se tivermos um mapa, conseguimos nos virar.

G. H. começou a desenhar.

— Ou poderíamos voltar. Poderíamos deixar a Rose aqui com a Ruth e voltar para pegá-la.

Amanda não queria que a garota visse o que estava acontecendo com o irmão. Achou que aquela solução seria menos preocupante.

— Posso ficar com a Rose. Posso até terminar de fazer as malas para vocês. Assim, quando voltarem para pegar a menina, podem sair logo em seguida.

Ruth gostava de um plano.

— Tudo bem.

Clay estava pronto. Isso fazia mais sentido. Deixar os adultos fazerem o que era necessário. Voltariam para pegar Rose.

Foi Amanda quem percebeu primeiro, ou Amanda quem disse primeiro. Os cinco haviam ficado tão preocupados com a situação... Uma vergonha: um dia perfeito. A luz brincava na superfície da piscina e seu reflexo dançava na parte de trás da casa. O gramado estava ainda mais verdejante depois da chuva, não havia nenhuma nuvem à vista.

— Cadê a Rose?

35

ELA DEVIA ESTAR VENDO AQUELE FILME QUE TINHA BAIXADO E esquecido. Amanda foi ver no quarto da garota, mas ela não estava lá. Devia estar no banheiro. Amanda foi lá olhar, mas a garota não estava lá. De volta à sala de estar.

— Não sei onde a Rose está.

Todos concordaram que isso não fazia sentido. Clay foi novamente até a suíte principal, que estava vazia. Amanda olhou pela porta dos fundos para o dia perfeito que avançava. Como não confiava na atenção de Clay, foi olhar na lavanderia e voltou para a suíte principal. Entrou no closet, olhou debaixo da cama, como se Rose fosse o gato da casa. Olhou no banheiro da suíte, que ainda estava com o cheiro das violentas excreções dos seus corpos.

Clay encontrou a esposa no corredor.

— Não é possível. Cadê ela?

Amanda voltou para o quarto da garota e puxou as cobertas para ver o pé da cama, sem saber exatamente o que esperava encontrar ali. Hesitou diante do closet como se estivesse num filme. O diretor pretendia enganar todo mundo (Rose encolhida com um livro), ou provocar choque (um estranho com uma faca na mão), ou se tratava de um mistério (ninguém no closet)? Havia apenas o aroma das bolas de cedro deixadas lá para espantar as traças que preferiam cashmere. E então: pânico, afinal uma situação realmente digna de pânico.

Ela voltou à sala de estar, onde Rose não estava vendo televisão nem sentada com um livro, e à cozinha, onde Rose não estava comendo nem tentando fazer o quebra-cabeça dificílimo com a imagem de um tapete oriental, depois à porta que dava para a piscina, mas não, Rose havia sido proibida de ir nadar sozinha (sensato). Amanda abriu a porta da frente como se fosse encontrar a garota lá, *Doce ou travessura!* Nada, apenas o gramado, escurecido pela chuva, e o canto dos pássaros.

A garota estava no subsolo, na parte da casa que estava sendo usada pelos Washington. Havia ido à garagem para ver se encontrava alguma coisa interessante por lá. Estava sentada no banco de trás do carro, obediente como certas raças de cães, pronta para a viagem de volta a casa. Ok, mais alto:

— Rosie!

— Rosie, Rosie — disse Amanda para si mesma. Voltou para o banheiro. Antigamente, a garota adorava se esconder para dar um susto neles. Amanda puxou a cortina do chuveiro, mas se deparou com a banheira que continha apenas dois centímetros de água. Havia dito a Clay para encher a banheira, e era aquilo o que ele tinha feito? Ela voltou para a sala de estar. — Não consigo achar a Rose.

Clay queria mais um copo d'água.

— Bom, ela tem que estar por aqui em algum lugar. — Ele fez um gesto em direção aos quartos.

— Ela não está lá...

Por que ele não estava escutando?

— Será que ela está tomando banho?
— Ela não...
Amanda não era idiota!
— Será que ela não está no... — Clay não sabia mais o que sugerir.
— Não está, não está, eu olhei, não está em lugar nenhum, onde será que ela se meteu? — Amanda não estava gritando, mas também não estava falando em voz baixa.
— Você olhou lá embaixo? — O tom de Archie era de desanimação.
— Vou olhar lá embaixo. — G. H. se levantou. — Ela deve estar apenas explorando a casa.
— Não consigo encontrá-la?
Amanda usou uma entonação de pergunta porque parecia tão idiota... *Não consigo encontrá-la! Não consigo encontrar minha filha!* Era como dizer que ela não conseguia achar os lóbulos das próprias orelhas, ou o próprio clitóris.
Amanda ficou parada na cozinha, sem saber o que fazer. Ruth se aproximou com a intenção de acalmá-la. Aquele instinto danado. Precisava ajudar. As duas eram colegas, não porque eram ambas mães, mas porque eram ambas seres humanos. Aquilo — tudo aquilo — era um problema a ser compartilhado.
— Ela deve estar lá fora. — Ruth visualizava a garota vendo as borboletas batendo as asas junto às flores. — Ela saiu para brincar.
— Já olhei no gramado da frente.
— Vamos lá para fora.
Clay voltou para o lado do filho.
— Amanda. Calma. Vamos pensar. Ela pode estar na garagem, ou depois da cerca, vamos procurá-la...

— Que porra você acha que estou fazendo, Clay? Vou calçar os sapatos para sair e *encontrar a Rose*.

Amanda correu em direção ao quarto.

— Archie, você sabe onde sua irmã está? — Clay estava paciente.

Archie falou baixo. Ele sabia? Tinha um palpite, mas não fazia sentido.

— Não.

Amanda voltou com os tênis. Nem chorava mais.

— Estou enlouquecendo. Cadê a Rose?

— Tenho certeza de que ela só está lá fora. — Ruth não tinha certeza de nada.

Amanda devia gritar, mas não conseguia. O fato de estar tão quieta era até mais perturbador.

— Coloca logo os sapatos e vem me ajudar a procurar nossa filha, porra.

Através do vidro da porta, Clay achou os chinelos, perto da banheira de hidromassagem.

— Vou sair pela frente, pelo jardim. Vou procurar além da cerca.

— Ela só saiu andando por aí. — Ruth tentava ser convincente. — Como não tem televisão, ela está brincando do jeito que a gente brincava, só andando por aí. Não precisamos nos preocupar.

Ela queria dizer que não havia trânsito, não havia sequestradores. Não havia ursos nem panteras. Não havia estupradores nem pervertidos, ninguém. Estavam preparados para lidar com certos medos. Aquilo era outra coisa. Era difícil se manter racional num mundo onde isso não parecia ter importância, mas talvez nunca houvesse sido importante.

No subsolo, G. H. encontrou o armário cheio de suprimentos, a cama bem-feita, o banheiro, a televisão muda e inútil, a porta rachada, o celular ligado a fios brancos otimistas. Ele botou o aparelho no bolso.

Na sala de estar, Archie enfiou os pés nos tênis e usou a língua para sentir os buracos nas gengivas. Eram macios e agradáveis, como as cavidades do corpo humano nas quais o corpo dele tinha sido projetado para se encaixar, algo que ele nunca experimentaria. Ele poderia perdoar ao universo a negação desse objetivo particular? Ele não teria a oportunidade. Abriu a porta dos fundos e foi se juntar ao pai na procura pela irmã.

— Não precisamos nos preocupar?

A imaginação de Amanda, exausta, já tinha desistido. Ela saiu com a família, naquele belo dia, muito distraída para notar se era diferente dos milhares de outros dias que vivera até ali. Seu grito de "Rose! Rose!" era alto e veemente a ponto de assustar animais que ela não podia ver e nunca saberia que estavam lá.

Amanda tinha teorias. As mães sempre têm. Um passo errado para dentro de um velho poço com trinta metros de profundidade encoberto pelo mato. Um galho, quebrado por aquele estrondo, caindo do alto. Uma mordida de cobra, um tornozelo torcido, uma picada de abelha, talvez ela tenha simplesmente se perdido. Não tinham como chamar a polícia nem os bombeiros! Quem os ajudaria?

G. H. saiu pela porta do subsolo e a fechou com cuidado. A grama estava úmida e espessa.

— Vou na frente.

Foi o que Clay fez.

Ruth estava com medo — depois que se tem um filho, se aprende a ter medo.

— Devíamos olhar na garagem.
Ela mostrou o caminho.
Amanda a seguiu.
Archie foi além do jardim, em direção à pequena cabana. Sabia que a irmã não estaria lá, mas tinha que olhar. A porta estava aberta. Archie se encostou na cabana e olhou de volta para a casa. *Que criança idiota.* Sabia que ela havia voltado para a floresta. Por que ele não havia conseguido dizer isso em voz alta? E como é que sabia? Não importava. Archie se arrepiou como se tivesse esbarrado numa teia de aranha, como se tivesse visto uma aranha sair correndo debaixo do travesseiro dele e se esconder entre os lençóis da cama, como se uma aranha andasse do seu ombro em direção ao pescoço e se aninhasse no conforto do buraco do ouvido, como se uma aranha caísse do teto e aterrissasse no seu cabelo e depois caminhasse pelo nariz, de modo que ele não pudesse mais vê-la, como se uma aranha o picasse e o veneno se espalhasse pela corrente sanguínea e se tornasse parte do ser dele, inextricável como o DNA que o fazia ser quem era. O joelho esquerdo de Archie fraquejou, a perna se dobrou e ele caiu e começou a vomitar, mas não era vômito, apenas água, com um pouco de sangue. Adivinhe só? Era cor--de-rosa como...

36

CLAY SENTIA O CASCALHO SOB OS CHINELOS. JÁ ESTAVAM BEM gastos, no fim da vida útil. Se quisesse se sentir menos culpado por estar produzindo lixo, ele poderia mandá-los pelo correio de volta para o fabricante, de graça. Eles os jogariam no lixo no Equador, na Guatemala ou na Colômbia, algum lugar desses onde as ONGs ensinavam as pessoas a picá-los em pedacinhos e usá-los como enchimento para colchões que os brancos comprariam. Não havia nada na frente, nada depois da cerca, só a mesma visão que o tinha feito passar vergonha no dia anterior. Tinha sido ontem?

— Rose! — A voz dele não saiu forte. Não foi a parte alguma. Caiu no chão verdejante.

Na garagem, Ruth mostrou a escada que levava ao sótão. Uma garota podia ter vontade de brincar lá em cima! Ruth tinha planos de, um dia, transformá-lo num apartamento para aluguel. Amanda subiu a escada, mas o lugar estava vazio.

As mulheres saíram da garagem ao mesmo tempo que Clay contornava o canto da casa e G. H. completava um círculo em volta dela. Os quatro pararam e se olharam.

— Ela foi embora? — Amanda não sabia mais o que dizer.

— Ela não pode ter ido embora... — Ruth queria dizer sumiço final, desaparecimento.

Fosse o que fosse, não era a ascensão final ao céu. Rose definitivamente seria salva, mas Clay sabia que eles não podiam ceder ao puro mito.

— Ela deve ter apenas... ido a algum lugar — disse ele.

— Ela estava curiosa sobre as outras casas. E os ovos! Talvez tenha ido até a barraca de ovos. — Ruth tinha suas dúvidas.

— Cadê o Archie? — perguntou Clay e olhou para o jardim dos fundos.

— Ele estava bem ali. — Amanda só podia pensar em uma coisa naquele momento.

— Ele parece estar melhor.

Quanto otimismo! Isso, porém, só funcionava se o fato de os dentes do garoto terem caído fosse deixado de lado. Ser pai queria dizer se permitir algum pensamento mágico às vezes.

Ruth concordou e disse:

— Um de nós deveria ir até a barraca de ovos.

Amanda se afastou, impaciente.

— Eu vou. Clay, vá até lá atrás. Dê uma olhada na floresta. Mas não vá muito longe...

— Vou olhar lá dentro novamente. Vocês vão lá para trás — ordenou Ruth aos dois homens.

Ele e G. H. passaram pela porta da frente e, da porta de trás, Clay viu o filho ajoelhado no gramado. Ele o chamou. Correu na direção dele. Não conseguia mais se lembrar do que deveria fazer.

O garoto estava ajoelhado, curvado, como um muçulmano rezando. Clay deslizou uma das mãos sob a axila do filho e o puxou para trás.

— Pai.

Archie olhou para ele, dobrou-se para a frente e vomitou mais uma vez, uma bela poça líquida sobre a terra.

— O que aconteceu? — G. H. queria uma explicação. — Você está bem, você está bem.

Ruth viu a cena do deque, então correu, porque sabia que iriam precisar dela. Os dois levantaram Archie e o carregaram de volta para a casa, devagar. O garoto continuava engasgando, ou tendo convulsões, mas não havia mais nada dentro dele para sair pela boca. Os olhos estavam quase fechados, mas não exatamente, piscando depressa como as lentes de uma máquina fotográfica antiga, mas será que eles repararam? Perceberam alguma coisa?

Ruth estava fazendo uma lista. Eles tinham antibióticos vencidos. Uma bolsa de água quente. Um pó efervescente para tomar em casos de gripe. Dissolvido em água quente, fazia a pessoa dormir por horas. Tinham sal marinho, azeite de oliva, manjericão, sabão em pó e lenços de papel muito práticos para levar na bolsa. George tinha dez mil dólares em dinheiro vivo escondidos para emergências. Eram ricos! Seria isso um salvo-conduto para o que estava acontecendo?

— Vamos levá-lo para dentro.

G. H. capitaneou a missão. Eles continuaram, meio sem jeito, a subir os largos degraus de madeira. O sistema de filtragem da piscina entrou em funcionamento dentro do horário programado, às dez horas. Ele zumbiu e borbulhou.

Eles deitaram o garoto no sofá.

— Archie, querido, você está se sentindo bem? Consegue falar?

Archie olhou para o trio.

— Não sei.

Clay olhou para os adultos e perguntou:
— Cadê a Rose?
— Acho que deve estar brincando na estrada. Ela levou uma das bicicletas. Lembro que estava entediada. Ela está só... só brincando. — G. H. tentou fazer a explicação soar irrefutável.
— Vamos dar um pouco de água para o Archie. Não podemos correr o risco de que ele se desidrate.

Clay sabia o que Rose gostava de *fazer*. Estava sempre com um livro, e nesses livros as garotas da idade dela tinham um grande coração e atração por aventuras. Faziam coisas improváveis, corajosas, vencendo os medos, e depois andavam castamente de mãos dadas com garotos que tinham cílios bonitos. Esses livros tinham dado a ela uma impressão do mundo como algo a ser conquistado com ousadia. Os livros estragavam as pessoas — não era isso que o trabalho acadêmico que ele fazia tentava provar?

— Água. Certo.

Ruth já tinha enchido mais um copo.

— Beba isso.

— Sente-se, devagar.

O corpo de Clay lembrava a postura do jovem pai, pronto para dar um salto para impedir o bebê de cair.

— Temos que ir ao hospital. — George tinha decidido. — Temos que ir agora.

— Você não pode me deixar.

Ruth abriu a manta no encosto do sofá e cobriu o corpo do garoto.

— Ele está doente. Você está vendo.

— Não podemos ir sem minha filha...

— Vamos nós dois. Você e eu. Com Archie.

— Não. Você não pode, George, não pode ir.

— Ruth. Procure a Amanda. Vocês duas vão encontrar a Rose. Você fica aqui.

Ela tinha coragem para fazer isso? Já não estava cansada de ter que ser forte, corajosa e competente, a melhor atriz coadjuvante? Não era permitido a ela ficar histérica e com medo?

— George, por favor.

Ele olhou a esposa bem nos olhos.

— Nós vamos voltar. Vai ser rápido.

— Vocês não vão voltar nunca. Você não está percebendo que tem alguma coisa acontecendo? Está acontecendo neste momento. Seja lá o que for, está acontecendo com Archie, está acontecendo com todos nós, não podemos sair daqui.

Ruth não estava chorando nem estava histérica, o que tornava mais perturbador o que ela dizia.

Clay não notou o formigamento nos joelhos e nos cotovelos, ou notou mas achou que era o medo.

— Ruth, por favor, precisamos de ajuda.

Aquele era o momento. Homens da geração de George tomavam decisões, lutavam em guerras, faziam fortunas, agiam com convicção.

— Nós vamos. Clay, leve Archie para o carro. Traga o cobertor. Ruth, dê a ele uma garrafa d'água. Archie, deite-se no banco de trás.

— George, não vou deixar você fazer isso. Não posso deixar você fazer isso. Não posso.

— Essa é a única coisa que podemos fazer. É o que tenho que fazer.

George estava com a chave do carro na mão. Não disse a Ruth porque a conhecia e sabia que ela ia compreender: se não fossem humanos naquele momento, então não eram nada.

Ruth não sabia como listar as coisas que não podia fazer. Não podia fazer nada daquilo.

— Você vai voltar para mim. Você vai voltar para nós.

— Ligue um cronômetro. Pegue seu telefone e programe o despertador. Uma hora. — G. H. tinha certeza de que conseguiria.

— Você não pode prometer o que não tem como cumprir.

Ruth mexeu no celular.

— Vai demorar uma hora. Menos. Vou dirigir até o hospital. Deixá-los lá e voltar para cá, para você, Amanda e Rose. Vocês vão encontrar a Rose. Entendeu? Também vou ligar o alarme.

— Não vai dar. Não vai dar certo.

— Vai, sim. Não temos escolha. Olha só. — Ele tocou na tela digital e os segundos passaram a ser contados. — Vou deixar o Clay e o Archie lá e depois voltar para vocês três antes de o alarme tocar.

— Como você sabe se o hospital vai estar... — Clay hesitou.

— Clay. — George achava que não valia a pena debater a questão. Ele sabia o que poderia acontecer. — Vamos. Bote o garoto no carro.

— Vamos, querido.

Clay ajudou o filho a ficar em pé e se lembrou da cintura do bebê. Tão pequena que ele podia pegá-la com uma só mão, as pontas dos dedos se tocando.

Ruth pôs novamente a manta sobre os ombros de Archie.

— Uma hora. — Ela olhou para os segundos sendo contados. — Você tem uma hora. Você prometeu.

— Não se preocupe.

George pegou a chave, que era pesada para reforçar a impressão de luxo. Ele estava mentindo? Tinha esperanças?

Ruth não acreditava em rezas, então não pensou em nada.

37

G. H. SABIA QUE ELAS ENCONTRARIAM ROSE. ERA O QUE AS MÃES faziam. Algum sonar secreto, como aquelas aves que escondem cem mil sementes em outubro para se manterem alimentadas durante todo o inverno. O carro pegou como era de esperar da máquina confiável e cara que era.

Archie tremia no banco de trás.

— Você me diz se ficar enjoado e quiser que eu pare.

Do jeito que ele falou, parecia que George estava preocupado com o carro, mas um pai estava acostumado a vômitos e coisas piores, e era capaz de não sentir horror, e sim pena, pelo resto da vida. Quando tinha sete anos, Maya havia vomitado pedaços de peixe branco nas mãos abertas de G. H., na esquina da avenida Lexington Avenue com a Seventy-Fourth Street. Só uma lembrança, de um outro momento, mas ele faria a mesma coisa se fosse a filha adulta no banco de trás, sofrendo de alguma moléstia da qual não sabiam o nome. Ser pai é para sempre.

Clay se torceu para a esquerda com a finalidade de tirar a carteira do bolso direito traseiro. Era inacreditável que ele tivesse se lembrado daquilo, algum instinto secreto. Procurou entre os invólucros de plástico a carteirinha do plano de saúde. Estavam incluídos no plano de Amanda, melhor que o da universidade. Soltou um suspiro ao achar, o alívio de alguma coisa finalmente estar dando certo.

— Vamos levar você ao médico. — Clay virou para trás e olhou para o filho. Ele estava mais magro, mais pálido, mais frágil, menor? — Você está bem. Você está bem.

— Estou bem.

Obediente, Archie estava disposto a aguentar o sofrimento como um homem. Archie já era um homem.

O carro saiu da estradinha de acesso para a estrada secundária e depois para a principal. George dirigia mais devagar do que o normal, apesar do coração acelerado, do sentimento de pressa e dos segundos avançando no celular. Nenhum dos homens notou a barraca de ovos, nenhum deles sabia que Amanda estava dentro dela, onde encontrou, em vez de Rosie, apenas o velho aroma de uma fazenda. Os Mudd, donos daquelas terras, nunca mais levariam ovos frescos para aquela barraquinha.

Tudo passava voando por Clay, verde, verde. Um verde fértil, úmido, espesso, ameaçador, inútil, impotente, raivoso e indiferente.

— Eu vi uma pessoa. Quando saí da primeira vez.

George não prestou atenção.

— Você disse que se perdeu. Preste atenção. Tem lápis e papel no porta-luvas. Faça um mapa. Viramos à direita depois do nosso acesso e virei à esquerda lá atrás. Vamos passar sobre essa elevação e virar à direita novamente.

Ele estava fazendo planos para algum imprevisto. E se eles se separassem? E se… Havia infinitas hipóteses.

Clay abriu o porta-luvas, onde havia um bloco e um lápis, o manual do proprietário, informações sobre o seguro e a licença do carro, um pacote de lenços de papel e um pequeno kit de primeiros socorros. Ordem, preparação, organização. Tudo na vida de G. H. e Ruth era organizado e preparado. Pessoas ricas tinham muita sorte.

— Tinha uma mulher. Na estrada. Ela fez sinal para eu parar. Ela falava espanhol.

— Você viu alguém... ontem, quando você saiu? — O dia anterior havia sido absurdo! G. H. tentou, mas não conseguiu se lembrar que dia da semana era. — Por que você não disse?

— Ela estava... estava em pé na beira da estrada. Fez um sinal para eu parar. Falei com ela. Bem, eu tentei.

Ele sabia que o filho estava escutando. Era horrível sentir-se envergonhado diante do próprio filho.

— Nós perguntamos o que você tinha visto. — George se irritou: precisava de todas as informações para decidir o que fazer.

— Ela estava vestida como uma empregada, eu acho. Com uma camisa polo. Uma polo branca. Pensei... Não sei. Eu não conseguia entender o que ela estava dizendo. Em geral, eu teria usado o Google, mas não podia, então eu só... — Ele não sabia se podia dizer aquilo na frente de Archie.

G. H. pensou em Rosa, que mantinha a casa deles em ordem e cujo marido esculpiu e cortou a sebe, cujos filhos brincavam sem fazer barulho, às vezes, enquanto os pais trabalhavam no calor do verão, fingindo não ver a piscina, embora Ruth tivesse dito a Rosa que as crianças podiam usá-la. Apesar disso, eles nunca a haviam usado. Não se sentiam à vontade. Teria sido ela?

— Uma mulher hispânica?

Archie estava ouvindo, e compreendia. Não sabia o que teria feito, mas sabia que era inútil achar que qualquer um saberia o que fazer num momento como aquele.

— Eu a deixei lá. Não sabia o que fazer. Não sabia o que estava acontecendo. Não sabia que *alguma coisa* estava acontecendo.

Clay nunca teria imaginado nada tão específico como as aves inexplicáveis, os dentes caídos. E se Rose, bem naquele momento, estivesse andando na beira da estrada e tivesse pedido ajuda a algum motorista de passagem? Por que o faria? Clay não tinha ideia do que ela pensava, a filha.

— Esquece. — G. H. não achava que a moralidade era um teste. Era um conjunto de preocupações em permanente mudança. — Preste atenção. Desenhe um mapa que você vai conseguir entender depois. Escreva o que estamos fazendo.

— Eu deixei a mulher. Ela precisava de ajuda. Nós precisamos de ajuda.

Era um carma, não era? Clay achava que o universo era indiferente. Talvez estivesse certo. No entanto, talvez não fosse, talvez fosse apenas matemática.

— Vamos pedir ajuda. Está vendo essa curva na estrada? Tem uma fazenda logo depois, a fazenda McKinnon. É um ponto de referência.

Era estranho ter que olhar para tudo como se fosse da primeira vez. G. H. nunca pensava sobre aquelas estradas. Ele as dominava sem perceber. Aquele era o lugar deles, mas também não era. Não sabia quem eram os McKinnon, se ainda tinham alguma coisa a ver com a fazenda que levava o nome deles. Ele e Ruth não se apresentaram aos vizinhos quando compraram a casa. Como seria que as pessoas os receberiam, os negros estranhos num carro de oitenta mil dólares? Eles se fecharam. Conspícuos e tensos, não gostavam nem de parar no mercado ou no posto de gasolina. Será que ele precisaria de uma arma dali em diante? G. H. nunca acreditara nessas coisas. Será que o dinheiro guardado no cofre do closet, na suíte principal, poderia ser de alguma ajuda de verdade?

Clay desenhou algumas linhas no papel. Assim que ergueu o lápis, percebeu, no entanto, que eram incompreensíveis. Ele não estava concentrado. O coração estava no banco de trás e em Rose, onde quer que ela estivesse.

— Você não compreende. — A vista era livre, e os campos iam até bem longe, de uma forma irritante e persistente. — Eu não sabia o que fazer. Não posso fazer nada sem meu celular. Sou um homem inútil. Meu filho está doente e minha filha está desaparecida, e eu não sei o que devo fazer agora, neste momento e neste lugar, não tenho ideia do que fazer.

Com os olhos bastante úmidos, Clay tentou manter a compostura. Engoliu o soluço como se fosse um arroto. Ele era tão pequeno.

George não confiava no hospital local. Se tivesse algum problema cardíaco, pagaria os três mil dólares de uma viagem de helicóptero até Manhattan, onde as pessoas acreditavam que os negros eram seres humanos. Aquele lugar, por mais bonito que fosse, não era bom o bastante para ele. As pessoas eram desconfiadas, ressentidas em relação aos ricos e aos forasteiros, de quem se sentiam devedoras. As pessoas ali rezavam para que Mike Pence fosse um agente divino no fim iminente. As pesquisas indicavam que os médicos e os enfermeiros acreditavam que os negros *aguentavam*, e se recusavam a prescrever os opioides paliativos.

— Eu sei o que fazer — disse George.

Clay não podia dizer em voz alta que achava que o médico não teria o que fazer por eles. Havia guardado os dentes do garoto num saquinho plástico. Estava no bolso esquerdo, e ele o agarrava como um rosário terrível.

— Talvez eles expliquem tudo no hospital.

— Antes disso, precisamos dar uma parada. Vamos até a casa do Danny.

— Casa de quem? — perguntou Clay.

George não conseguiria explicar por que acreditava que Danny, entre todas as pessoas, entenderia o que estava acontecendo e teria, se não uma solução, pelo menos uma estratégia. Era o tipo de homem que ele era. Os dois poderiam procurá-lo e contar que a garota havia desaparecido, que o garoto estava doente ou que eles estavam todos com medo dos estrondos na noite, e Danny, como o Mágico de Oz, lhes proporcionaria boa saúde e segurança.

— Danny foi nosso empreiteiro. Ele mora perto. É um amigo.

O dia lá fora parecia tão normal.

— Temos que levar o Archie ao hospital.

— Nós vamos. Dez minutos. Vamos parar por dez minutos. Acredite em mim. Danny vai ajudar, ele vai ter alguma ideia.

Clay deveria resistir, ele tinha certeza, mas apenas deu de ombros.

— Se você acha...

— Eu acho.

George havia levado a vida desse modo. Os problemas tinham solução, e Danny teria informações e poderia também dar o exemplo. Ele e Clay poderiam voltar, arregaçar as mangas das camisas de cambraia e proteger as pessoas que amavam.

— Não tem ninguém por aqui.

Clay se perguntava se veriam novamente aquela mulher. Havia se abraçado com a família no conforto da cama king-size com os lençóis macios manchados de sêmen, enquanto aquela mulher mexicana — talvez ela não fosse mexicana — passara a noite... ele não tinha a menor ideia de onde.

— É muito longe da praia para ser uma casa de praia. Também não é uma fazenda, portanto não é uma casa de fazenda. Não é particularmente antiga, portanto não é uma casa histórica. Não é nova e cheia de acessórios, então não é uma casa de luxo. Apenas um lugar tranquilo, longe de tudo, um lugar onde ficar isolado e ter calma e conforto. — Eles não tinham ganhado o luxo de um pequeno refúgio dos pobres, dos ignorantes, dos piores? — Mas, na verdade, é uma ilusão. Só alguns minutos. Alguns quilômetros nesta direção. Lojas, um cinema, a estrada, gente. Um cinema, um shopping. O mar.

— Nós estivemos lá.

— Um Starbucks.

— Nós paramos lá.

— O comércio. Isolados, mas não isolados de fato. É só uma ideia. É o melhor de dois mundos.

— Nenhum carro. Você ouviu algum avião? — Clay desistiu de tentar reconhecer as árvores, as curvas, as saídas, as subidas. — Algum helicóptero? Uma sirene?

Era óbvio que teriam que aprender a se virar num novo mundo.

— Não ouvi nada.

Do banco de trás, Archie escutava. Olhava pela janela, mas só podia ver o céu. Pensava em Rose e nos cervos que a irmã tinha visto, mas não sabia que haviam fugido para longe durante a noite.

O suspiro de G. H. fazia sentido. A idade nos fazia ficar mais pacientes.

— Está tudo diferente. Você está tomando nota?

Clay olhou para o mapa que tinha feito. Estava ilegível, inútil. Então também havia fracassado como cartógrafo. As pessoas imaginavam que reagiriam a um holocausto que acontecia muito longe delas, mas na verdade não fariam nada. Era algo irrelevante, em razão da distância. As pessoas não eram tão ligadas umas às outras. Coisas horríveis aconteciam o tempo todo e não impediam ninguém de tomar um sorvete, ir a uma festa de aniversário ou ao cinema, pagar os impostos, transar com a esposa ou se preocupar com a hipoteca.

— Estou anotando.

G. H. tinha absoluta certeza.

— Danny vai saber alguma coisa.

38

RUTH ABRIU A PORTA DA PEQUENA CABANA. A DOBRADIÇA RANgeu, mas Amanda não reagiu.

— Vamos, levante-se.

Ruth não queria ser essa pessoa. A apoiadora, a atriz coadjuvante. A filha também estava distante. Quem a ajudaria a encontrar os netos? Quem a manteria de pé?

— Cadê a Rose, cadê a Rosie? O que vamos fazer?

Amanda estava sentada sobre um balde virado de cabeça para baixo.

— Vamos. Levante-se. Saia daí. Vamos lá fora.

A pequena cabana cheirava mal.

As mulheres saíram. O sol estava a pino. Ruth checou o cronômetro no telefone. Já haviam se passado onze minutos. George estaria de volta em quarenta e nove. Não era tanto tempo. Dava para transformar em segundos e fazer uma contagem regressiva em voz alta. Ela ouviria o barulho dos cascalhos anunciando a aproximação do carro. Ela o veria novamente.

— Assim está melhor — disse ela, e de fato estava. O ar fresco continha uma promessa. — Eles levaram o Archie. Ele voltou a se sentir mal.

Amanda não conseguia pensar nisso também.

— Fizemos um plano. Uma hora. Eles vão levá-lo. George vai voltar, enquanto isso ficaremos aqui, você, eu e Rose.

— Será que a gente deveria entrar na floresta? Será que é melhor ir até a estrada? Fica longe? É nessa direção?

Amanda apontava, mas não tinha certeza de para onde.

— A estrada fica para lá. Você acha que ela iria para lá?

Não fazia sentido para Ruth. Ela não conseguia imaginar por que a garota abandonaria a segurança da pequena casa de tijolos.

— Não sei! Não sei por que ela saiu. Não sei aonde ela iria.

Amanda não podia verbalizar, mas e se a garota não tivesse saído e já estivesse morta em algum lugar da casa? O caso da pequena JonBenét Ramsey havia começado como a busca por uma criança desaparecida, mas o corpo estivera o tempo todo no porão. Quem matara JonBenét Ramsey? Amanda não conseguia se lembrar.

— Vamos voltar para dentro. Vamos vasculhar a casa mais uma vez.

Ruth teve uma visão horrível — a garota no toalete junto à porta lateral, desdentada e desmaiada?

— Rose! — gritou Amanda.

O dia estava silencioso. Não havia nada lá fora.

— Vamos ver lá dentro. Vamos ser mais metódicas.

Ruth precisava que as duas agissem racionalmente.

Elas atravessaram a entrada às pressas, o cascalho farfalhando sob os pés de ambas. Amanda podia sentir cada pedrinha através das finas solas de borracha dos sapatos. Ruth não andava tão rápido quanto a mulher mais jovem, mas conseguiu acompanhá-la. Havia uma emergência.

— Vamos entrar. — Amanda disse isso como se tivesse sido ideia dela. — Talvez ela esteja se escondendo. — A garota não tinha nenhuma razão para se esconder, mas quem sabe? Ela sentia ciúme da atenção que o irmão recebia. Estava distraída com um livro. Não queria ir para casa. — Você acha que eles já chegaram ao hospital?

— Ainda não. Mas estão a caminho.

Ruth entrou na casa pela porta lateral. Abriu o pequeno armário em que guardavam algumas botas impermeáveis, o produto químico para derreter o gelo nos degraus, uma das duas largas pás de neve de material plástico e uma velha mochila de lona cheia de outras mochilas de lona. Nada de Rose.

— Eles estão indo. Vão ficar bem.

Amanda tentava se convencer.

— George vai deixar o Clay e o Archie. Eles vão consultar um médico. Depois ele vai voltar direto para cá.

— Não vou sair sem a Rosie!

Amanda abriu a porta do toalete. Nada.

— Sim. Esse é o plano. Eles vão voltar para nos buscar.

Era bem sensato.

— E depois o quê? Vamos embora? Ainda nem acabamos de fazer as malas!

Eles precisavam das coisas.

— Nós vamos voltar lá. Pegar o Clay e o Archie. Depois eu não sei.

Ruth queria dizer: *Você não precisa das suas coisas*. Você tem a nós. Nós temos uma à outra.

— Rose! — O nome se perdeu no vazio da casa. Havia apenas os suspiros de todas aquelas máquinas, mas nenhuma das mulheres prestava mais atenção nisso. — Depois o quê? O que o médico vai dizer? O que o médico vai fazer? Será que o Clay levou os dentes?

Eles iam colocá-los num saco plástico. Macabro. Um médico poderia prendê-los novamente na gengiva?

— Depois eu não sei.

— Vamos para casa? Vamos voltar para cá?

Nenhuma das duas coisas fazia sentido.

Ruth abriu a porta da despensa. Nenhuma garota de treze anos se esconderia ali.

— Não sei! — Ela estava gritando, na verdade. Ruth também estava com raiva. — Não sei o que vamos fazer, não me pergunte como se eu tivesse alguma resposta a meu dispor que você não tem. Não sei o que vamos fazer.

— Eu só gostaria de saber que porra vai acontecer. Qual é a porra do plano. Quero saber se vamos encontrar minha filha e nós três vamos entrar na porra do carro caro e vamos até o hospital e o médico vai me dizer que o meu bebê está bem, que todos nós vamos ficar bem e que todos poderemos voltar para casa.

— Eu sei. Mas e se isso não for possível?

— Eu só quero sair desta porra de lugar e ir para longe de você e do que quer que esteja acontecendo... — Amanda a detestava.

— Está acontecendo com todos nós! — Ruth estava furiosa.

— Eu sei que está acontecendo com todos nós!

— Você não liga, não é mesmo?! Que eu esteja aqui e minha filha esteja em Massachusetts...

Ela podia sentir o abraço imaginário, as quatro mãozinhas dos netos.

— Eu ligo, sim. Não sei o que posso fazer a respeito. Minha filha está no... Não sei onde minha filha está!

— Pare de gritar comigo.

Ruth se sentou na bancada da cozinha. Olhou para o globo de vidro da luminária, aquela que havia rachado quando os aviões — ela não sabia que eram aviões — haviam passado por cima da casa. Por que aquela mulher não entendia que, apesar dos infortúnios, também tinham sorte? Ruth queria dormir na própria cama, mas queria que aquelas pessoas ficassem.

— Desculpe. — Ela estava sendo sincera? Não importava.

— Rose! — Amanda olhou para a mulher e compreendeu. Não poderiam sair da casa. Não poderiam voltar para o Brooklyn. Poderiam consultar o médico e talvez parar no mercado, voltar para cá, se esconder e esperar fosse lá o que fosse. Aquela mulher não era de modo algum uma estranha, e sim uma salvação.

— Desculpe. Eu só quero a minha filha.

— Eu também quero a minha.

Ruth podia ouvir a voz de Maya, o registro suave da infância. Ruth não se conformava com o que era necessário. Queria saber que a filha e os netos estavam seguros, mas óbvio que jamais saberia. Nunca se sabe. A gente quer respostas, mas o universo as recusa. Conforto e segurança são apenas uma ilusão. Dinheiro não significa nada. A única coisa que tinha significado era aquilo — pessoas, juntas, no mesmo lugar. Era o que lhes restava.

— Rose!

Amanda não se sentou porque não conseguia. Voltou para a sala de estar, para o quarto de Archie, para o banheiro onde a banheira agora estava vazia, para o quarto que havia sido de Rose. Amanda se ajoelhou e olhou debaixo da cama, onde não havia nada, nem poeira. Voltou para o banheiro, tampou o ralo e começou a encher a banheira com água.

Voltou para a sala de estar.

— Desculpe. Desculpe ter gritado. Desculpe, estou sendo horrível. Quero minha filha, não sei por que gritei com você. Eu sei que você compreende, mas quero minha filha. Ela estava aqui. Não entendo o que está acontecendo.

Amanda queria abraçar Ruth, mas não podia.

Ruth compreendia. Todos compreendiam. Era o que todos queriam, ficar em segurança. Era o que faltava a cada um deles. Ruth se levantou. Então ela iria procurar Rose, ou o cadáver da garota, se ela estivesse morta. Faria o que fosse necessário, faria o que fosse humano.

Amanda abriu a porta dos fundos e olhou para a piscina. Em seguida, olhou na direção da floresta e gritou o nome da filha. As árvores se moveram um pouco devido ao vento, mas foi apenas isso que aconteceu.

39

NEM PARECIA UMA ENTRADA PARA CARROS, MAS PASSANDO UM pequeno bosque a pista se alargava, e depois era pavimentada. Havia um gramado que, de longe, parecia ter sido aparado, mas na verdade era descuidado e selvagem. De longe, o verde era tão deslumbrante que só podia ter sido o resultado do trabalho humano. Havia uma cerca, e lá estava a casa, em estilo colonial, uma cópia do ideal americano original, com sete quartos, banheiras de hidromassagem, bancadas de granito e ar-condicionado.

George ficou mais calmo ao avistar o Range Rover prateado. Danny estava em casa. Eles tinham feito bem em ter ido até lá. Havia começado a dizer "Vamos", mas a pressa de Clay era tão urgente quanto a dele, porque ele já estava fora do carro.

— Archie. Fica aqui. Fica deitado.

O garoto olhou para o homem mais velho. Dava para ver que o céu estava mais azul agora, que seria um dia perfeito para almoçar ao ar livre, embora ele não soubesse exatamente o que daria para comer com a boca desdentada.

— Tudo bem. Eu espero.

A porta da frente era de um amarelo intenso, igual à que a mulher de Danny, Karen, havia visto numa revista. G. H. tocou a campainha. Quase bateu, mas pensou e achou melhor ser mais paciente. Não seria bom aparecer do nada, como um maluco. O mundo podia ter ficado louco, mas ele não.

Danny e Karen haviam passado a noite tão incomodados quanto eles. A filha de quatro anos, Emma, fora parar na cama, entre eles, enquanto o estrondo sumia no céu. Karen ficou quase catatônica, pensando no filho Henry, que estava na casa do pai em Rockville Center. Os celulares não tinham funcionado, o garoto era muito ligado à mãe, que sabia, ambos sabiam, que ele estava ligando naquele exato momento, sem resultado. Será que o pai o poria no carro e o levaria para casa? Karen queria muito que fosse assim, mas uma das diferenças irreconciliáveis entre o casal era a incapacidade dele de compreender o que ela queria. Danny estava na cozinha, avaliando o que tinham em casa, e ficou irritado com a interrupção. Isso ficou óbvio quando ele abriu a porta.

— George — disse ele, reconhecendo o velho amigo, mas sem simpatia.

Danny era muito bonito. Essa era sempre a primeira impressão que deixava. A exposição frequente ao sol deixara a pele dele dourada. Uma predisposição genética havia feito surgir alguns fios brancos em meio ao cabelo castanho. A postura era ampla como os ombros, exalava confiança, porque ele sabia que era bonito e, portanto, se comportava como se soubesse. Ele se oferecia para o mundo, e o mundo agradecia. Ele estava surpreso, mas não muito.

— Danny.

G. H. não tinha planejado o que aconteceria em seguida. Entretanto, só o fato de estar vendo um outro ser humano já era um alívio. Parecia ter passado muito tempo desde aquela noite no concerto, apertando as mãos e elogiando os músicos.

Ver G. H. lembrou Danny do trabalho. Que se resumia a sorrir, animar as pessoas, dar ordens e receber um cheque, o que não tinha nada a ver com a vida real dele — a esposa no andar de cima lendo um livro sobre dragões para uma menina pequena amedrontada, mas também indiferente. Assim que viu as notícias no celular, Danny saíra para comprar suprimentos e tentar descobrir alguma coisa. Havia voltado para casa com as compras e nada mais.

— Que surpresa — disse Danny.

G. H. percebeu que tinha se enganado. Compreendeu o comportamento do homem. Ele devia saber que o que sempre pensara sobre as pessoas era verdade: a organização social permitia à maioria delas crer que não eram animais sociais.

— Desculpe vir até sua casa desse jeito.

Danny olhou para o estranho ao lado de George. Será que gostava mesmo de George? Na verdade, não. Isso não importava, essa não era a questão. Não tinha nada a ver. Ele também não gostava do Obama. Tinha a ver apenas com a soberba, o punho levantado, a jovialidade. Isso o insultava, era fazer chacota com o mundo tal como ele o via.

— O que... o que posso fazer por vocês?

Ele deixou claro que estava fora do horário de trabalho e não estava interessado em fazer nada pelos outros.

G. H. esboçou um sorriso, a tática de um vendedor.

— Bem, tem alguma coisa acontecendo. — Ele não era idiota. — Estávamos passando por aqui e pensei que poderia vir ver como estavam as coisas com você. Ver se você estava aqui. Se está bem. Se ouviu alguma coisa.

Danny olhou para trás, para dentro da casa, para além dos arabescos do corrimão. Viu as partículas de poeira esvoaçando na luz da manhã que entrava pelas janelas altas da sala de estar. Tudo parecia normal, mas ele não confiava nisso. Não confiava em nada. Deu um passo em direção aos homens e fechou a porta.

— Se eu ouvi alguma coisa? Você quer dizer, além do que ouvimos ontem?

— Sou o Clay.

Ele não sabia o que dizer. Clay conjecturava se aquele homem vasculharia a floresta com eles até que encontrassem Rose. Será que tinha um remédio para Archie? Será que tinha sinal de internet? Ele os receberia naquela bela casa, do tamanho de um hotel, e seria como uma festa, e se fosse esse o caso, será que havia uma piscina? Clay achava que as mulheres tinham encontrado Rose, a garota brincando na sombra da floresta. Achava que Archie estava se sentindo melhor, fora só uma infecção digestiva temporária. Talvez não precisassem de nada daquele homem e tudo estivesse bem, talvez só dissessem um alô, se solidarizariam e perguntariam se o estrondo — quando foi que aconteceu mesmo? — tinha rachado alguma das janelas.

— Estou surpreso que vocês tenham saído de casa — continuou Danny.

— Como assim? — G. H. estava tentando obter alguma informação, qualquer coisa.

— "Como assim"? — A risada de Danny foi dura, raivosa.

— Tem alguma merda acontecendo aí fora, George. Você não percebeu? Você não ouviu dentro daquela sua bela casa? Meus homens fizeram um ótimo trabalho, mas eu sei que você ouviu aquilo ontem à noite.

— Minha família alugou a casa do George. Somos da cidade.

Clay não sabia por que estava tentando se explicar, não se dava conta de que Danny não estava nem um pouco interessado.

— Que bom para a sua família. — Danny sabia que o homem era da cidade. Era óbvio. Não se importava. — Você já imaginou que merda deve estar acontecendo por lá?

— O que é que você sabe? Ouviu alguma coisa? — perguntou George.

— Tanto quanto você. — Danny suspirou, impaciente. — A notícia que li dizia que houve um blecaute. Eu pensei, bem, estamos seguros aqui. O telefone não funciona, a TV a cabo também não. Mas temos eletricidade. Então fui até a cidade para comprar algumas coisas. Achei que o mercado estaria um tumulto, certo? Nada. Calmo. Nada parecido com antes de uma tempestade de neve, mais com depois que trinta centímetros de neve já tinham caído. Ninguém sabia o que estava acontecendo. Era só mais um dia. Voltei para casa, ouvi aquele estrondo e pensei: *Pronto, não vamos sair*. Então na noite passada... o estrondo novamente. Três vezes. Bombas? Mísseis? Não sei, mas vou ficar por aqui até alguém me dizer para sair.

— Você foi ao mercado? — George queria esclarecer.

— Comprei um monte de coisas. Voltei para casa. Não acho que andar por aí seja uma boa ideia.

— Meu filho está doente. — Clay não sabia como explicar que alguma coisa havia arrancado os dentes da boca de dezesseis anos de Archie. Não fazia sentido. — Ele estava vomitando. Parece melhor agora.

Clay ainda estava esperançoso.

G. H. interrompeu:

— Ele perdeu os dentes. Cinco. Simplesmente caíram. Não sabemos como explicar.

— Os dentes... — Danny ficou calado por um tempo. — Vocês acham que tem alguma coisa a ver com aquele estrondo?

Danny não sabia que os dentes na boca da esposa, Karen, já estavam soltos e cairiam em pouco tempo.

— Suas janelas racharam? — perguntou George.

— A porta do boxe. No banheiro principal. — Danny achava que era óbvio. — É alguma coisa. Deve ter sido um avião. Acho que não tem nenhuma informação disponível, então deve ser uma guerra. O começo de uma guerra.

— Guerra?

Clay não tinha pensado nisso. Era quase decepcionante.

— Deve ser um ataque, com certeza. Eles estavam falando sobre o superfuracão na CNN. Os iranianos, ou alguém... planejaram isso direitinho. A merda perfeita.

Danny assistira a um programa no qual um âncora de Washington estava num barco para mostrar o nível da água dentro do Washington Memorial.

— Você acha que estamos sendo atacados? — G. H. não achava que era o caso, mas queria ouvir.

— Tinha um boato rolando, e isso deve ser a origem do boato.

Danny sentia pena de quem não achava aquilo óbvio.

O homem era um teórico da conspiração. Um maluco. Clay era um professor universitário.

— Boatos? O que aconteceu no mercado? Temos que ir ao hospital.

— Vocês deveriam ler os jornais. Além da página 1. Os russos mandaram os diplomatas voltarem de Washington, vocês souberam? Estava impresso em letras grandes, com destaque. Tem alguma coisa acontecendo, cara.

Danny tossiu e botou as mãos nos bolsos.

— Estamos indo ao hospital — repetiu Clay, mas não tinha tanta certeza.

— Vocês que sabem. Eu vou é ficar por aqui.

Danny queria que eles fossem embora.

— É isso que você pensa, Danny? — G. H. devolveu a questão para ele.

— Nada está fazendo muito sentido no momento. Se o mundo não faz sentido, eu ainda posso fazer o que é racional. Não é seguro ficar do lado de fora.

Danny fez um gesto para indicar o espaço vazio que não parecia estar diferente, mas ele desconfiava.

— Archie está doente.

Clay precisava de uma resposta.

George entendeu o motivo de Danny ter fechado a porta atrás de si. George esperava alguma solidariedade humana, mas havia se esquecido de como os seres humanos são de fato.

— Eu achava que era a coisa certa a ser feita. Procurar um médico.

Danny não estava sorrindo.

— Isso era antigamente, George. Você não está pensando direito.

— Minha filha desapareceu. Acordamos hoje de manhã e constatamos que ela havia sumido. Estava com o irmão, brincando na floresta, quando ouvimos aquele estrondo. Então, na noite passada, os dentes dele... — Clay não sabia como terminar a história absurda. — Não sei o que fazer — disse ele, como uma confissão.

Não era que Danny não se sentisse mal. Ele só não conseguia ir muito longe com isso.

— Ele é seu filho. Você precisa fazer uma escolha difícil.

— Ele tem dezesseis anos.

"Nos ajude", era o que Clay estava dizendo do jeito dele.

Danny estava dizendo que não tinha como ajudar. Os dois haviam se enganado sobre o tipo de pessoa que ele era. Haviam se enganado sobre as pessoas.

— Não sei o que vocês vão fazer. Eu daria tudo que tenho pela minha filha. É o que eu estou fazendo. Estou trancando as portas. Tirando o fuzil do armário. Estou esperando. Estou atento.

Será que a menção a uma arma era uma ameaça? G. H. achou que sim.

— Acho que não deveríamos ir ao hospital.

— Não tenho nenhuma resposta para vocês. Lamento. — As desculpas de Danny eram principalmente a lembrança de um instinto. Entretanto, lamentava por eles. Compartilhou as informações de que dispunha. — Ontem vi cervos pela janela da cozinha.

G. H. assentiu. Os cervos estavam em toda parte.

Danny explicou:

— Não só cervos, não *uma família* de cervos. Uma migração. Nunca vi tantos cervos na vida. Cem? Duzentos? Não consegui sequer contar.

Havia mais do que isso. Não era possível abarcar todos com um olhar, eles se escondiam nas sombras das árvores. Só as pessoas especializadas nesses assuntos sabiam que havia cerca de trinta e seis mil cervos no condado. Não eram os cervos que Rose havia visto, e sim cervos em movimento para se juntar aos demais. Uma migração em massa. A resposta a um desastre. O indicador de um desastre. A consequência de um desastre.

Clay queria contar que na noite anterior haviam visto um bando de flamingos, mas isso pareceria uma competição.

— Os animais — continuou Danny. — Eles sabem de alguma coisa. Estão assustados. Não sei o que está acontecendo e não sei quando vamos descobrir o que é. Talvez seja só isso. Talvez isso seja o máximo que vamos saber. Talvez a gente devesse só ficar onde está e rezar, ou seja lá o que vocês preferiram.

Eles também eram animais. Essa era uma reação animal.

Clay achava que já estavam conversando havia uma hora.

— Você disse a Ruth que iria voltar.

— Ainda temos tempo.

G. H. manteria a promessa.

Danny achava que continuar com aquela conversa não levaria a nada.

— Vou voltar para dentro agora. Vou me despedir de vocês e desejar boa sorte. — Estava sendo sincero quanto à última parte. Eles iriam precisar de sorte. — Se vocês saírem de novo. Se... Bem, vocês podem passar por aqui, mas eu não posso oferecer nada além de algumas palavras. Vocês entendem.

George sentia-se um idiota. Era óbvio que Danny seria exatamente assim. Objetivo. Os dois não eram amigos e, mesmo que fossem, as circunstâncias eram extraordinárias.

— Acho que é isso, então.

Danny deu um conselho.

— Acho que vocês deveriam entrar no carro e voltar para casa. — Vão embora, me deixem em paz. — É a única sugestão que posso dar para vocês. Protejam-se, tranquem a porta e... — Ele não tinha nenhum plano além disso. — Encham a banheira. Estoquem água. Controlem a comida. Vejam os suprimentos que ainda têm.

— Acho que vamos fazer isso.

G. H. queria voltar para suas coisas.

Danny assentiu, meio que projetando o queixo para a frente, com autoridade. Estendeu a mão para cumprimentar. O aperto era firme, como sempre. Ele não disse mais nada, e então entrou em casa. Não trancou a porta, mas esperou até ouvir os homens se afastando.

No carro, Archie se sentou. Parecia melhor ou igual. Fraco ou forte. Aquele momento era o que contava de verdade.

Os três ficaram no carro com o motor ligado por um minuto. Talvez dois. Talvez três. Clay quebrou o silêncio.

— George. O que vamos fazer?

G. H. tinha sido um idiota. As pessoas decepcionavam. Ele teria feito melhor. Eles ainda seriam bons, gentis, humanos, decentes, solidários, confiáveis.

— Acho que não podemos ir ao hospital, senhores. Estamos de acordo? Acho que não deveríamos ir.

Archie entendeu. Ele estava escutando.

— Vou ficar bem. Também acho que a gente não deveria ir.

Clay encerrou a questão:

— Quero ir para casa. Podemos ir para casa? Vamos para casa. Não estamos longe. Estamos perto. Vamos.

Ele estava se referindo à casa de George, é claro, e então eles foram, chegaram antes que o alarme no celular de Ruth tivesse avisado que já havia decorrido uma hora. Menos de uma hora, e tudo tinha mudado.

40

ROSE HAVIA ACORDADO DECIDIDA. SER UMA CRIANÇA ERA ISSO, mas ela também tinha uma missão. Os olhos focaram com precisão: lâmpada de cabeceira, luminária de porcelana verde, um porta-retratos com uma fotografia na qual ela ainda nem tinha prestado atenção, o pé branco despontando de sob as cobertas e a luz suave se dispersando na parede. Moleza, bocas úmidas, ombros rosados, cabelos emaranhados. Mais um dia, e os dias eram um presente. Rose se desvencilhou da família e pisou no carpete. A filha caçula estava acostumada a não chamar atenção.

Ela saiu da suíte porque não queria acordá-los. Ninguém a levava a sério porque ela era uma criança, mas Rose não era idiota. Aquele estrondo na noite anterior era a resposta que os pais estavam fingindo não esperar. Rose, porém, havia lido livros, Rose havia visto filmes, Rose sabia como aquela história terminaria, e Rose sabia que não deviam entrar em pânico, e sim estar preparados. No banheiro do quarto, ela urinou durante um longo tempo. Lavou as mãos e o rosto. Embora não fosse particularmente silenciosa — deixando o assento do vaso bater, abrindo totalmente a torneira, fechando a porta de forma mais barulhenta do que o necessário —, cada movimento parecia furtivo.

Sapatos amarrados, um jato de repelente nos tornozelos, onde os mosquitos eram mais impiedosos, água. Ela encheu a garrafa de plástico com água gelada. Descascou uma banana e ficou escutando o som das mastigadas. O lixo estava transbordando: celofane amassado, toalhas de papel sujas, pedaços de limão espremidos que ninguém tinha pensado em usar como fertilizante. Eles não tinham mais quase nada para comer. Rose sabia que precisavam de coisas, mas precisavam, mais do que tudo, de gente. Ela encontraria tudo isso na casa no meio da floresta. Rose pôs uma nectarina na bolsa, onde a fruta se chocaria com o náilon barato, ficaria magoada e deixaria escorrer o sumo antes que ela decidisse comê-la. Rose levou um livro, porque nunca se sabia quando se precisaria de um livro.

Rose se lembrava. Entrando na floresta e seguindo aquela direção, lá longe, naquele caminho, precisamente ali, um pouco para a esquerda, reto, sob as árvores e passando aquela pequena elevação. Ela tinha um instinto que a vida urbana não havia apagado. Um bicho úmido com patas de lona, os passos mal deixando marcas sobre as folhas, apenas minúsculos protestos nos cantos dos pássaros e na brisa. O corpo dela sabia que não havia predadores nas redondezas.

Rose e Archie haviam apenas improvisado, mas talvez não. As crianças sabiam de alguma coisa, e o conhecimento que tinham era tácito ou inconfessável. Rose reconhecia cada ponto de referência: a terra escorregadia, o tronco apodrecido, alguns galhos caídos. Se tivesse olhado para trás, como a esposa de Lot, teria visto um flamingo, cor-de-rosa e furioso, voando nos ares. A verdade: as aves haviam sido trazidas pelo vento. Um dos velhos truques da evolução. Alguns lagartos agarrados em um tronco, levados para o mar como Noé e a esposa, Enzara, poderiam alcançar a terra em uma nova praia e fazer alguma coisa, os descendentes destruindo a folhagem nativa. Os flamingos sentiam tanta raiva de estarem ali quanto os humanos, mas teriam que se virar. Teriam que encontrar algumas algas. Recolhiam-se ao ninho uma vez por ano, mas isso seria o suficiente, e talvez dentro de mil gerações eles gerassem alguma outra cor maluca (azul anticongelante, de tanto beber a água das piscinas?), ou alguma nova espécie. Talvez fossem os últimos sobreviventes.

Rose cantou sozinha, primeiro na própria cabeça e depois, sentindo-se corajosa, ou diferente, ou bem, ou feliz, cantou em voz alta uma canção do One Direction, o tipo de coisa que faria Archie achá-la ridícula por gostar, mas que ele secretamente também curtia. Rose sentia uma lucidez que era dela por direito. Ela compreendia. Quando chegara à outra casa, havia se sentido capaz de responder às questões que pareciam ser importantes para todos. Haveria gente ali, e eles teriam a resposta, ou pelo menos a família dela não se sentiria tão isolada.

A manhã estava fresca, mas era fácil prever que o dia seria quente. As folhas caídas estavam um pouco úmidas: as copas das árvores eram muito espessas. Em um fuso horário mais distante, ainda seria noite, mas ainda era noite em muitos lugares. Algumas pessoas estavam se suicidando. Algumas pessoas estavam juntando os próprios bens em carros na esperança de que pudessem viajar um quilômetro, ou dois, ou dez, ou o que fosse suficiente para chegar a um lugar que ainda fosse seguro. Algumas pessoas achavam que cruzariam a fronteira, sem se dar conta de que essas linhas eram imaginárias. Outras não sabiam que havia alguma coisa errada. Em algumas cidades nos estados do Novo México e Idaho, nada havia acontecido ainda, embora fosse estranho que ninguém conseguisse se comunicar por intermédio dos satélites. As pessoas ainda estavam indo para o trabalho, exercer os respectivos cargos, que em breve elas perceberiam serem totalmente inúteis, como vender vasos de plantas ou fazer as camas nos hotéis. Governadores declaravam estado de emergência, mas não sabiam como comunicá-lo. As mães donas de casa estavam irritadas porque *Daniel Tigre* não estava disponível na televisão. Algumas pessoas haviam começado a perceber que tinham uma fé ingênua no sistema. Outras tentavam realizar a manutenção do sistema. Algumas pessoas se sentiam recompensadas por ter muitas armas e aqueles canudos filtrantes que fazem com que qualquer água se torne potável. Quanto mais tivesse acontecido, mais ainda aconteceria. O líder do mundo livre estava isolado na Casa Branca, mas ninguém ligava para ele, com certeza não uma garota na floresta pensando em Harry Styles.

Rose não era corajosa. As crianças eram apenas muito novas para fugir do que era inexplicável. As crianças olhavam fixamente para uma pessoa esquizofrênica delirante no metrô, enquanto os adultos baixavam os olhos e pensavam em podcasts. As crianças faziam perguntas que não sabiam serem consideradas grosseiras: por que você tem uma bolota no pescoço, tem uma criança crescendo dentro da sua barriga, você sempre foi careca, por que seus dentes são prateados, ainda vão existir elefantes quando eu crescer? Rose sabia o que havia sido aquele estrondo, mas ninguém tinha perguntado a ela. Era o som do fato. Era a mudança que fingiam não saber que viria. Era o fim de um tipo de vida, mas o começo de outro. Rose continuou andando.

Rose era uma sobrevivente, e sobreviveria. Sabia, intuitivamente (talvez apenas pela conexão humana), que era parte de uma minoria. Em algum lugar no sul, as barragens haviam cedido. As águas haviam chegado aos quartos no segundo andar e as pessoas subiam para o sótão ou para o telhado. Na Filadélfia, uma mulher no terceiro parto — um filho que receberia o nome do irmão dela, morto durante o serviço em Teerã — sentiu o bebê no peito no exato momento em que o hospital ficou sem energia, o que deu a impressão de que o blecaute havia sido causado pelo choque da pele do bebê contra a dela. Todos os bebês nas incubadoras morreram em questão de algumas horas. Os cristãos se reuniam nas igrejas, mas os não crentes faziam a mesma coisa, achando que os vizinhos devotos estariam mais bem preparados (infelizmente, não era o caso). Em alguns lugares, as pessoas entravam em pânico por causa de comida, em outros fingiam não se importar. Os empregados de um restaurante salvadorenho no Harlem cozinhavam comida na rua e depois a distribuíam de graça. Depois de apenas vinte e quatro horas, a maioria das pessoas tinha parado de ouvir rádios obsoletos na tentativa de entender. Será que era um teste de fé? Aquilo, contudo, só reforçava a fé na ignorância. As pessoas trancavam portas e janelas e jogavam jogos de tabuleiro com a família, embora uma mãe em St. Charles, estado de Maryland, tivesse afogado as duas filhas na banheira, achando que isso era mais sensato do que jogar mais uma rodada de *Chutes and Ladders*. Era um jogo para o qual não eram necessárias nem habilidade nem estratégia — tudo que ensinava era que a vida consistia basicamente em vantagem imerecida ou queda devastadora. Matar as filhas exigia uma coragem inimaginável. Poucas pessoas conseguiriam fazê-lo.

Com umidade no pescoço, na testa e no lábio superior, onde pelos nasciam, Rose seguia em frente. Alguns quilômetros depois, o rebanho de cervos que Danny avistara havia se encontrado com outro, ainda maior, e naquele momento todos os cervos andavam na direção que o instinto indicava, uma visão espantosa, como os búfalos nas planícies antes que os brancos tivessem matado quase todos. As pessoas nas casas vizinhas não poderiam realmente acreditar, mas já estavam mais crédulas do que uma semana antes. A próxima geração desses cervos nasceria branca como unicórnios naquelas tapeçarias flamengas que Rose e a família nunca veriam. Não por causa de albinismo, como descobriria o geneticista que se dedicou ao tema, mas de trauma intergeracional. A vida era assim; a vida era mudança.

Alguns dos vizinhos pegaram os carros e foram para a cidade. Não havia polícia, então dirigiam em alta velocidade. O Brooklyn fedia: restos em caixas refrigeradas aquecidas, lixo se acumulando nas esquinas, mais os passageiros presos — o morador de rua bipolar, o secretário de imprensa do prefeito, os otimistas que se dirigiam a entrevistas de emprego no Google — se transformando aos poucos em cadáveres abandonados.

Lá na floresta o ar estava suave e putrefato, como o ar do verão costuma ser. Rose se perguntava se teria um pai, uma mãe e uma ou duas crianças. Eles seriam brancos, como a família dela, ou negros, como os Washington, ou indianos, como a família de Sabeena, ou da Arábia Saudita, ou de Formosa, ou das ilhas Maldivas? Será que sabiam, na Arábia Saudita, em Formosa e nas Maldivas o que estava acontecendo em Waycross, no estado da Geórgia, onde a equipe de quarenta carcereiros havia abandonado mil e quinhentos homens à própria sorte? Liberdade inesperada: o teto encharcado cedendo, envolvendo corpos no entulho, para sempre presos atrás das grades, mas talvez as almas tenham escapado? Nenhum desses quarenta imaginava que o vento e a chuva poderiam desfazer a obra dos homens. Nenhum desses quarenta lamentou nem um pouco aquelas mortes. Eram homens maus, diziam a si próprios, sem saber que o fato de ter levado a vida sendo bom ou mau tinha muito pouca importância.

Rose havia andado por uma hora ou por toda a vida. Abriu a bolsa e deu uma mordida na nectarina amassada. Algum inseto voador, ao sentir a doçura, sobrevoou por perto. Ela comeu a fruta em uma, duas, sete, catorze mordidas. A fruta se descolava facilmente do caroço. O caroço de uma fruta era algo como um milagre, fértil e duro. Ela o deixou cair no chão, na esperança de que se transformasse em uma árvore dali a alguns anos.

Ela não era idiota. Não esperava ter salvação. Compreendia que, isolados, não tinham nada. Agora teriam alguma coisa, e seria graças a Rose. Ela viu o telhado através da floresta, exatamente onde sabia que estaria.

Mas a casa era exatamente igual à deles! Ela achava que aquilo tinha algum significado, embora todas as casas, no fim das contas, fossem parecidas umas com as outras. Rose ficou animada, o eco da casa dos Washington, da mesma forma como o balbucio de um bebê parece uma fala tranquilizadora. Ela tomou coragem e se aproximou da entrada principal. Andou pelo caminho de tijolos para visitantes. Bateu à porta, com o pulso firme e confiante.

Com cuidado para não esmagar as plantinhas, ela ficou de pé sobre a palha que protegia as raízes das plantas e esmagou o rosto contra as janelas. Um papel de parede florido, uma pintura a óleo de um cavalo, um castiçal de bronze, uma porta fechada, um espelho refletindo o rosto dela — o rosto decidido e otimista de Rose. Ela não tinha como saber, nunca saberia, que os Thorne, a família que vivia ali, estava no aeroporto de San Diego, sem poder fazer reservas, uma vez que não havia voos domésticos devido a uma emergência nacional sem precedentes, como se os precedentes fossem necessários. Os Thorne nunca mais voltariam àquela casa, embora Nadine, a matriarca, por vezes pensasse nela, enquanto sucumbia a um câncer em uma das barracas que o Exército tinha conseguido armar fora do aeroporto. Eles haviam cremado o corpo, então desistiram de dar conta daquilo, uma vez que os corpos eram muito mais numerosos do que as pessoas que haviam sobrado para cremá-los.

Rose foi até a parte de trás da casa e bateu à porta deslizante de vidro. O cômodo era diferente daquele dos Washington: a mobília era mais espessa e as paredes, mais escuras. A casa não havia sido feita para agradar a veranistas, mas decorada de acordo com os gostos das pessoas que moravam lá. Talvez essas pessoas estivessem no porão, esperando com armas em punho, ou talvez tivessem escutado o estrondo e fugido de carro o mais rápido possível. Rose foi até a garagem afastada e encontrou caixas de papelão e tábuas perfuradas penduradas com ferramentas, mas nenhum carro. Apesar disso, havia um barco coberto com uma lona suja.

— Vocês não estão em casa.

Ela falou em voz alta, mas estava falando para si mesma. Tocou a campainha e ouviu o tilintar através da porta oca barata. Não iria voltar sem aquilo que tinha ido buscar.

Havia algumas pedras ornamentais marcando os limites do canteiro de flores ao longo da casa. Rose pensou em jogar uma delas na porta de trás, e então notou que os painéis de vidro ao lado da porta da frente já estavam rachados. Tomou distância e jogou-a. O vidro se estilhaçou e caiu no lado de dentro da casa, e a pedra rolou de volta para seus pés. O barulho foi breve; ficou apenas o som do nada. Rose enrolou a manga do casaco sobre a mão, pegou uma pedra menor como se fosse uma panela quente e bateu contra as pontas de vidro que ainda pendiam da moldura, então passou a mão para dentro e a tranca estava logo ali. Foi simples assim.

A casa cheirava a gato. Ela viu a ração do animal e a caixa de areia, mas não o bicho, que tinha saído para fazer sabe-se lá o que os animais estavam fazendo. Ela acendeu as luzes para atenuar o próprio medo. Rose sabia que estava sozinha, podia sentir. Então entrou em cada cômodo, abriu cada armário, puxou as cortinas dos chuveiros e se ajoelhou para olhar debaixo das camas. Havia um quarto acarpetado de rosa, a cama de madeira com a colcha floral colocada de modo a permitir a visão total da copa das árvores. Havia uma saleta, com os armários cheios de jogos de tabuleiro e quebra-cabeças, muito ampla para conter o maior aparelho de televisão que Rose já havia visto na vida. Havia uma sala de jantar, com o rastro do aspirador marcado no tapete azul imaculado, a mesa polida e lustrada.

A porta da geladeira estava coberta de ímãs, notas, receitas e cartões de boas-festas, famílias sorridentes descalças na praia ou posando diante de folhas avermelhadas. Rose abriu a porta, e lá havia mais produtos do que na casa dos Washington: molhos para salada, ketchup, um vidro de cornichons, molho de soja e uma lata de massa para biscoitos. Havia algumas garrafas de plástico e alguns remédios, um tablete de manteiga aberto, um pouco de suco de cranberry. Ela pegou um dos copos limpos no secador de louça e se serviu.

Sentada na bancada central da cozinha, Rose viu o telefone, a tigela de frutas com dois limões, o bolo de papéis e a correspondência. Abriu uma gaveta na cozinha, e era a gaveta certa: elásticos, moedas, uma pilha velha, uma tesoura, alguns cupons e uma chave-inglesa. No toalete do corredor, admirou o pratinho com sabonetes na forma de pequenas conchas.

Ela voltou para a saleta e ligou a televisão. A tela estava azul. Rose abriu o armário sob a tela e encontrou o PlayStation, as dúzias de caixas de plástico que continham vários jogos e um monte de DVDs. Eles próprios não tinham um DVD player em casa, mas havia um na escola e ela não era idiota. Escolheu *Friends*; eles tinham a caixa com toda a série. Procurou o episódio em que Ross tinha fantasias com a princesa Leia.

O som da televisão a fez se sentir muito melhor. Ela aumentou o volume para ouvir os diálogos enquanto pegava pequenas coisas. Band-Aids, Advil, um pacote de pilhas. Eram tesouros e serviam de prova. Havia um quarto com paredes pintadas de azul, quase vazio, e com certeza o adolescente que o habitava saíra de casa. Poderia ser o quarto de Archie, pensou Rose. Ela não ligaria se precisasse ficar com o quarto de hóspedes, com o tapete oval sem graça, as cortinas elaboradas e cheias de babados. Sua casa era onde você estava, afinal. Era apenas o lugar onde alguém se encontrava.

Ela não sabia que a mãe estava, naquele momento, sentada em silêncio na barraca de ovos vazia que cheirava a galinhas. Quando Amanda viu o filho novamente, demorou a conseguir pronunciar uma palavra. Um choque. Depois, mais tarde, voltaria a ver a filha, e ainda não conseguiria falar. Apenas tremeria.

Rose conhecia o caminho de volta — subindo aquela elevação e depois descendo com cuidado para evitar tombos —, passando essa árvore familiar e aquela árvore familiar e a pequena clareira com seu raio de luz sagrado. Certa vez, ela lera na internet que as árvores nunca crescem muito perto umas das outras, mantendo-se a uma certa distância das vizinhas. As árvores sabiam como ocupar apenas sua área de solo e céu. As árvores eram generosas e cuidadosas, e talvez isso seria a salvação delas.

    Rose tinha que voltar. Todo mundo já devia estar procurando-a, e ela se sentiu um pouco culpada por não ter deixado um bilhete. No entanto, mostraria a bolsa, as coisas que tinha achado, contaria sobre a casa na floresta com o DVD player, os três quartos confortáveis, os acessórios de camping no porão e a despensa repleta de latas. Ela era apenas uma garota, mas ainda havia algo no mundo, e isso importava. Talvez os pais dela chorassem pelo que não sabiam e pelo que sabiam, e eles sabiam que estavam juntos. Talvez Ruth esvaziasse a lavadora de louças e G. H. levasse o lixo para fora. Talvez o dia começasse de verdade, e se eles não tinham certeza sobre todo o restante — alguma coisa para comer no almoço, um mergulho relaxante, aquelas boias na piscina, ler uma revista, tentar completar um quebra-cabeça? —, tudo bem. Se não sabiam como aquilo terminaria — com a noite, com mais estrondos terríveis do topo do Olimpo, com bombas, com doenças, com sangue, com felicidade, com cervos ou alguma outra coisa olhando para eles da floresta escura — ... bem, não era isso o que acontecia todos os dias?

AGRADECIMENTOS

DEVO MUITO AOS EDITORES DESTE LIVRO — HELEN ATSMA, SARA Birmingham e Megan Lynch —, assim como aos seus colegas na editora Ecco. E, como sempre, a Julie Barer e Nicole Cunningham. Estou muito agradecido à generosidade de Laura Lippman, Dan Chaon, Jessica Winter, Meaghan O'Connell e Lynn Steger Strong. Não exagero ao dizer que este livro não existiria sem David Land — David, espero ter muito mais anos de férias com você (rosquinhas com cobertura, piscinas e bolos semiprontos em dias de chuva).

1ª edição	NOVEMBRO DE 2023
impressão	BARTIRA
papel de miolo	PÓLEN NATURAL 80G/M²
papel de capa	CARTÃO SUPREMO ALTA ALVURA 250G/M²
tipografia	ADOBE GARAMOND PRO